Miriam Rademacher

Harrowmore Souls

Band 1: Zimmer 111

Fantasy

www.sternensand-verlag.ch | info@sternensand-verlag.ch

1. Auflage, Oktober 2019

Umschlaggestaltung: Juliane Schneeweiss
Lektorat / Korrektorat: Sternensand Verlag GmbH | Martina König
Korrektorat Druckfahne: Sternensand Verlag GmbH | Jennifer Papendick
Satz: Sternensand Verlag GmbH
Druck und Bindung: Smilkov Print Ltd.

ISBN-13: 978-3-03896-100-0
ISBN-10: 3-03896-100-0

Dieses Buch ist allen Geistern gewidmet,
die ich in meinem Kinderzimmer erfunden habe.
Ich habe euch nicht vergessen. ;-)

Prolog

Ulverston, Juli 2018, kurz vor 23.00 Uhr

Sind Sie sicher, dass Sie hierher wollten, Miss?«

Miranda Banks sah durch die Windschutzscheibe des Wagens hinaus in die Nacht und verstand, was der Taxifahrer ihr mit diesen Worten sagen wollte.

Schwarz hob sich das Mayflower Hotel vor dem nachtblauen Himmel ab. Die hohen Laubbäume, deren Kronen im Sturm wogten, taten ihr Übriges, um dem kastenförmigen Gebäude mit seinen zwei Ecktürmen eine unheimliche Aura zu verleihen. Nur eine einsame Laterne am Fuße der Eingangstreppe verriet, dass Leben hinter den Mauern sein musste.

»Doch. Das sieht genau wie ein Hotel aus, das mein Bruder mir empfehlen würde. Hier sind wir mit Sicherheit richtig«, antwortete Miranda, öffnete ihre Handtasche und kramte nach ihrem Portemonnaie. »Was bin ich Ihnen schuldig?«

Der Taxifahrer nannte eine Summe, nahm sie dankend in Empfang und stieg aus, um ihr Gepäck aus dem Kofferraum zu holen. Auch Miranda stieg aus. Eine Windbö wirbelte ihr schulterlanges braunes

Haar durcheinander und zerrte an ihrer roten Strickjacke. Das Wetter machte den Eindruck, als wollte der Sommer eine Pause einlegen. Miranda hoffte sehr, dass es nicht auch noch ein Gewitter geben würde, das hätte den Gedanken an eine Nacht in diesem Hotel noch gruseliger erscheinen lassen.

Sie musterte die imposante Fassade aus verwittertem Stein. Die meisten Jalousien der Fenster zur Straße waren geschlossen. Das zweistöckige Hotel machte einen abweisenden Eindruck auf sie.

»Soll ich noch ein Weilchen warten, Miss? Zumindest, bis Ihnen jemand geöffnet hat? Wissen Sie, Sie sind vermutlich meine letzte Fahrt. Da will ich doch sicher sein, dass Sie heute Nacht ein Dach über dem Kopf haben werden, bevor ich entspannt Feierabend mache.« Der Taxifahrer schob sich die Mütze in den Nacken und sah sie besorgt an.

Im ersten Moment wollte Miranda ablehnen. Doch nach einem weiteren Blick auf das düstere Gebäude überlegte sie es sich anders. »Das wäre sehr nett, vielen Dank.«

»Kein Problem, solange wir Sie nur vor Mitternacht untergebracht haben. Dann beginnt nämlich mein Urlaub. Vier Wochen Ibiza. Ich spare seit Jahren für diese Auszeit vom täglichen Einerlei. Und ich hoffe sehr, dass mein Hotel am Meer einen netteren Eindruck macht als dieses.«

Miranda stieg die wenigen Stufen zum Eingang hinauf und bediente den altmodischen Klingelzug, der neben der grün gestrichenen Tür baumelte. In ihr wuchs das Gefühl, soeben die Kulisse eines Gruselfilms betreten zu haben. Passend dazu erklang irgendwo im Innern des Hauses ein tiefer Glockenton.

Eine gefühlte Ewigkeit rührte sich nichts. Der Wind blies kräftig und Regen kam auf. Miranda verlor langsam die Geduld. Doch endlich öffnete sich die Tür und ein warmer Lichtschimmer fiel auf sie und den Taxifahrer, der sich jetzt höflich an die Mütze tippte, in sein Taxi stieg und davonbrauste, in Gedanken vermutlich schon am Strand von Ibiza.

Der Mann, dem Miranda jetzt gegenüberstand, war in etwa so unheimlich wie Toastbrot. Er war kleiner als sie, hatte schütteres Haar und abstehende Ohren, was ihm in Kombination mit seinem nicht mehr faltenfreien Gesicht ein affenartiges Aussehen gab. Zur Begrüßung hob er eine Augenbraue und sah Miranda fragend an.

»Mein Name ist Miranda Banks und ich suche eine Unterkunft für die Nacht. Dies ist doch das Mayflower Hotel, nicht wahr?«

Der Mann nickte, machte aber keine Anstalten, sie einzulassen, also erzählte Miranda einfach weiter.

»Ich bin gerade von einem einjährigen Aufenthalt in den Staaten wieder hier in England eingetroffen und habe noch keine neue Bleibe. Ich wollte eigentlich bei meinem Bruder übernachten, doch meine Nichte feiert heute ihren achtzehnten Geburtstag und das ganze Haus ist voller Teenager, die sich vermutlich wegen übermäßigen Alkoholgenusses den Rest der Nacht übergeben werden. Und ich bin aus dem Alter raus, in dem man Gekicher und laute Musik als schlaffördernd betrachtet.«

»Sie wünschen sich für diese Nacht also ein ruhiges Zimmer mit Bad in einer absolut pubertätsfreien Zone«, fasste das Äffchen ihre Ausführungen zusammen und ließ seinen Worten ein Kichern folgen.

»Genau.« Miranda kicherte ebenfalls und war erleichtert darüber, dass das Gefühl des Grusels endgültig von ihr wich. Dieser Portier, oder was immer der Mann darstellte, machte einen freundlichen Eindruck auf sie. »Mein Bruder empfahl mir dieses Hotel, weil er glaubte … nun ja …« Hier kam Miranda ein wenig ins Stocken. Sie wollte nicht unhöflich erscheinen.

»Ihr Bruder glaubt, dass unser kleines Hotel am wenigsten vom allgemeinen Trubel ergriffen sein wird, der wegen des nationalen Chortreffens in Barrow-in-Furness herrscht, richtig?« Das Äffchen zwinkerte ihr zu.

»So hat er sich ausgedrückt.« Miranda nickte. »Er meinte, dass alle großen Hotels im Umkreis von vielen Meilen längst ausgebucht sind. Hätte ich gewusst, dass ich mir einen solch ungünstigen Tag für meine Heimkehr ausgesucht habe, wäre ich einfach noch ein paar Tage in London geblieben. Aber jetzt …«

»… stehen Sie hier am späten Abend vor der Tür und bitten mich um einen Platz in der Herberge. Irgendwie biblisch, finden Sie nicht?« Der Mann stellte das Zwinkern ein und auch sein Lächeln erlosch. Stattdessen trat ein Ausdruck von Ratlosigkeit in sein Gesicht. »Aber was fange ich nun mit Ihnen an? Denn wissen Sie, selbst wir sind von den Konzertbesuchern und Sängern regelrecht überrannt worden. Das Mayflower ist voll bis unters Dach. Sogar in den ehemaligen Schlafkammern der Zimmermädchen unter dem Dach habe ich heute Übernachtungsgäste. Und ich habe keinen Stall hinter dem Haus, wo Sie bei Ochs und Esel nächtigen können.«

»Ach.« Miranda konnte ihre Enttäuschung nur schlecht verbergen und wünschte, sie hätte den Taxifahrer nicht fortfahren lassen. Jetzt stand sie hier in diesem sonst so einsamen Winkel der englischen

Insel und würde wohl am Straßenrand kampieren müssen. »Hätten Sie denn wenigstens ein Klappbett in einer Besenkammer für mich? Oder einen Sessel am Kamin?«

Die Antwort war ein Kopfschütteln, das ganz langsam in ein Nicken überging. »Eine Möglichkeit gäbe es natürlich noch«, sagte das Männchen, an dessen Westenrevers Miranda jetzt ein in Messing gerahmtes Schildchen entdeckte, das ihn als Mister Paperman auswies. »Im ersten Stock habe ich ein freies Zimmer mit Bad. Aber es hat natürlich seinen Grund, warum es heute Nacht nicht vermietet wurde.«

»Der Grund ist mir egal, ich nehme es«, erwiderte Miranda. Sie war müde und kein tropfender Wasserhahn, kein Schädlingsbefall und keine herunterhängende Tapete konnte sie heute noch schrecken.

»Sie wollen also das Zimmer 111 für eine Nacht mieten?«, fragte Paperman noch einmal und sah sie aufmerksam an.

»Mindestens für eine Nacht«, erklärte Miranda. »Ich weiß ja sonst nicht, wohin. Und falls meine Nichte länger als einen Tag braucht, um die Spuren der Party in ihrem Elternhaus wieder zu beseitigen, bleibe ich lieber hier bei Ihnen.«

»Na schön.« Der Portier öffnete die Tür weit und ließ Miranda endlich ein. »Sie haben Ihre Entscheidung getroffen, ich begrüße Sie im Mayflower Hotel. Ihr Gepäck dürfen Sie getrost mir überlassen.« Mit diesen Worten hastete der Mann ins Freie und nahm sich Mirandas Koffern an, die der Taxifahrer am Straßenrand zurückgelassen hatte.

Erleichtert darüber, dem stürmischen Wetter entflohen zu sein, betrat Miranda die Lobby des Hotels, die zugleich auch der Speiseraum zu sein schien. Vor den holzvertäfelten Wänden standen zahlreiche Tische, die bereits für das Frühstück des nächsten Tages eingedeckt worden waren. An der gegenüberliegenden Wand entdeckte Miranda einen Empfangstresen mit goldener Glocke und Gästebuch. Dahinter befand sich ein Regal mit nummerierten Fächern und links davon ein leeres Schlüsselbrett. Zeitloser Charme von fragwürdiger Qualität. Das Mayflower konnte schon gut und gerne fünfzig Jahre lang so aussehen. Möglicherweise war es aber auch nur ein Opfer der Retro-Welle geworden, die durch das Land spülte.

»Erledigen wir rasch noch die Formalitäten«, rief Paperman, der gerade mit ihrem Gepäck hereinkam.

Der alte Mann keuchte leicht unter der Last. Dabei war Miranda der Ansicht gewesen, dass sie für eine Reisende, die ihrem Heimatland ein Jahr lang ferngeblieben war, recht wenig Gepäck mit sich herumtrug.

Das weinrote Kofferensemble aus wasserabweisendem Material bestand nur aus drei Teilen und wartete jetzt mitten im Raum auf seinen Weitertransport, während Paperman hinter den Tresen hastete, ein Formular vor Miranda hinlegte und eine Schublade öffnete, wo er zwischen Schraubenziehern, Klebebandrollen und Servietten einen messingfarbenen Schlüssel fand, in dessen hölzernen Anhänger die Zahl 111 eingebrannt worden war.

Miranda ergriff den ebenfalls bereitgelegten Kugelschreiber, trug ihren Namen und die Adresse ihres Bruders in die freien Stellen ein, da sie selbst noch keine neue Bleibe in England hatte. Sie war vogelfrei und würde sich nach ihrer einjährigen Auszeit erst ganz neu orientieren müssen. Doch sie machte sich darüber keine allzu großen Sorgen. Wohnung und Job würden sich finden lassen. Sie war clever und nicht wählerisch.

Vielleicht hatte ja das Schicksal sie hierher ins Mayflower verschlagen. Vielleicht wartete ihre nächste Aufgabe genau hier an diesem leicht angestaubten Ort auf sie.

»Sie sind also Portier und Page in einer Person?«, fragte sie, während sie ihre Unterschrift unter ihre Angaben setzte.

»Ich bin außerdem der Zimmerservice und auch der Hausmeister. Nur für das Frühstück bin ich nicht zuständig, dafür kommt morgen wieder Personal ins Haus. Sowohl die Köchin als auch die Serviermädchen und Reinigungskräfte wohnen in der Stadt. Nur ich bin immer vor Ort. Das Mayflower ist ein kleines Hotel, seine Glanzzeiten liegen lange zurück. Aber dieses alte Gemäuer und ich beklagen sich nicht darüber. Es ist ein ruhiges Leben am Rande der großen Stadt.«

Miranda nahm an, dass Paperman niemals in London gewesen war, wenn er Ulverston allen Ernstes für eine große Stadt hielt, sprach dies aber nicht aus.

Als sie das ausgefüllte Formular über den Tresen schob, bat der Portier sie, die erste Nacht im Voraus zu bezahlen. Eine Bitte, der sie selbstverständlich nachkam. Dann reichte er ihr den Schlüssel für Zimmer 111.

»Sie gehen die Treppe hinauf und wenden sich im ersten Stock nach rechts. Es ist das Zimmer am Ende des Flures. Auf der linken Seite. Ihre Koffer werde ich Ihnen gleich hinaufbringen.«

Mit einem Nicken nahm Miranda den Schlüssel entgegen und wandte sich der breiten Treppe zu ihrer Linken zu, die sich nach oben und unten wand. Als die erste Stufe unter dem schon leicht strapazierten roten Teppich unheilvoll knarrte, spürte sie, wie das

Gefühl des ersten Augenblicks zu ihr zurückkehrte. Das Mayflower erschien ihr wieder wie der perfekte Ort für einen Gruselfilm.

Doch der Eindruck verflog, als sie den ersten Stock erreichte. Hier machte alles einen freundlichen Eindruck auf sie. In schmalen Nischen standen auf Beistelltischen Messinglampen mit grünen Glasschirmen und spendeten ihr warmes Licht. In schlanken Bodenvasen waren Kunstblumen arrangiert worden.

Wieder folgte Miranda einem roten Läufer bis ans Ende des Flures. An einer dunklen Holztür prangten drei Einsen aus Messing. Als Miranda den Schlüssel ins Schloss steckte und herumdrehte, gab der Bolzen ein Knarren von sich und glitt nur widerwillig zurück.

Abgestandene Luft schlug Miranda entgegen, es roch nach Staub und nach Abfluss oder toten Mäusen, da war sie sich nicht ganz sicher. Nun, sie war gewarnt worden. Das Zimmer 111 war nicht grundlos bis zur letzten Minute nicht vergeben worden. Eine Nacht würde sie es hier schon aushalten.

Froh darüber, die Nachteile dieses Zimmers nicht erfragt zu haben, verdrängte sie den Gedanken an krabbelnde Kakerlaken und huschende Mäuse, die sie im Schlaf heimsuchen konnten. Manchmal war es eben besser, die Details nicht zu kennen, dann musste sie sich auch nicht mit ihnen belasten.

Sie tastete nach dem Lichtschalter, fand ihn und drückte ihn herunter. Die Dunkelheit blieb.

»Fabelhaft«, entfuhr es Miranda. Doch da hörte sie auch schon das schwere Atmen von Mister Paperman auf der Treppe und nur einen Augenblick später betrat er den Treppenabsatz des ersten Stocks mitsamt ihrem Gepäck.

»Das Licht funktioniert nicht. Jemand muss es abgestellt haben«, sagte Miranda und deutete ins Dunkel des Zimmers.

»Nein, nein.« Paperman trat furchtlos ins Dunkel und Miranda konnte hören, wie er ihre Koffer auf den Boden stellte.

Einen Augenblick später klickte es leise und in der Nummer 111 wurde es hell. Die Lichtquelle war eine der Tischlampen mit grünem Glasschirm, wie sie auch in den Nischen des Flures standen. Nur befand sich diese hier auf einem Nachttisch neben einem französischen Bett, dessen schwarz gestrichenes Eisengestell verschlungene Blumenranken darstellte. Passend dazu zeigte die ganz und gar nicht abgerissene Tapete ein frisches Rosenmotiv aus zartrosa Blüten. Polstermöbel und Bettwäsche waren ebenfalls in floralen Mustern gehalten.

»Das ist zauberhaft«, rief Miranda aus und schlug vor Überraschung die Hände vor der Brust zusammen.

»Es trifft sicher nicht jedermanns Geschmack, aber es hat ein eigenes Flair, dem man sich nur schwer entziehen kann«, pflichtete Paperman ihr bei. »Die Leitung der Deckenlampe ist leider defekt«, fuhr er in entschuldigendem Ton fort und wies zur Decke, von der ein Tiffany-Lampenschirm herabhing. »Sie müssen mit dem Nachtlicht am Bett vorliebnehmen. Das Bad befindet sich dort hinter der Tür.« Er wies auf eine fast unsichtbare Tapetentür, öffnete sie und schaltete auch in dem dahinter liegenden Raum das Licht ein.

Miranda trat neben ihn und sah verzückt auf die hochbeinige Badewanne und die golden schimmernden Armaturen. Die 111 entpuppte sich als wahres Kleinod.

»Ich bin Ihnen unendlich dankbar, dass ich heute Nacht hierbleiben kann, Mister Paperman. Das fehlende Licht an der Decke stört mich überhaupt nicht. Damit komme ich schon zurecht. Morgen früh scheint ja schließlich auch wieder die Sonne, nicht wahr?«

»Das wollen wir hoffen, meine Liebe.« Papermans Gesicht lächelte, doch sein Tonfall drückte etwas anderes aus. Miranda vermutete, dass der Wetterbericht für den nächsten Tag eher ungünstig ausgefallen war. »Ich werde Ihnen noch frische Handtücher bringen. Und falls Sie es für nötig halten sollten, könnte ich das Bett frisch beziehen. Die Laken könnten ein wenig Staub angesetzt haben.«

»Nur die Handtücher, Mister Paperman, das reicht völlig aus. Ein bisschen Staub kann mich nicht schrecken.«

»Wie Sie meinen.«

Der Portier zog sich zurück und Miranda ihre Schuhe aus. Schon seit ihrer Ankunft auf englischem Boden hatte sie das Gefühl gehabt, ihre Absätze wollten sich durch die Schuhsohle bis in ihre Fersen schieben. Sie wackelte erleichtert mit den Zehen und beschloss, dass das Einzige, was sie jetzt noch dringend brauchte, ein heißes Bad war.

Sie ging nach nebenan, drückte den harten Gummistopfen in den Abfluss der Wanne und drehte die Hähne auf. Mit einem polterigen Blubbern floss das Wasser hinein. Miranda schien es einen leichten Gelbstich zu haben, doch auch das störte sie nicht. Das Hotel mochte alte Rohre haben, aber verfärbtes Wasser würde sie sicher nicht umbringen.

Da klopfte es an ihrer Zimmertür.

Als sie öffnete, stand davor der Portier und überreichte ihr einen Stapel blütenweißer Frotteehandtücher, auf denen er in weiser Voraussicht Rosenseife und ein Tütchen rosafarbenes Badesalz gelegt hatte. Sie bedankte sich für diese Aufmerksamkeit und war nicht überrascht, als sich beim Einstreuen des Salzes in das warme Wasser ein intensiver Rosenduft im Badezimmer ausbreitete.

Zufrieden und mit dem holprigen Tag schon fast versöhnt, glitt Miranda in das heiße Badewasser und eine halbe Stunde danach unter die rosenbedruckte Bettdecke, die ihr kein bisschen staubig vorkam. Wenige Augenblicke später löschte sie das Licht der Nachttischlampe und es wurde wieder dunkel in der Nummer 111.

Schon im Wegdämmern vernahm sie das Geräusch eines vorbeifahrenden Wagens draußen auf der Straße. Gleich darauf zerriss ein ohrenbetäubender Schrei die Stille in ihrem Zimmer.

Miranda schreckte auf, streckte ihre Hand nach der Nachttischlampe aus und zog an der kleinen Kette unterhalb des Lampenschirms. Das Licht ging an und Miranda sprang aus dem Bett. Sie lief zum Fenster, zog hastig den halb heruntergelassenen Rollladen hinauf und spähte nach draußen.

Vor dem Hotel lag die Landstraße verlassen da. Kein Auto und kein Mensch waren zu sehen. Miranda blieb noch einige Minuten auf ihrem Posten und lauschte. Doch alles war still wie zuvor.

Verwirrt ließ sie das Rollo wieder herab und ging zurück ins Bett. Nachdem sie das Licht zum zweiten Mal gelöscht hatte, fiel ihr das Einschlafen nicht mehr so leicht. Doch schließlich siegte die Müdigkeit. Und gerade als sie ins Traumland hinüberglitt, hörte sie erneut etwas. Das verzweifelte Weinen eines Kindes und ein weiterer Schrei. Schriller und länger als der erste.

Wieder zog Miranda an der Kette der Nachttischlampe, wieder stieg sie aus dem Bett. Doch diesmal erschien es ihr sinnlos, das Rollo hochzuziehen, die Laute waren nicht von der Straße gekommen. Nein, sie hatten ihren Ursprung hier, im Innern des Mayflower Hotels, da war sie sich jetzt ganz sicher. Also öffnete sie ihre Zimmertür und sah den Flur hinunter. Noch immer brannten die Lampen in den Nischen, doch es war kein Mensch zu sehen. Und zu hören war auch nichts mehr.

Miranda blieb in ihrem verwaschenen Longshirt im Türrahmen stehen, bis ihre Zehen kalt wurden, dann schloss sie die Tür und schlüpfte zurück unter die warme Bettdecke. Sollte sich das Spektakel noch einmal wiederholen, würde sie mal kräftig an die Wand zum Nachbarzimmer klopfen. Es schien ihr wahrscheinlich, dass die Schreie von dort gekommen sein mussten, da sich außer ihr anscheinend niemand sonst gestört fühlte. Sie wollte gar nicht so genau wissen, was hinter dieser Wand getrieben wurde, aber sie wollte jetzt schlafen und würde ihren Schlaf auch bekommen.

Wieder einmal löschte Miranda das Licht und für eine Weile blieb alles ruhig. Dann drang eine wütende Männerstimme an ihr Ohr, die unverständliche Worte brüllte. Erneut gesellten sich panische Schreie dazu.

Jetzt ebenfalls wütend, streckte Miranda wieder ihre Hand nach der Kette der Nachttischlampe aus, bekam sie zu fassen und zog kräftig daran. Als das Licht in Nummer 111 zum dritten Mal aufflammte, war es Miranda, die schrie. Und zwar so laut, wie sie noch nie zuvor geschrien hatte. Sie schrie zum letzten Mal in ihrem Leben.

Kapitel 1

Einen Monat später erklomm Sandy Schuller, eine echte Blondine mit so kleiner Stupsnase, dass ihr die modische Brille immer wieder verrutschte, die Stufen eines Mietshauses im Londoner Stadtteil Hackney. Das über und über mit buntem Graffiti besprühte Gebäude beherbergte in seiner dritten Etage eine Anwaltskanzlei, wie sie vermutlich in ganz England einzigartig war. Sandy hielt es sogar für möglich, dass es auf der gesamten Welt kein vergleichbares Unternehmen gab.

Sie wusste nicht, ob sie das Richtige tat, als sie den Klingelknopf neben der Milchglasscheibe drückte, doch es mangelte ihr an Alternativen. Als die Tür sich öffnete, sah Sandy sich einem noch jungen Mann von großem Wuchs und mit verwuschelten braunen Haaren gegenüber, der einen sehr verschlafenen Eindruck machte. Er trug ein graues Shirt und eine Jogginghose, beides war dem schlanken Mann viel zu weit. Nichts an ihm wirkte auf Sandy Schuller vertrauenserweckend, auch nicht das Bärtchen, das Kinn und Oberlippe zierte und vermutlich Reife ausstrahlen sollte, es aber nicht tat.

»Entschuldigen Sie die Störung, ich habe mich vermutlich in der Tür geirrt«, begann sie das Gespräch. »Ich bin auf der Suche nach Harrowmore Souls, der Anwaltskanzlei für Geister und durch sie Betroffene. Ich bin der Beschilderung im Haus gefolgt, und die hat mich hierher geführt.«

»Und hier sind Sie auch goldrichtig, gute Frau. Ich bin Conrad Bligh, der Anwalt der Geister.« Der Mann gähnte verhalten. »Entschuldigen Sie meine Müdigkeit und meinen Aufzug, aber wenn Sie die letzte Nacht wie ich verbracht hätten, sähen Sie jetzt auch nicht aus wie aus dem Ei gepellt. Meine Klienten sind manchmal etwas … eigensinnig.«

Sandy wurde eingelassen und sie folgte Bligh in einen Empfangsraum, dessen Mitte von einem verwaisten Schreibtisch eingenommen wurde, auf dem sich die Post vergangener Tage häufte. Überall im Raum verstreut standen große Umzugskartons, teilweise geöffnet, wobei sie einen schlampig zusammengepackten Hausstand offenbarten.

»Den Zustand der Kanzlei müssen Sie ebenfalls entschuldigen. Harrowmore Souls ist gerade erst hier eingezogen und wir kommen zu gar nichts. Eine Sekretärin müssten wir haben, aber um mich darum zu kümmern, fehlt mir die Zeit. Vermutlich würde der Anblick dieses Büros auch abschreckend auf die Bewerberinnen wirken.«

Sandy, die sich sicher war, dass dies der Fall sein würde, nickte und fragte sich erneut, ob sie hier wirklich richtig war. Diese Kanzlei machte ebenso wie der ›Anwalt der Geister‹ keinen vertrauenswürdigen Eindruck auf sie. Doch da sie kaum eine andere Wahl hatte, kam Sandy Blighs Aufforderung nach, ihm in einen schmalen Flur zu folgen, an dessen Ende sich zwei Türen befanden. Sie warf dem Anwalt einen fragenden Blick zu und machte Anstalten, die rechte Tür zu öffnen.

»Um Gottes willen, bloß nicht die«, rief Conrad Bligh und zog sie zurück. »Nicht diese Tür, die darf man niemals vor elf Uhr morgens öffnen. Das ist lebensgefährlich.«

Sandy hob fragend die Augenbrauen, schwieg aber. Eigentlich wollte sie gar nicht so genau wissen, was sich an einem Ort wie diesem hinter verschlossenen Türen verbarg.

Bligh selbst stieß nun die linke der beiden Türen auf und schob die verunsicherte Sandy Schuller vor sich her in ein Büro, das diesem Namen ebenfalls nur eingeschränkt gerecht wurde. Sandy gab sich Mühe, den Schlafsack auf dem Klappbett zu ignorieren, und nahm auf dem einfachen Holzstuhl Platz, der aussah, als sei er einmal Teil einer Klassenzimmereinrichtung gewesen.

Conrad Bligh, dem die Tatsache, dass er in seinem Büro schlief, ganz offensichtlich peinlich war, verfiel in hektische Betriebsamkeit, warf den Schlafsack in einen offenen Aktenschrank und machte sich daran, das Feldbett zusammenzuklappen.

»Ich muss nochmals um Entschuldigung bitten. Es ist alles recht provisorisch bei uns. Und nichts hält bekanntlich so lange wie ein Provisorium, nicht wahr?« Er lachte verlegen und zuckte zusammen, als er sich die Finger im Scharnier des Bettes klemmte.

Sandy ging nicht auf diese Floskel ein. Der Mann kam ihr immer weniger wie ein Anwalt, sondern eher wie ein zu groß geratenes Kind vor. Seine Kanzlei, sein Büro und er selbst erschienen ihr gleichermaßen lächerlich. Sie verschränkte die Arme vor der Brust und holte tief Luft, bevor sie ihre Rede begann. »Ich bin zu Ihnen gekommen, Mister Bligh, weil Harrowmore Souls zu den wenigen

Anlaufstellen zählt, die für Leute mit, nennen wir es mal, übersinnlichen Problemen geeignet sind.«

»Fast eine Monopolstellung«, rief der junge Mann und beförderte das zusammengeklappte Feldbett mit einem gezielten Tritt in eine Lücke zwischen Aktenschrank und Wand. Dann nahm er hinter seinem Schreibtisch Platz und ließ eine beträchtliche Anzahl leerer Schokoriegelverpackungen in einer Schublade verschwinden. »Es gibt nicht viele Leute, die auf diesem Gebiet tätig sind. Und niemand ist darin so gut wie wir.« Bligh grinste selbstzufrieden und lehnte sich zurück.

»Wir?«, wiederholte Sandy Schuller.

»Meine Kollegin, Allison Harrowmore, und ich. Wir betreiben diese Firma gemeinsam. Sie ist ein zauberhaftes Wesen und ein echter Profi.«

Sandy hörte, wie sich außerhalb des Büros, in dem sie saß, etwas regte. Die rechte Tür, die sie eben nicht hatte öffnen dürfen, war aufgestoßen worden. Etwas betrat den Flur und ließ die Dielen knarren.

»Miss Harrowmore hat Erfahrungen mit nahezu jeder Form von Spuk und Geistererscheinungen«, fuhr der Anwalt fort.

Draußen vor der Tür waren jetzt schleppende Schritte zu hören und jemand grunzte, als wäre er eben erst aufgewacht. Sandy warf einen verstohlenen Blick auf ihre Armbanduhr. Es war Punkt elf Uhr.

»Egal, ob es sich um einen ausgewachsenen Spuk oder nur um Erinnerungssplitter handelt, Miss Harrowmore findet einen Weg, um zu dem Wesen durchzudringen, und hilft sowohl der Erscheinung als auch den davon betroffenen Lebenden aus jeder noch so schwierigen Situation heraus.«

Sandy hörte Wasserrauschen. Jemand sang ziemlich schief »Rule Britannia«, gab gurgelnde Laute von sich, die in ein Spucken übergingen, und sang weiter. Sie hatte den Eindruck, als würde sich jemand bei offener Badezimmertür die Zähne putzen.

Auch ihr Gegenüber musste die Geräusche bemerkt haben. Ja, Sandy war sich jetzt sicher, dass der Mann hinter dem Schreibtisch zu schwitzen begonnen hatte und langsam, aber sicher rot anlief.

»Erst gestern haben wir eine alte Dame vom Geist ihres verstorbenen Ehemanns befreit. Sie war völlig verzweifelt, weil er auch noch zwanzig Jahre nach seinem Tode zu ihr ins Bett stieg und die ganze Nacht hindurch schnarchte. Sie hätten dabei sein müssen. Die Dezibelstärke war höher als in jedem Sägewerk.« Der Anwalt lachte übertrieben laut und fuhr schnell fort, als Sandy nicht mitlachte. »Jedenfalls schläft dieser Geist seit der vergangenen Nacht für immer, und zwar tonlos. Sie werden mir zustimmen, dass dies für beide Parteien eine Verbesserung darstellt.«

Sandy Schuller nickte langsam und lauschte wieder den Geräuschen vor der Bürotür, wo sich unmelodischer Gesang, Grunzlaute und trampelnde Schritte abzuwechseln schienen. Jetzt wurde etwas gerufen.

»Kaffee! Verdammt, was muss man eigentlich noch alles tun, um hier morgens einen Kaffee zu bekommen? Habe ich nicht gerade erst einen alten Sack per Arschtritt ins Jenseits befördert?«

Sandy musste nicht einmal fragend eine Augenbraue heben, um Conrad Bligh den Rest zu geben, der jetzt tomatenrot anlief.

Nur einen Augenblick später öffnete sich schwungvoll die Tür hinter Sandy, woraufhin sie sich umdrehte und keinen Augenblick daran zweifelte, dass die Frau, die jetzt eintrat, besagte Allison Harrowmore sein musste.

»Oh! Wir haben Besuch«, stellte diese sachlich fest und lief nicht rot an. Obwohl ihr Aufzug ein gewisses Maß an Scham durchaus verdient hatte.

»Die Dame ist eine Klientin. Sie wollte mir gerade erzählen, was sie zu uns führt«, beeilte sich Conrad Bligh, zu sagen.

Sandy schob ihre Brille zurecht und betrachtete den Neuankömmling eingehend. Die Frau war höchstens Anfang zwanzig und sehr groß. Zu groß, um als zierlich gelten zu können, obwohl sie schlank war. Das glatte schwarze Haar trug sie als geflochtenen Zopf, der über ihrer rechten Schulter lag. Sandy Schuller war sich sicher, dass sie so frisiert auch geschlafen hatte, und zwar in ebendiesem Shirt, in dem sie jetzt vor ihr stand und das nur knapp die Pobacken bedeckte. Sandy hatte schon lange nicht mehr so lange und schöne Beine gesehen.

»Hallo, ich bin Allison Harrowmore und die Lösung für Ihr Problem.« Die Frau hielt ihr die ausgestreckte Hand unter die Stupsnase.

»Woher wollen Sie das wissen?«, erwiderte Sandy.

»Weil Sie hier sind.« Die Frau grinste frech. »Wer hierherkommt, hat üblicherweise mindestens ein Problem, und zwar genau die Art von Problem, mit der ich mich auskenne. Conny weiß in diesen Belangen inzwischen allerdings auch ganz gut Bescheid.« Sie deutete auf den Anwalt, dessen rote Gesichtsfarbe jetzt auf leichenblass gewechselt hatte. »Er ist noch neu in der Branche, aber im Gegensatz zu mir versteht er es, aus meinen Talenten Geld zu machen. Das finde ich ziemlich klasse. Also: Wie können wir Ihnen helfen? Ist Ihnen der Geist Ihrer Schwiegermutter erschienen?«

»Ich fürchte, so einfach ist es nicht.« Auf Sandys Lippen stahl sich ein Lächeln. Sie gestand sich ein, dass ihr die ungekünstelte Art der jungen Frau gefiel. »Mein Problem ist nicht sichtbar. Nicht für mich und auch für niemanden sonst.«

»Aha. Wir haben es also mit einem Unsichtbaren zu tun«, warf der Anwalt ein und schien sich wieder gefangen zu haben.

»Nein«, Sandy schüttelte den Kopf, »das trifft es auch nicht wirklich. Es ist mehr ein Geräusch. Ein sehr lautes. Es geht um Schreie.«

»Hören Sie diese Schreie erst seit kurzer Zeit?«, fragte Allison Harrowmore und lehnte sich an den Aktenschrank, dessen Tür sie zuvor sorgfältig geschlossen hatte. »Dann sollten Sie vielleicht einen Arzt aufsuchen. Hinter so manchem übernatürlichen Phänomen verbirgt sich schlichtweg eine Erkrankung.«

»Ich bin Ernährungsberaterin. Mein Name ist Sandy Schuller und ich arbeite in Thornway. Das ist ein Sanatorium außerhalb von Ulverston.«

»Ein Sanatorium? Was darf ich darunter verstehen? Was genau sanieren Sie dort?« Der Anwalt legte den Kopf schief und in seinem Gesichtsausdruck war so etwas wie Skepsis aufgetaucht.

Eilig sprach Sandy Schuller weiter. »Thornway ist eine Einrichtung für Menschen, die nach einer schweren Erkrankung rehabilitiert werden müssen. Oft ist es nach einem operativen Eingriff oder einer langfristigen Medikamenteneinnahme notwendig, den Patienten ganzheitlich aufzubauen. In Thornway betreuen wir vor allem neurologische Fälle.«

»Ein Ferienlager für Durchgeknallte, also«, stellte Allison Harrowmore fest.

»Diese Leute sind nicht durchgeknallt«, erwiderte Sandy Schuller in bissigem Tonfall. Sie setzte sich kerzengerade hin. »Wer nach Thornway kommt, hat eine lange Leidensgeschichte und üblicherweise die Nase gestrichen voll von der Schulmedizin. In unserem Team arbeiten zwar auch Ärzte mit, aber ihre Aufgabe besteht darin, zu entscheiden, was der Patient braucht und was ihm guttut. Wir bieten unseren Gästen während ihres Aufenthalts Wassergymnastik, Yoga, Nordic Walking, Radfahren, Seminare über gesunde Ernährung, Kochkurse und vieles mehr.«

»Schon gut, schon gut.« Allison Harrowmore grinste breit. »Ich war wieder einmal unhöflich, das passiert mir häufiger. Machen Sie sich einfach nichts draus. Sie wollen damit sagen, dass Sie in Ihrer Eigenschaft als aufmerksame Ernährungsberaterin hier sind? Hat einer Ihrer Patienten ein Gespenst verschluckt, oder was führt Sie zu uns? Ach nein. Sie sprachen ja von lästigen Schreien. Klingt für mich nach einer Art Tinnitus.«

Sandy gab ein Seufzen von sich. »Es ist kein Tinnitus. Und wenn es nur ein Patient wäre, säße ich jetzt nicht hier. Doch ich bin seit fast drei Jahrzehnten in Thornway tätig. Und in dieser Zeit sind mir mehrere dieser Fälle untergekommen. Inzwischen bin ich mir sicher, dass es zwischen allen Betroffenen eine Verbindung geben muss, denn da gibt es zu viele Übereinstimmungen, die sich nicht wegdiskutieren lassen.«

»Übereinstimmungen? Was für Übereinstimmungen?« Die Frage kam von dem jungen Anwalt hinter seinem Schreibtisch, der jetzt vor Neugier zu bersten schien.

Sandy konnte es ihm nicht verdenken. »Das Beste wird sein, ich erzähle Ihnen die Geschichte von Anfang an. Hätten Sie vielleicht einen Kaffee für mich?«

Kapitel 2

Conny konnte es nicht fassen. Nicht nur, dass er selbst den Vormittag fast verschlafen und einer neuen Klientin die Tür in Jogginghose geöffnet hatte. Nein, jetzt leistete sich auch noch seine Quasi-Verlobte Allison Harrowmore einen durch und durch peinlichen Auftritt.

Drei Kaffeetassen auf einem Buchdeckel arrangierend, weil er kein Tablett finden konnte, dachte Conny darüber nach, wie er den Eindruck, den diese Sandy Schuller gewonnen haben musste, irgendwie aufpolieren konnte. »Ein wirklich guter Kaffee wäre vielleicht ein Anfang«, sagte er zu sich selbst und sah ein wenig unglücklich auf das Glas mit Instantkaffee, das er in einer der Umzugskisten gefunden hatte. »Hoffentlich fragt sie nicht nach Milch.« Einkaufen waren sie schon seit Tagen nicht mehr gewesen, sie aßen meist außer Haus.

Seine Kanzlei, die er mit Allison gemeinsam betrieb, war erst seit drei Wochen in diesem wenig ansprechenden Gebäude in einem ehemaligen Bandenviertel untergekommen. Es war nicht leicht gewesen, überhaupt eine Wohnung in London zu finden, die für sie beide finanzierbar war. Allison entstammte zwar einem alten Adelsgeschlecht, dessen Schloss nahe der schottischen Grenze zu finden war, doch Geld hatte sie nicht in ihre Beziehung mitgebracht. Und Geld gehörte auch nicht zu den Dingen, die Conny im Überfluss besaß.

Drei Jahre hatte er nach Allison gesucht. Drei Jahre, nachdem sie ihm auf einer Party prophezeit hatte, dass sie füreinander bestimmt waren, ob sie es nun wollten oder nicht. Sie hatten es beide nicht gewollt. Trotzdem hatte Conny alles darangesetzt, Allison wiederzufinden, weil ihm seit jener Party einfach nichts mehr geglückt war und er sich von der dunkelhaarigen Schönen verflucht fühlte.

Das Problem bei seiner Suche war allerdings gewesen, dass Allison Harrowmore zum Zeitpunkt ihrer ersten Begegnung noch gar nicht geboren gewesen war. Nur schwer hatte er sich mit der Tatsache angefreundet, dass die Frau, die das Schicksal ihm aufdrängen wollte, eine Zeitreisende war, die ihren Lebensinhalt damit verdiente, unglückliche Gespenster von ihrem Dasein auf Erden zu erlösen. Sie bezeichnete sich selbst als eine Seelensorgerin.

All diese beunruhigenden Details als Fakten zu akzeptieren, war überraschend einfach gewesen. Eine kurze Zeitreise an Allisons Seite, zurück in die Neunzigerjahre, hatte seine Bereitschaft diesbezüglich enorm gesteigert. Doch weil Conny auf Zeitreisen und jede Form von Teleportation zunehmend mit Reisekrankheit reagierte, hatten sie sich gemeinsam dafür entschieden, das Glück in seiner Gegenwart zu suchen. In London. Und sowohl Allisons Talente als auch die seinen sollten genutzt werden.

Jetzt waren sie also hier, um in eine gemeinsame Zukunft zu starten, auch wenn es ihnen beiden noch an einer Kleinigkeit fehlte. Und das war zumindest so etwas Ähnliches wie Liebe. Die Erfahrungen der letzten Monate hatten sie gerade einmal so weit gebracht, einander zu akzeptieren und den Keim für eine Freundschaft zu legen. Mehr war einfach noch nicht drin gewesen. Es gab ja auch viel zu viel zu tun.

»Wo bleibt der Kaffee?!«

Es war genau dieser Tonfall, den Conny an Allison nicht leiden konnte. Er antwortete nicht auf ihr Gebrüll und wartete schweigend neben dem Wasserkocher auf dessen Vollzugsmeldung. Allisons manchmal rüpelhafte Art machte es nicht unbedingt leichter, sie zu lieben. Nicht für ihn. Damit entsprach sie nicht seinem Typ, und er entsprach vermutlich auch nicht ihren Vorstellungen.

Aber sie würden sich schon zusammenraufen. Irgendwann. Das Schicksal hatte sie schließlich füreinander bestimmt. Und bis dahin würden sie getrennt in ihren Büros nächtigen und auf bessere Zeiten hoffen, in privater und beruflicher Hinsicht. Letzteres musste einfach klappen. Schließlich waren sie nicht nur gut in ihrem Job als Seelensorger, sondern absolute Spitzenklasse. Und das private Glück war ihnen quasi vom Schicksal zugesichert worden. Was sollte da noch schiefgehen?

Der Wasserkocher klickte, Conny rührte den Kaffee direkt in den Tassen an und stellte einen Süßstoffspender auf den Buchdeckel. Dann balancierte er die Tassen samt Tablett-Buch zurück in sein Büro, wo Allison, die ihr Erscheinungsbild mit einer fleckigen Jeans leidlich aufgepeppt hatte, jetzt hinter seinem Schreibtisch saß und keine Anstalten machte, diesen Platz wieder zu räumen.

Als er zuerst Sandy Schuller bediente und dann einen Kaffeebecher vor seiner Partnerin abstellte, fragte diese: »Keine Milch?«

Er bedachte sie mit einem, wie er hoffte, vernichtenden Blick und nahm seine eigene Tasse. Dann lehnte er sich an den Aktenschrank und sah ihre Besucherin auffordernd an, die daraufhin mit ihrem Bericht begann.

»Im Herbst des Jahres 1992, ich war noch ein ganz junges Mädchen und neu in Thornway, begegnete mir der erste Fall dieser Art. Ein junger Mann, wie sich später herausstellte, war sein Name Frederick Hale, wurde nur mit einem Pyjama bekleidet in der Nähe der Stadt Ulverston in Cumbria aufgegriffen und in eine Klinik gebracht. Sobald man ihn dort für austherapiert erklärte, sorgte seine Familie dafür, dass er zu uns kam. Frederick Hale konnte offensichtlich kaum ein Wort von dem verstehen, was zu ihm gesprochen wurde, erzählte mir aber unter Tränen, er würde ununterbrochen die Schreie der Toten hören. Unnötig zu sagen, dass niemand außer ihm die Schreie wahrnahm.«

»Und er konnte nicht erklären, was ihm widerfahren war?«, hakte Conny nach und rührte in seinem Kaffee.

»Nein. Er wusste nicht, wie er im Pyjama auf die Straße gekommen war, wusste zunächst nicht einmal mehr seinen eigenen Namen. Der Mann litt unter einem vollständigen Gedächtnisverlust, von dem er sich nie ganz erholte. Da auch die Schreie in seinen Ohren nicht aufhörten, kam er in den folgenden Jahren immer wieder für ein paar Wochen nach Thornway. Dann kam er nicht mehr, und heute weiß ich auch, warum. Er hat sich das Leben genommen.«

»Kein Wunder. Ich würde auch sterben wollen, wenn man mich tagein, tagaus anbrüllt«, meinte Allison und legte die nackten Füße auf den Schreibtisch. Conny warf ihr einen warnenden Blick zu, der absolut nichts bewirkte.

Sandy Schuller nickte nur und setzte ihren Bericht fort. »Ende der Neunzigerjahre wiederholte sich das Ereignis. Ein anderer Mann, ein anderer Pyjama, doch gefunden wurde er in derselben Gegend, obwohl er Schotte war. Sein Name war Cyril Bates, genau wie Hale hatte er zunächst keine Erinnerung an sein bisheriges Leben. Sie kehrte zwar langsam zurück, doch an die Ereignisse, die zu seinem Zustand geführt hatten, erinnerte er sich nie. Er wurde nur 24 Jahre alt. Auch ihn haben die Schreie, die nur er hören konnte, in den Tod getrieben. Er kletterte in eine Ulme, die im Park von Thornway steht, und stürzte sich hinunter. Ihm brach es das Genick, seinen Eltern das Herz. Sie setzten alles daran, die Vorkommnisse zu klären. Durch sie erfuhr ich, dass ihr Sohn vor seinem Zusammenbruch zu einer Tramptour durch ganz England aufgebrochen war. Was ihm auf dieser Reise zustieß und wie dieses seltsame Trauma ausgelöst wurde, konnte nie geklärt werden.«

»Höchst eigenartig.« Eigentlich hatte Conny ›höchst beunruhigend‹ sagen wollen, denn das war es, was die Geschichte Schullers mit ihm machte. Sie beunruhigte ihn zutiefst.

»Die nächsten Jahre gingen dahin, ohne dass ich ähnlichen Fällen, die in Thornway betreut wurden, helfen konnte. Es waren nur wenige, aber es kam immer wieder vor«, erzählte die Ernährungsberaterin. »Keiner von ihnen erlangte sein Erinnerungsvermögen völlig zurück und alle schieden freiwillig aus dem Leben, die einen eher, die anderen später. Ich habe bei den Hinterbliebenen Erkundigungen eingeholt.«

»Warum?«, hakte Allison nach. »Es kann doch kaum zu Ihren Aufgaben gehören, sich als Detektiv zu betätigen.«

»Weil ich aktuell wieder zwei dieser Fälle in Thornway betreue und mir die Parallelen aufgefallen sind. Sie wurden wieder in ihrer Nachtwäsche nahe Ulverston aufgegriffen, völlig orientierungslos und ohne Erinnerung. Ich fand es ungewöhnlich, dass ein und dasselbe Krankheitsbild immer am selben Ort auftritt. Sehen Sie, wenn nahe einem Atomkraftwerk Missbildungen auftreten, ahnt man, warum es gerade an diesem Ort dazu kommt. Aber wie können diese Schreie, die niemand sonst hören kann, ein lokales Phänomen sein?« Sandy Schuller rang die Hände in einer hilflosen Geste. »Erst vor ein paar Tagen traf eine junge Frau bei uns ein. Ihr Bruder will, dass wir alles tun, um sie wieder ganz herzustellen. Ihr Name ist Miranda Banks. Sie hat ein Jahr in den Staaten verbracht und gleich an ihrem zweiten Tag auf englischem Boden wurde sie verwirrt nahe Ulverston aufgefunden.«

»Miranda Banks«, wiederholte Conny, um sich den Namen einzuprägen.

»Die Frau spricht zudem kein einziges Wort. Die Ärzte führen das auf eine Art Schock zurück. Doch die Art, wie sie sich unablässig selbst auf die Ohren schlägt und sich die Haare rauft, lässt bei mir keinen Zweifel aufkommen: Auch sie hört diese Schreie in ihren Ohren. Natürlich habe ich auf diesen Umstand sofort hingewiesen. Doch die Ärzte in Thornway sind an meiner Meinung nicht interessiert. Und es interessiert sie auch nicht, dass quasi vor unserer Haustür immer wieder Menschen Opfer einer sehr rätselhaften Erkrankung werden.« Der Tonfall von Sandy Schuller verriet, wie sehr die Ignoranz des Arztes sie gekränkt hatte.

»Und wieder weiß man nichts darüber, wie diese Miranda nach Ulverston gekommen ist und was sie dort getan hat?«, wollte Allison wissen und nippte an ihrem Kaffee.

»Doch. Dieses Mal habe ich mehr in Erfahrung bringen können.« Sandy Schuller nippte ebenfalls an ihrem Kaffee, verzog das Gesicht, stellte die Tasse ab und schob sie von sich. »Miranda Banks war nach Ulverston gekommen, um ihren Bruder Arthur zu besuchen. Unangekündigt. Sie wollte während ihres Neuanfangs in England eine Weile bei ihm wohnen, bis sie einen neuen Job und eine neue Bleibe gefunden hatte. Da in dessen Haus aber gerade eine wilde Geburtstagsparty tobte, seine Tochter ist gerade achtzehn geworden, hat Miss Banks es vorgezogen, in einem Hotel zu übernachten. Ihr Bruder empfahl ihr drei Hotels, von denen er annahm, dass dort noch ein freies Zimmer zu bekommen sei, obwohl im nahe gelegenen Barrow-in-Furness gerade ein landesweites Chortreffen stattfand, das viele Leute anzog.«

»Und?« Allisons Stimme hatte einen lauernden Unterton angenommen.

»Nichts und. In keinem der drei Hotels will man Miranda Banks gesehen haben. Niemand weiß, was in der Nacht geschah. Ihre Geschichte beginnt erst wieder gegen sieben Uhr morgens auf der Stockbridge Lane. Dort hat sich eine Verkehrskontrolle ihrer angenommen. Sie trug ein Nachthemd und sonst gar nichts.«

»Hat sie das Haus ihres Bruders in einem Mietwagen verlassen?«, wollte Allison wissen.

»In einem Taxi.« Schuller machte eine hilflose Geste. »Ich habe auf eigene Faust Nachforschungen angestellt und in allen Taxizentralen nachgefragt, doch bisher hat sich kein Fahrer gemeldet, der Miranda Banks mitgenommen hat.«

»Aber das wäre doch nun wirklich die Aufgabe der Polizei gewesen.« Conny war verwundert, dass so wenig unternommen wurde, um die Umstände des Falles Banks zu klären.

Sandy Schuller zog eine Grimasse. »Miranda Banks ist weder tot noch vermisst. Sie hat lediglich ihre Stimme und ihr Gedächtnis verloren, vermutlich auch ihren Verstand. So etwas interessiert unsere Polizei nicht besonders, solche Dinge landen auch nicht von selbst im Fundbüro. Niemand scheint glauben zu wollen, dass mehr hinter dieser Sache steckt als eine plötzliche Erkrankung. Niemand außer mir.«

»Und jetzt sind Sie zu uns gekommen, weil Sie glauben, dass Gespenster für all diese Vorkommnisse verantwortlich sein könnten«, stellte Conny fest und versuchte, sachlich zu klingen.

»Ich glaube nicht an Gespenster, ich glaube an die Schreie der Toten«, korrigierte Sandy ihn. »Ich glaube, dass es in oder um Ulverston einen Ort geben muss, der aus gesunden Menschen Verrückte macht.«

»Jetzt haben Sie es aber gesagt«, warf Allison triumphierend ein.

Sandy Schuller machte ein säuerliches Gesicht. »Und ich will alles versucht wissen, um weitere Fälle dieser Art zu verhindern. Deswegen bin ich hierher nach London gekommen. Wen könnte ich sonst damit beauftragen außer eine Kanzlei, die die Interessen der Geister und aller durch sie Betroffenen vertritt?«

Sandy Schuller sah Conny herausfordernd an und dieser musste zugeben, dass diese Geschichte genau wie etwas klang, das in Allisons und damit auch in sein Ressort fiel. Doch er konnte die kalten Schauer nicht ignorieren, die ihm seit dem Beginn von Schullers Geschichte über den Rücken jagten. Hier ging es nicht um einen schnarchenden Ehemann, der seinen eigenen Tod verschlafen hatte. Hier ging es um etwas Bedrohliches, das gesunde Menschen in nervliche Wracks verwandelte, ihnen die Persönlichkeit und die Erinnerungen stahl.

Conny fühlte sich unwohl und sah zu Allison hinüber. In ihren Augen konnte er die reine Begeisterung blitzen sehen.

»Selbstverständlich werden wir uns dieses Falles annehmen«, rief sie da auch schon aus. »Sie haben doch nichts dagegen, wenn wir Thornway einen Besuch abstatten, oder? Ich würde diese Miranda gern kennenlernen. Sie sprachen zudem von einem zweiten Opfer der Schreie, das sich dort gerade erholt?«

Sandy Schuller nickte. »Bob Barker ist schon zum dritten Mal bei uns. Physisch ist er topfit, doch er wird die Schreie nicht los, die ihn langsam, aber sicher zermürben. Auch er erinnert sich nur bruchstückartig an sein Leben, bevor er zwischen Ulverston und Barrow-in-Furness gefunden wurde«, gab sie zu bedenken. »Und Miranda Banks kann nicht einmal mehr sprechen. Es hat sie am härtesten getroffen, sie ist wirklich mitleiderregend.«

»Mich stört das nicht. Wenn Conny so richtig in Fahrt ist, redet er wie ein Wasserfall, da freue ich mich über jeden schweigsamen Menschen, der meinen Weg kreuzt.« Allison grinste frech und Conny verkniff sich jeden Kommentar dazu. »Wir werden zu Ihnen nach Cumbria kommen und uns dieses Falles annehmen.«

Sandy Schuller grinste nicht. »Ich setze meine ganze Hoffnung in Sie beide. Stoppen Sie diese seltsamen Vorkommnisse, bevor es noch mehr Opfer gibt. Ich bitte darum.«

Nachdem sie Sandy Schuller zur Tür begleitet und sie die Kanzlei verlassen hatte, setzte Conny sein strengstes Gesicht auf und deutete auf Allisons fleckige Jeans. »So geht das nicht. Du solltest dir über den ersten Eindruck Gedanken machen, den wir bei einem Klienten hinterlassen. Schlimm genug, dass wir in diesem heruntergekommenen Viertel leben, in einem Haus, das aussieht, als wäre es das Opfer der Buntstiftattacke eines Fünfjährigen geworden. Noch schlimmer, dass wir in unseren Arbeitsräumen wohnen und schlafen müssen. Aber du selbst darfst dich doch nicht gehen lassen.«

Anstelle einer Antwort deutete Allison nur auf Connys schlabberige Jogginghose und wandte sich dem verwaisten Schreibtisch im Foyer zu. Mit mäßigem Interesse nahm sie eine Anzahl noch verschlossener Briefe in die Hand, las die Absender und ließ sie wieder fallen. Dann fiel ihr Blick auf einen dicken gepolsterten Umschlag. Conny beobachtete, wie sich Allisons Miene veränderte.

»Na endlich. Er ist da. Das wurde aber auch höchste Zeit. Mir geht langsam die saubere Wäsche aus.«

»Das sagte ich doch gerade«, entfuhr es Conny. »Allerdings kann ich mir nicht vorstellen, wie dir dieser Brief dabei eine Hilfe sein könnte. Steckt da ein Heinzelmännchen drin? Trägt es etwa deine Jeans für dich zum Waschsalon?« Conny krönte seine Bemerkungen mit einem abfälligen Lachen, das ihm jedoch im Hals stecken blieb, als er Allisons Blick sah, der Ironie und Überheblichkeit ausdrückte.

»Du bist ganz dicht dran, mein Lieber. Und wenn du ganz nett bist, wäscht er deine Jogginghosen auch gleich mit.«

»Wer? Es gibt doch nicht etwa wirklich Heinzelmännchen, oder?« Conny sah sich misstrauisch im Foyer seiner neuen Kanzlei um, konnte aber nichts und niemanden entdecken. Allison und er waren allein. Nur eine halb vertrocknete Zimmerpalme hinter dem Schreibtisch klammerte sich verzweifelt an ihre Existenz, aber das konnte nicht mehr lange gut gehen.

Allison riss den Umschlag auf, griff hinein und zog eine goldfarbene, schon etwas stumpf gewordene Kette heraus, an deren Ende eine ebenfalls goldene Taschenuhr zum Vorschein kam. Das gute Stück hatte schon bessere Tage gesehen. Conny fielen sofort eine Reihe tiefer Schrammen auf ihrem Deckel auf.

»Ein wenig Politur könnte da Wunder wirken.« Er streckte seine Hand nach der Uhr aus, doch Allison hielt sie fest umklammert.

»Da wirst du ihn vorher fragen müssen. Es ist schließlich nicht deine Uhr«, stellte sie fest und ließ den Deckel aufschnappen. »Ich frage mich, wann er wohl ankommen wird.«

»Wer denn?« Misstrauisch blickte Conny erneut um sich.

Seit er mit Allison zusammen lebte und arbeitete, ertrug er das Auftauchen von Geistern und fast jeden Spuk mit Fassung. Er gab sich große Mühe, sich an das Ungewohnte zu gewöhnen. Und trotzdem erschrak er und sprang mit einem Satz zurück, als jetzt die Zimmerpalme mit einem scharrenden Geräusch über die Bodenplanken rutschte und an der Wand zerschellte.

»Unsere Palme hat Selbstmord begangen«, stellte er pikiert fest und sah auf die Scherben des Tontopfs hinab.

»Aber nein«, Allison kicherte, »das bedeutet nur, dass er gleich hier sein wird. Die Palme stand ungünstigerweise genau in der Teleportzone. Siehst du? Da ist er schon.« Sie deutete auf den Punkt, an dem eben noch die sterbende Pflanze ihr Dasein gefristet hatte.

Conny kniff die Augen zusammen. Zuerst fiel ihm nichts Besonderes auf. Dann schien es ihm, als würde ein blassrosa Lichtschimmer sich im Raum ausbreiten und mit zunehmender Intensität eine Art Strudel erzeugen. Im Auge des Lichtorkans waren zunächst schemenhaft, dann immer deutlicher die Umrisse eines Mannes zu erkennen.

»Wer ist das?«, fragte Conny und suchte bereits den Raum nach einem nahkampftauglichen Gegenstand ab, falls es sich bei diesem Neuankömmling um einen unfreundlichen Gast handeln sollte. Schon überlegte er, ob es Sinn machte, sich mit der sterbenden Palme zu bewaffnen, als der rosafarbene Schimmer sich verflüchtigte.

Der Mann, dem Allison Harrowmore jetzt jubelnd um den Hals fiel, sah überhaupt nicht gefährlich aus.

»Du bist endlich da, ich freu mich ja so!« Allison war ganz aus dem Häuschen. »Wir ersticken hier in Arbeit und kommen nicht voran. Und schau nur den Stapel Post dort auf dem Schreibtisch an. Und meine Hosen, ja, Conny hat ganz recht, die könnten wirklich einen Schleudergang vertragen.«

Conny fand es recht beruhigend, dass der Fremde ein genauso überraschtes Gesicht zog wie er selbst. Das machte sie schon fast zu so etwas wie Verbündeten. Er drückte dem Mann kräftig die Hand, die sich seltsam stumpf und leblos anfühlte. »Hallo, ich bin Conny Bligh und ich weiß auch nicht, was hier vor sich geht. Möchten Sie vielleicht einen Kaffee? Wir haben nur die Instant-Variante auf Lager, aber man kann sie trinken.«

Conny ließ die eigenartige Hand, die den Druck nicht erwidert hatte, schnell los und besah sich den Mann genauer. Er trug einen schmal geschnittenen grauen Anzug samt Weste und dazu helle Lederschuhe. Der Mittelscheitel seines lackschwarzen Haares war so gerade, als sei er mit einem Rasiermesser gezogen worden, und sein Kinn zierte ein ebenso schwarzes Bärtchen. Das alles kam Conny vage bekannt vor. Und da er schätzte, dass sein Gegenüber und er etwa im gleichen Alter waren, konnte es sich um jemanden handeln, der ihm entfallen war. Vielleicht ein ehemaliger Studienkollege?

»Kennen wir uns von irgendwoher?«, fragte Conny und warf auch Allison einen Blick zu, die jetzt nicht mehr am Hals des anderen hing, aber immer noch sehr glücklich wirkte.

Die Antwort kam zögerlich. »Ich bin mir nicht sicher. Mein Name ist Nigel Goodfellow. Im Jahre 1956 warf ich mich aus Liebeskummer vor einen einfahrenden Schnellzug. Töricht, ich weiß. Hätte ich die Wahl, würde ich heute eher meine Verlobte vor den Zug werfen als mich selbst, aber meine Entscheidung war nicht mehr umkehrbar.«

Allison kicherte. »Das sagt er immer, wenn er sich jemandem vorstellt.«

Conny fand diese Antwort überhaupt nicht zum Kichern. »Sie haben sich vor einen Zug geworfen? Wie haben Sie das überlebt?«

»Gar nicht, guter Mann. Jetzt werden Sie mal nicht albern.« Goodfellow nahm galant auf der Schreibtischkante Platz und sah sich um. »Welches Jahr haben wir?«

»Das einzig richtige, mein lieber Nigel. Endlich bist du wieder da. Wir haben dich vermisst.«

Conny wurden mit einem Male eine ganze Reihe von Dingen gleichzeitig klar. Zum einen handelte es sich bei diesem Nigel um einen Geist. Und zum anderen wusste Allison mal wieder mehr als alle Anwesenden zusammen, weil sie eben aus der Zukunft stammte. Diese Zurschaustellung ihrer Überlegenheit und das Durcheinander, das durch ihre Zeitreisen entstehen konnte, fand Conny vom ersten Tage ihrer Zusammenarbeit an faszinierend, aber auch sehr verwirrend. Er selbst fühlte sich hilflos, wenn sie alles und er nichts zu wissen schien.

Doch jetzt fiel ihm ein, wo er diesem Nigel schon einmal begegnet war. »Jetzt weiß ich es wieder. Die Blake Cross Station in London. Sie spuken seit Ihrem Tod an der stillgelegten Bahnstation.«

»Nicht mehr.« Nigel klang stolz. »Schon seit dem Jahre 2036 stehe ich Miss Allison zur Seite. Ich helfe ihr durch die kleinen Widrigkeiten des Alltags. Und das tue ich sehr gern.«

»2036? Guter Mann, wir haben gerade mal 2018! Was machen Sie denn dann hier?«, rief Conny aus und warf Allison einen strafenden Blick zu, den diese mit einem ganz unschuldigen Wimperngeklimper erwiderte.

»Jetzt hab dich doch nicht so, Conny. Nigel ist der beste Butler, Sekretär und Koch, den wir uns nur wünschen können. Und sicher ist er auch als Dekorateur ganz brauchbar.« Sie machte eine allumfassende Geste. »Es ist doch eigentlich wurscht, ob ich ihn aus der Vergangenheit oder aus der Zukunft zu uns geholt habe, er ist ein Geist. Ihm macht es nichts aus, in einer anderen Zeit zu spuken.«

»Ich kann ihn anfassen«, stellte Conny fest und wischte sich die Hand, die den toten Nigel berührt hatte, an der Hosennaht ab.

»Nigel ist ein sehr präsenter Geist, keine fade durchsichtige Erinnerung. Die meisten unserer Mandanten werden ihn sehen und mit ihm sprechen können, was nur hilfreich sein kann, wenn er den Schreibtisch im Foyer übernimmt.«

»Dies hier wird mein Schreibtisch? Hier am Empfang?« Nigel strahlte. »Seit meinem letzten Atemzug habe ich keinen eigenen Schreibtisch mehr gehabt. Das ist nur einer der Nachteile, wenn man auf einem Bahngleis stirbt.«

»Aber wie kommt er denn hierher?«, wollte Conny wissen und deutete auf Nigel, der sich von der Tischkante erhoben hatte und jetzt glücklich wie ein Kind alle Schubladen seiner neuen Wirkungsstätte öffnete.

»Na, mithilfe seiner Taschenuhr«, klärte Allison ihn bereitwillig auf und ließ das kostbare Stück leicht in der Luft pendeln. »Dort, wo sich seine Uhr befindet, ist auch Nigel anzutreffen.«

»Meine Uhr!« Mit einem Ruck riss Nigel Goodfellow Allison die baumelnde Taschenuhr aus den Fingern und ließ sie in der Seitentasche seiner Weste verschwinden. Dankbar sah er erst Allison, dann Conny an und erklärte Letzterem: »So wandelt sich ein Fluch zum Segen. Als mein Gespensterdasein begann und ich begriff, dass ich an meine Uhr gebunden bin, glaubte ich, auf ewig verflucht zu sein. Ich glaubte, dass ich für immer am Bahnsteig würde stehen müssen. Kein schöner Gedanke. Ganz besonders nicht, als dann am Blake Cross auch noch die Züge ausblieben. Aber dann kam eines Tages so ein ganz kleiner Mann zu mir, der mir kaum bis zum Oberschenkel reichte. Er behauptete, er sei ein Zauberer und er könne meinen Tod ein bisschen interessanter gestalten. Dann bat er mich mit einem freundlichen Augenzwinkern um meine Uhr, die ich ihm natürlich nicht überlassen wollte. Doch er meinte, dass ich mithilfe meiner Uhr überall hinreisen könne, wenn ich nur zuließe, dass er sie für mich vorausschickt. Durch die Welt. Durch die Zeit. Er meinte, ich würde viele Freunde gewinnen und Abenteuer erleben!« Nigels Gesicht hatte einen schwärmerischen Ausdruck angenommen. »Und so gab ich ihm meine Taschenuhr. Meinen wertvollsten Besitz. Das Einzige, was ich vor meinem letzten Sprung an der Bahnsteigkante zurückließ, weil ich den Gedanken nicht ertragen konnte, dass es zu Schaden kam.«

»Und ebendiese Uhr schenkte mir der kleine Zauberer Zacharias Biggs 2036 erstmalig zu meinem achtzehnten Geburtstag«, erklärte

Allison. »Er war der Meinung, dass ich eine Haushaltshilfe nötig hatte. Und einen Freund. Und nun hat er mir die Uhr ein weiteres Mal geschenkt und zugeschickt. Zach hat ein Händchen dafür, die richtigen Leute zusammenzubringen.«

»Dieser Umschlag mit Nigels Uhr ist aus dem Jahre 2036 zu uns gekommen? Per Post?« Conny konnte es nicht glauben.

Allison lachte. »Ich denke nicht, dass dieser Umschlag zusammen mit der Morgenpost hier eingeworfen wurde. Für besondere Nachrichten bevorzugt Zacharias Biggs besondere Boten. Er hat vermutlich einen kleinen Skvader geschickt. Skvader sind ...«

»Okay, das sind mir jetzt zu viele Details«, erwiderte Conny, der noch immer unter den Nachwirkungen des Schlafmangels litt. »Ich kann und werde nicht versuchen, das alles auf Anhieb zu verstehen. Zeit entwickelt sich immer mehr zu einem Phänomen, das mich an meine kognitiven Grenzen bringt. Nigel? Schön, Sie hier zu wissen. Unbezahlte Arbeitskräfte können wir weiß Gott brauchen. Sehen Sie sich um, werden Sie hier heimisch. Ich nehme derweil eine heiße Dusche und dann können Allison und ich uns unserem neuen Auftrag widmen: den Todesschreien von Cumbria.«

»Gute Idee.« Allison nickte. »Nigel wird während unserer Abwesenheit die Kanzlei auf Vordermann bringen und wir statten Thornway noch heute einen Besuch ab.«

»Darf ich auch ans Telefon gehen?«, fragte Nigel und besah sich den schnurlosen Apparat auf der Tischplatte.

»Du sollst sogar«, erwiderte Allison.

Nigel Goodfellow stieß einen kleinen Jubelschrei aus, wurde aber sofort wieder ernst, als sein Blick auf die Überreste der Zimmerpalme fiel. Erde und Tonscherben des Übertopfs hatten sich großzügig auf den Fliesen verteilt. »Du meine Güte, war ich das? Das tut mir aber leid. Ich werde das augenblicklich in Ordnung bringen. Wo ist denn hier das Kehrblech?«

»Das Kehrblech?« Allison sah Conny fragend an, der ratlos zurückblickte und schließlich auf zwei der herumstehenden Umzugskisten deutete.

»Irgendwo da drin, denke ich. Dort findet sich bestimmt noch mehr Brauchbares. Die Kisten stammen aus meiner letzten Studentenbude und verstaubten für eine Weile auf dem Speicher eines Ex-Kommilitonen. Wir sind bisher nicht dazu gekommen, sie auszupacken.«

»Ich darf all diese Kartons auspacken und mit ihrem Inhalt machen, was ich will? Darf ich auch ein paar zusätzliche Dinge im Internet bestellen?« In die Augen des Geistes war ein seltsames Glimmen getreten.

»Ja, Nigel. Aber übertreib es nicht. Dies hier ist eine Anwaltskanzlei und kein Teehaus, verstanden?«

In Allisons Tonfall hatte sich eine Schärfe gemischt, die Nigel Goodfellow geflissentlich zu überhören schien. »Shopping«, flüsterte er leise und seine Schultern zuckten dazu in einem seltsamen Rhythmus. Er hielt inne, als sein Blick auf Allisons fleckige Jeans fiel. »Als Erstes bestelle ich uns eine Waschmaschine.«

Conny fragte sich, ob es so etwas wie kaufsüchtige Geister geben konnte.

Kapitel 3

Conny mochte die urwüchsige Landschaft Cumbrias, die grünen Wiesen, die sich bis zu den steil aufragenden Bergen erstreckten, und die still daliegenden Seen, über denen an Herbsttagen der Nebel hing.

Er sah sich gern als Naturburschen, war aber ehrlich genug sich selbst gegenüber, um zu wissen, dass diese Begeisterung stets nur von kurzer Dauer war. Natur war gut, kleine Ortschaften niedlich und die Ruhe und Stille Balsam für die Seele. Und wenn er all das für eine Weile genossen hatte, war es Zeit für ihn, wieder nach London zu gehen. Der Ort, an dem er sich über Abgase, Graffiti und Parkplatzmangel beschweren konnte. Der Ort, an dem er sich nie eine schöne Wohnung würde leisten können, ganz egal wie viele Geister Allison und er noch erlösten. Der Ort, an dem es einfach viel zu viele Menschen gab und es immer zu laut war. Der Trubel Londons machte ihn dann wieder empfänglich für die Schönheit des Landlebens.

»Lass uns ein Auto mieten und über Land nach Ulverston fahren«, schlug er Allison vor. »Ich weiß, dass wir per Teleport innerhalb einer Sekunde dort sein können, aber wir verpassen die erholsame Fahrt durch die Landschaft, wenn du uns einfach rüberbeamst.«

Allison sah ihn ungläubig an. »Du ziehst eine Autofahrt allen Ernstes einem Teleport vor? Bist du noch zu retten? Allein um aus London rauszukommen, wären wir eine halbe Ewigkeit unterwegs.«

»Ja, aber mein Magen würde es dir danken. Du weißt doch, wie ich auf dieses Gestrudel in der Teleportzone reagiere. Das letzte Mal war mir noch Stunden später schlecht.«

Allison schüttelte den Kopf. »Du gewöhnst dich besser an meine Art, zu reisen, sie spart Zeit und Nerven. Aber ich schlage dir einen Kompromiss vor: Ich teleportiere uns nach Ulverston und vor Ort mieten wir uns einen Wagen, mit dem wir über die Landstraßen rasen, wobei du dann die Umgebung bewundern darfst und dein Magen sich beruhigen kann. Und so sparen wir uns den Stau auf Londons Autobahnen doch noch.«

Jetzt schüttelte Conny den Kopf. »Ulverston ist ein Fliegenschiss auf der Landkarte. Der Ort hat kaum mehr als 12.000 Einwohner. Wer weiß, ob wir dort überhaupt einen Mietwagen auftreiben. Teleportiere uns lieber nach Barrow-in-Furness, das liegt etwa zehn Meilen entfernt und hat über 70.000 Seelen.«

»Eine echte Großstadt für dortige Verhältnisse«, pflichtete Allison ihm bei. »Ich weiß, wovon ich rede, ich kenne den Landstrich.«

Conny verabschiedete sich von Nigel Goodfellow, der gerade mit einem Zollstock die Fensterrahmen vermaß und ihm kaum Beachtung schenkte. Conny fragte sich, in welchem Zustand er die Kanzlei bei seiner Rückkehr vorfinden würde.

Dann legte er seine Hand vertrauensvoll in die Allisons, die ihn an jenem Platz erwartete, an dem ihr neuer Geisterbutler kurz zuvor erschienen war. Die fleckige Jeans hatte sie gegen einen olivgrünen Overall getauscht, der aussah, als sei er dafür gemacht worden, durch schlammiges Gelände zu robben. Auf dem Rücken trug sie genau wie Conny einen Reiserucksack.

Ihre Finger, deren Nägel sicher noch nie Nagellack gesehen hatten, schlossen sich um seine. Ein seltener Moment der Intimität, der ihn jedes Mal dazu verleitete, ihr in die blauen Augen zu sehen. Nun, sie waren meistens blau. Immer wenn Allison sich an die Wahrheit hielt. Färbte die Iris sich grün, konnte man mit absoluter Sicherheit davon ausgehen, dass man soeben von ihr belogen worden war. Conny hatte diesen Indikator in den letzten Monaten schätzen gelernt.

»Wir reisen also wirklich per Teleport nach Barrow-in-Furness?« Conny brachte ein gequältes Lächeln zustande. »Ich weise noch einmal darauf hin, dass ich deine bevorzugte Art des Reisens nicht gut verkrafte.«

»Dafür bummeln wir danach mit dem Auto nach Ulverston. Konzentrier dich auf diesen positiven Gedanken und bring es hinter dich.« Allisons Stimme klang aufmunternd, aber auch ein wenig genervt.

Schon verfestigte sich der Druck ihrer Finger und ein ihm bereits bekannter rosafarbener Farbenstrudel begann, sie beide einzuhüllen. Die Farben wurden greller, ihr Drehen turbulenter, und rasch wich die vertraute Umgebung des Empfangsraums einem neuen Ort.

Conny verspürte ein Frösteln, roch etwas, das ihn an rohes Fleisch erinnerte, und spürte, wie der Kaffee, den er zu sich genommen hatte, versuchte, in seinem Magen eine Kehrtwende hinzulegen, und die Speiseröhre wieder heraufkroch. Zweimal schluckte er krampfhaft, dann ließ das Drehen und Wirbeln der Farben nach und er konnte sich hilflos zuckend in eine offene Kühltruhe erbrechen. Niemand würde die hier angebotene Salami noch essen wollen, ganz egal wie weit man ihren Preis herabsetzen würde.

Allison reichte ihm ein Taschentuch. »Ich kann einfach nicht glauben, dass ausgerechnet mir vom Schicksal ein Mann ausgesucht wurde, dem vom Teleportieren übel wird.«

Ohne den Kopf aus der Kühltruhe zu heben, nahm Conny das Taschentuch entgegen und wischte sich damit über die Lippen. Doch er hatte sich zu früh gefreut. Der Kaffee war mit ihm noch nicht fertig. Noch einmal würgte er schlammbraune Flüssigkeit hervor und war froh, an diesem Tag noch keine feste Nahrung zu sich genommen zu haben. Erst als er sicher sein konnte, dass sein Magen jetzt absolut leer war, hob er den Kopf und bedachte seine Zwangsverlobte mit einem strafenden Blick.

»Und ich kann einfach nicht glauben, dass du uns mitten in der Wurstwarenabteilung eines Supermarkts hast landen lassen«, erwiderte er. »Was, wenn man unser plötzliches Erscheinen bemerkt hätte? Wie hättest du das erklärt?«

Allison reichte ihm mit ausdrucksloser Miene ein weiteres Taschentuch aus den zahlreichen Taschen ihres Overalls. »Niemand achtet auf seine Mitmenschen, während er seine Einkäufe erledigt. Du könntest hier gleich neben dem Roastbeef einen Schlaganfall erleiden und würdest erst entdeckt werden, wenn dich ein Einkaufswagen überfährt. Menschen sind nicht besonders aufmerksam. Ganz besonders nicht während des Einkaufens. Sie kleben mit dem Blick nur an den Warenregalen und sind in Gedanken schon beim Abendessen. Dank dir gibt es heute für die meisten allerdings Käse statt Wurst.«

Conny sah auf die von ihm angerichtete Bescherung und verspürte einen erneuten Anflug von Übelkeit. »Ich werde für den Schaden aufkommen müssen.«

»Du solltest es zumindest anbieten«, stimmte Allison zu und deutete auf eine herbeieilende Frau in rosafarbenem Kittel. »Ich vermute, sie wäre auch recht erfreut, wenn du es selbst aufwischst.«

Davon wollte die herbeigeeilte Verkäuferin aber nichts hören. Sie war der mütterliche Typ, der Conny fürsorglich eine kalte Dose Limonade in den Nacken drückte, von ihren drei kleinen Kindern erzählte, denen vom Geruch der Wurstwaren auch immer übel wurde, und ihm riet, dringend an die frische Luft zu gehen, bevor noch ein weiteres Unglück passierte.

Conny zog seine Brieftasche hervor und entnahm ihr ein paar zerknüllte Scheine, die die Frau nur widerstrebend annahm, bevor sie heldenhaft mit dem Reinigen der Kühltruhe begann.

Die frische Luft wirkte Wunder. Und Conny konnte gar nicht genug tiefe Atemzüge nehmen, während er in den knallig blauen Himmel von Cumbria hinaufsah. »Das hier ist also Barrow-in-Furness. Die Stadt wird mir von nun an ewig in Erinnerung sein als der Ort, an dem ich meinen Appetit auf Salami einbüßte.«

Allison flüsterte ein paar Worte, die für Conny wie ›Weichei‹ und ›Trollpups‹ klangen, vor sich hin, während sie ihn durch die Straßen eines wenig ansprechenden Straßenviertels zog. Viele hastig hochgezogene Firmengebäude, massig, quadratisch und einfarbig, säumten ihren Weg, der auf dem Hof einer Autovermietung endete. Hier brach Allison einen Streit vom Zaun, weil sie unbedingt einen Jeep mieten wollte, Conny aber einen unauffälligen Kleinwagen bevorzugt hätte. Er unterlag ihr bei ›Schere, Stein, Papier‹ und nahm schmollend auf dem Beifahrersitz des Rovers Platz. Dies war irgendwie nicht sein Tag.

Doch seine Laune besserte sich, als er das Seitenfenster herunterließ und ihm der frische Wind um die Nase blies. Kaum dass sie die Stadtgrenze von Barrow-in-Furness hinter sich gelassen hatten, präsentierte sich ihnen der Rand des Lake Districts in seiner ganzen Schönheit. Landschaft, wohin das Auge blickte. Grüne Täler zwischen hohen Hügelketten, naturbelassen und wild.

Conny verdrängte die Erinnerung an den Teleport und genoss den Augenblick. Es hätte sich wie eine Ferienreise anfühlen können, wäre er sich nicht allzu bewusst gewesen, dass die Fahrt an den Toren des Thornway-Sanatoriums enden würde. Und der Gedanke an die von unhörbaren Schreien gepeinigten Menschen lastete zunehmend auf ihm.

»Was glaubst du, was mit dieser Miranda Banks passiert sein könnte?«, fragte er Allison, die sichtlich Spaß daran hatte, die Geschwindigkeitsbeschränkungen auf den Straßenschildern zu ignorieren.

»Ich habe nicht die leiseste Ahnung«, gab sie zu. »Es könnte sich schlichtweg um einen Fall von Besessenheit handeln, aber irgendetwas stimmt dann an der Schilderung dieser Sandy Schuller nicht. Ich meine, warum übernimmt der Dämon nicht einfach die Kontrolle über sein Opfer und das war's dann für alle Beteiligten? Warum leiden diese Menschen unter den nie enden wollenden Schreien, bis sie schließlich Selbstmord begehen? Das ergibt keinen Sinn. Davon hätte ein Dämon doch gar nichts.«

»Nein, das klingt wirklich völlig unlogisch, da hast du recht.« Conny nickte so heftig, dass Allison in lautes Lachen ausbrach.

»Entschuldige. Manchmal vergesse ich, dass du noch neu in meiner Welt bist, so sehr habe ich mich schon an dich gewöhnt.«

»Vielen Dank.« Er fühlte sich tatsächlich geschmeichelt. »Es gibt also tatsächlich Dämonen, die von Menschen Besitz ergreifen?«

»Ja, aber das ist ein Aufgabengebiet, das mich noch nie besonders gereizt hat. Wenn man sich darauf einlässt, trifft man eines Tages zwangsläufig auf sehr unsympathische Zeitgenossen. Lass uns bei den Gespenstern und anderen Spukerscheinungen bleiben, das ist viel ungefährlicher.« Sie bremste scharf ab und schnitt eine Kurve.

Conny tastete instinktiv nach dem Griff in der Tür und hielt sich daran fest. »Aha. Ungefährlich. Klingt toll. Du sagst Bescheid, wenn ich dich am Steuer ablösen soll, ja?«

Sie ignorierte seine letzte Bemerkung und nach einer halbstündigen Fahrt, die Conny deutlich länger vorgekommen war, erreichten sie das Sanatorium am Rande von Ulverston, in dem Sandy Schuller arbeitete. Nachdem sie am schmiedeeisernen Tor den Klingelknopf betätigt hatten, öffnete sich dieses automatisch und der Rover rollte über eine breite Zufahrt durch parkartiges Gelände.

Conny betrachtete das vor ihnen liegende Gebäude und versuchte, seinen Baustil zeitlich einzuordnen. Das mehrstöckige Haus mit zwei vorgezogenen Seitenflügeln war aus Ziegelsteinen in einem warmen Rotton erbaut und mit hellem Sandstein an den Ecken verziert worden. Mit Erkern war man großzügig gewesen, sie fanden sich teils übereinander, und die Eingangstür wurde von einem wuchtigen Vordach niedergedrückt.

»Viktorianisch«, legte er sich schließlich fest.

»Queen-Anne-Stil, um genau zu sein. Ende des 19. Jahrhunderts erbaut, schätze ich. Möchtest du eine kleine Zeitreise machen, um meine Einschätzung zu überprüfen? Damals gab es noch keine Wurstwaren in offenen Kühltruhen«, frotzelte Allison und parkte den Wagen auf einem dafür vorgesehenen Platz.

Beim Herausklettern aus dem Jeep erwog Conny kurz, den Boden zu küssen, aber er wollte nicht allzu melodramatisch erscheinen. Stattdessen dankte er einer höheren Macht im stillen Gebet für die unbeschadet überlebte Höllenfahrt. Wie hatte er nur glauben können, dass Allison am Steuer eines Wagens weniger aufwühlend sein könnte als ein Teleport?

»Malerisch«, hörte er seine Begleiterin sagen. »Die perfekte Umgebung für ein angeknackstes Seelenleben.« Sie deutete mit dem Kopf auf eine Reihe von Menschen, die unter einem Baum auf einer Wiese saßen. »Und diese Gruppentherapie dort findet sogar unter freiem Himmel statt. Sieht aus, als ob man es mit Thornway gut treffen würde, falls einem mal die Sicherung rausfliegt.«

»Höre ich da einen Hauch von Sarkasmus heraus?« Conny hob fragend die Brauen. »Auf mich macht es tatsächlich einen sehr friedlichen Eindruck. Du darfst mich gern hierherbringen, nachdem du mich in den Wahnsinn getrieben hast.«

»Dann ist dir die Mauer, die wir mit dem Passieren des Tores hinter uns gelassen haben, wohl entgangen, ja? Der elektrische Draht, der auf ihrem Sims verläuft, schreckt dich nicht ab? Und die Gitter dort oben, vor den Fenstern des linken Seitenflügels, schützen die Insassen sicherlich vor besonders großen Insekten, hm? Ja, Thornway ist ganz offensichtlich ein idyllischer Ort ohne Zwänge.«

Conny sah hinauf zu den weiß gestrichenen stabilen Gittern und antwortete: »Neurologische Erkrankungen haben viele Gesichter. Manchmal muss man eben vor sich selbst beschützt werden. Und das macht mir weit weniger Angst als der Gedanke an einen überdimensionalen Insektenschutz.«

»Dann lass uns mal nett zu der dort drüben sein, damit wir hier auch wieder herauskommen.« Allison deutete erneut mit einem Kopfnicken in die Richtung, in welche Conny blicken sollte und von wo sich ihnen jemand näherte.

Eine Krankenschwester in blütenweißer Tracht und mit gestärktem Häubchen kam mit entschlossenen Schritten auf sie zu. Ihr junges Gesicht strahlte Autorität und eine Spur Misstrauen aus. Noch im Näherkommen sprach sie die beiden an.

»Darf ich fragen, wer Sie sind und zu wem Sie wollen?«

Conny zupfte sein dunkelblaues Cordsakko in Form und beschloss, den Anwalt raushängen zu lassen. »Mein Name ist Bligh und dies hier ist meine Kollegin Miss Harrowmore. Wir sind auf Wunsch von Sandy Schuller aus London zu Ihnen gekommen, um uns um den Fall Miranda Banks zu kümmern. Darf ich fragen, wer Sie sind?«

Die Schwester kam leicht aus dem Tritt und blieb schließlich vor ihnen stehen. Unsicher geworden, sah sie zwischen Allison und Conny hin und her. »Aber Sandy ist doch erst heute in den frühen Morgenstunden nach London aufgebrochen. Wir erwarten sie nicht vor dem Abendbrot zurück. Wie können Sie beide da schon hier sein?«

Conny schloss für einen Moment die Augen. Überholt, dachte er. Natürlich. Durch den Teleport hatten sie die Klinik in Cumbria weit vor Sandy Schullers Rückkehr erreicht.

Er öffnete die Augen wieder und warf Allison einen auffordernden Blick zu, in der Hoffnung, dass seine zeitreisende Freundin mal wieder nicht um eine schlagfertige Antwort verlegen sein würde.

»Wir waren gerade in der Gegend«, war jedoch alles, was Allison, unterlegt mit einem wenig überzeugendem Schulterzucken, vorbrachte.

»Ach.« Die Schwester schien kurz über diese Auskunft nachdenken zu müssen. »Und Sandy?«

»Die dürfen Sie planmäßig zum Abendbrot zurückerwarten.« Allison verzog keine Miene.

»Ach«, wiederholte die Krankenschwester und Conny konnte es hinter ihrer Stirn arbeiten sehen. Die Arme versuchte krampfhaft, sich einen Reim auf Allisons Worte zu machen.

Um sie zu erlösen, wiederholte er seine Frage vom Gesprächseingang: »Und Ihr werter Name ist?«

»Entschuldigung.« Sie griff sich an die Stirn. »Ich bin Schwester Serena und kümmere mich um die kleinen Wehwehchen unserer Gäste. In Thornway führen wir keine Nachnamen. Es wirkt dann gleich alles viel familiärer.«

»Wirklich?« Allison schien überrascht. »Ich hätte vermutet, dass man hier Wert auf einen gewissen Abstand zu den Gästen legt.« Sie sah hinauf zu den vergitterten Fenstern und machte dann eine wegwerfende Handbewegung. »Nun, wie dem auch sei. Wir sind hier, um mit Miranda Banks zu sprechen.«

»Sie können nicht mit ihr sprechen, denn die Arme spricht nicht mehr«, stellte Schwester Serena klar. »Aber natürlich können Sie sie besuchen und eigene Schlüsse aus ihrem Verhalten ziehen. Sandy würde wollen, dass Sie sich Miranda so schnell wie möglich ansehen, und Sandy weiß oft besser, was für unsere Patienten gut ist, als so mancher Weißkittel. Von der Sorte rennen hier zwar einige rum, doch keiner von ihnen hat eine Ahnung, wie man Miranda helfen könnte. Sie betrachten es auch nicht als ihre Aufgabe. In Thornway werden keine Probleme gelöst, wir verbessern nur den Allgemeinzustand. Folgen Sie mir bitte. Miranda ist vermutlich gerade in ihrem Zimmer.«

Sie ging voran, wieder mit entschlossenen Schritten, wieder mit erhobenem Haupt. Und Conny nutzte die Gelegenheit, um Allison etwas zuzuflüstern. »Was zum Teufel war denn das für ein miserabler Erklärungsversuch?«

»Überhaupt keiner«, zischte Allison zurück. »Ich habe lediglich eine Frage beantwortet, erklärt hat sie sich den Rest selbst. Keine Ahnung, wie sie das gemacht hat, aber Menschen sind manchmal so unfassbar oberflächlich.«

Conny gab ein Schnauben von sich. »Manchmal redest du über Menschen, als ob du selbst gar keiner wärst.«

Schweigen. Neben ihm lief eine verstummte Allison mit gesenktem Haupt einer flinken Schwester Serena hinterher, die sie durch helle Flure mit vielen Türen führte.

Zum ersten Mal, seit er Allison kannte, kam Conny ein unerhörter Gedanke. Leise, so leise, dass er hoffen konnte, von der Krankenschwester nicht gehört zu werden, flüsterte er: »Du bist doch ein Mensch, oder? Bitte sag mir, dass du ein Mensch bist, noch mehr stressige Momente halte ich heute nicht aus.«

»Ja, natürlich bin ich ein Mensch, was soll ich denn sonst sein? Ich bin nur ein wenig anders als der Durchschnitt, das ist alles.«

Die Antwort kam eine Spur zu spät und ein bisschen zu laut.

Schwester Serena warf einen irritierten Blick über ihre Schulter, woraufhin Conny es vorzog, ihr jetzt schweigend ins Innere des Gebäudes zu folgen. Während er weitere langläufige Flure durchquerte, ließ er in seinem Kopf Revue passieren, was er überhaupt über Allison wusste.

Sie war der jüngste Spross einer sehr alten Familie mit herrschaftlichem Sitz nahe der schottischen Grenze. Ihre Mutter bezeichnete sich selbst als Druidin, ihre Patentante war der Schutzgeist der Harrowmores, eine echte Banshee. Sie reiste durch die Zeit und erlöste fast nebenbei Geister und Spukgestalten, zu ihrem eigenen Wohle und zu dem der Angehörigen.

Nie hatte er dabei infrage gestellt, dass sie ein Mensch wie er selbst war. Doch jetzt spürte er den Stachel des Misstrauens tief in seinen Gedanken. Kannte er auch nur einen Menschen, der so war wie Allison? Konnte auch nur eine ihm bekannte Person teleportieren oder die eigene Augenfarbe ändern?

Einem Impuls folgend, legte er Allison eine Hand auf die Schulter. Sie wandte den Kopf, ihre Blicke begegneten sich, und für den Bruchteil eines Moments schienen ihm ihre Augen grünlich. Oder war es nur ein dunkles Blau? Lag es am Licht der Neonröhre über ihnen?

Unsicher ließ er sie los und wusste nicht, ob er soeben belogen worden war oder nicht.

»So, da wären wir.« Schwester Serena war stehen geblieben und klopfte an eine Zimmertür. »Hinter dieser Tür finden Sie das, was von Miranda Banks noch übrig ist.«

Kapitel 4

Unter normalen Umständen wäre sie ganz sicher eine hübsche junge Frau. Groß und schlank, und ihr schulterlanges Haar war von einem satten Braun. Das Gesicht, ein wenig zu schmal für eine klassische Schönheit, wurde von einem kräftigen Kinn und angstvoll geweiteten Augen beherrscht. Conny schätzte sie auf keinen Tag älter als fünfundzwanzig. Es fiel ihm leicht, sich vorzustellen, wie Miranda Banks selbstbewusst lächelnd durch ihr bisheriges Leben gegangen war. Doch an genau diesem Selbstbewusstsein mangelte es nun den haselnussbraunen Augen, die ihn anstarrten wie ein Insekt von der besonders hässlichen Sorte.

Da keine der Frauen an seiner Seite ein Wort sprach, blieb es wieder einmal an Conny hängen, die Gesprächsführung zu übernehmen. »Miss Banks? Miranda?«

»Sie hört Sie nicht oder nur bruchstückhaft«, erklärte Schwester Serena mit ruhiger Stimme. »Zumindest vermuten wir das. Die Schreie in ihrem Kopf übertönen die Geräusche von außen.«

Conny versuchte es trotzdem noch einmal. »Miranda?«

Statt einer Antwort hob die Frau, die einen rosafarbenen Nickianzug trug, die geballten Fäuste und presste sie sich auf die Ohrmuscheln. Ein gutturaler Laut kam über ihre Lippen.

Wie gebannt stand Conny noch immer auf der Schwelle des schlicht gehaltenen Zimmers und starrte auf das sich ihm bietende Schauspiel. Aus irgendeinem Grund musste er an Chewbacca aus *Star Wars* denken.

Neben ihm schien Schwester Serena völlig unbeeindruckt. »Das Drücken mit den Fäusten auf die Ohren kennen wir von Mister Barker, der auch unter den unhörbaren Schreien leidet. Miss Banks' Stimmverlust ist in diesem Zusammenhang allerdings einzigartig.«

»Aber sie hat doch eine Stimme«, widersprach Conny.

Und wie zur Bestätigung gab Miranda Banks jetzt hohe, glucksende Töne von sich.

»Das sind nur Geräusche, die sie mithilfe des Kehlkopfs und ihrer Stimmbänder hervorbringt«, erklärte Serena. »Ihr Sprachzentrum im Gehirn scheint völlig blockiert zu sein. Der Schock, der ihr das angetan hat, hätte sie umbringen können. Sie hat noch Glück gehabt.«

»Glück gehabt, von wegen«, rief jetzt Allison aus, die sich bisher zurückgehalten hatte. Sie drängelte sich an Conny und der Schwester vorbei ins Zimmer, setzte sich auf Mirandas Bettkante aus Kiefernholz und packte die wehrlose Frau kräftig bei den Schultern. »Komm da raus! Wenn du da drin bist, dann komm da raus!«, schrie sie Miranda an und schüttelte so kräftig, dass der Kopf der jungen Frau hin und her schlenkerte.

Als Schwester Serena Anstalten machte, eingreifen zu wollen, hielt Conny sie zurück. »Unterbrechen Sie sie nicht«, bat er. »Miss

Harrowmore weiß, was sie tut. Zumindest meistens. Sie weiß mehr über diese Dinge als wir beide.«

»Aber sie tut ihr doch weh«, widersprach Schwester Serena.

Conny verstärkte seinen Griff um ihre Schultern, doch in diesem Moment ließ Allison schon wieder von Miranda ab, legte ihr stattdessen eine Hand unter das Kinn und sah ihr prüfend in die Augen. »Da ist kein fremdes Wesen drin. Kein Dämon, niemand. Ich schätze, damit können wir Besessenheit eindeutig ausschließen. Sie riecht auch nicht unangenehm, wie Besessene es üblicherweise tun. Für Dämonengestank habe ich einen Riecher. Ich bin mir nicht einmal sicher, dass diese Miranda selbst noch da drin zu finden ist. Apropos Gestank, mal sehen, ob ich irgendetwas Gutes für sie tun kann.« Sie ließ die Hand sinken. Dann fing sie an, die Taschen ihres Overalls zu durchsuchen. »Ich muss es irgendwo haben, wo ist denn … Ah, da.« Sie zog ein braunes Glasfläschchen hervor und schraubte den Deckel auf. Sofort verbreitete sich ein eigentümlicher Geruch im Raum.

»Was ist denn das?«, fragte Conny und schnüffelte. Auch die Schwester neben ihm schnupperte mit fragendem Blick in der Luft herum.

Allison tupfte Miranda Banks derweil eine farblose Flüssigkeit auf den linken Handrücken. »Pinienduft mit einem Hauch von Geranie«, erklärte sie. »Sollte jeder von uns immer in der Tasche haben, wenn du mich fragst. Es beruhigt die Nerven und klärt den Geist. Wenn denn ein Geist vorhanden ist.« Sie verschloss das Fläschchen wieder und führte Mirandas Handrücken dicht an deren Nase heran. Miranda blinzelte und öffnete leicht die verkrampfen Fäuste. Ihr Atem ging langsamer.

»Erstaunlich. Es scheint tatsächlich etwas zu bewirken.« Schwester Serena verfolgte das Schauspiel mit leichtem Unglauben.

»Was wissen wir über Miranda Banks? Sie müssen doch ein paar Dinge über sie in Erfahrung gebracht haben, immerhin hat diese Frau einen Bruder, der sich um sie sorgt«, fragte Allison, ohne die Schwester anzusehen, während sie unablässig die Hand der anderen unter deren Nase hin und her bewegte.

Schwester Serena musste nicht lange überlegen und ratterte schnell den Inhalt von Mirandas Akte herunter. »Sie wurde in Liverpool geboren. Am 31. Dezember vor 25 Jahren. Sie ist ledig und gerade erst von einem einjährigen Aufenthalt in den Staaten zurückgekehrt.«

Allison warf ihr einen geringschätzigen Blick zu. »Ist das alles? Ich meine, wissen Sie denn gar nichts Wertvolles über sie? Was hat sie drüben in den Staaten gemacht? Was ist ihre Lieblingsfarbe? Welches Essen hat sie am liebsten? Mag sie es noch immer oder hat sich daran etwas geändert? Welche Musik hört sie gern?«

»I-ich habe keine Ahnung.« Schwester Serena warf Conny einen hilflosen Blick zu, der jedoch nur mit den Schultern zuckte, während er sich fragte, worauf Allison hinauswollte.

»Ja, wie wollen Sie ihr denn aus einer Krise helfen, wenn Sie rein gar nichts über die Person Miranda Banks wissen?« Allison war ungehalten. »Wie wollen Sie denn Einfluss auf sie nehmen, um etwas zu ihrer Genesung beizutragen?«

»So arbeiten wir hier nicht, tut mir leid«, entgegnete Schwester Serena bedauernd. »Wir setzen auf Sport, Meditation und gesunde Ernährung. Ein gesunder Geist wohnt in einem gesunden Körper, das ist das Motto von Thornway. Wer hier ein paar Wochen verbracht hat, ist wieder fit, um sich dem Leben zu stellen.«

»Das soll in der Vergangenheit einige Male nicht so gut geklappt haben. Steht in ihrem Park nicht so eine große Ulme?« Allisons Stimme klang spöttisch.

Schwester Serenas Gesichtsausdruck bekam etwas Abweisendes und sie klang verletzt, als sie erwiderte: »Es ist nicht leicht, jemanden, der sterben will, vom Selbstmord abzuhalten. Viele von ihnen werden sehr erfinderisch in der Wahl ihrer Mittel. Keiner, der von außen auf den Patienten blickt, kann ermessen, wie sehr dieser leidet. Können Sie sich vorstellen, wie es sein muss, wenn es von morgens bis abends in Ihren Ohren schreit?«

»Ich versuche angestrengt, mir das nicht vorzustellen, vielen Dank«, erwiderte Allison und klang eindringlich, als sie fortfuhr: »Aber verstehen Sie denn nicht, wie wichtig es ist, dieser Frau ein Gefühl von Sicherheit und Vertrautheit zurückzugeben? Und das können wir nur, wenn wir wissen, was ihr ein solches Gefühl vermitteln könnte. Wir brauchen mehr Informationen.«

»Sie ist gelernte Tierpflegerin und hat in den Tiergehegen von San Diego ein Praktikum absolviert«, brach es aus Serena heraus, die sich ganz offensichtlich bemühte, ihren Schnitzer auszubügeln. »Das hat mir ihr Bruder bei seinem ersten Besuch hier erzählt. Hilft das weiter?«

»Nur, wenn Sie sofort ein Tier herbeischaffen. Einen Hund beispielsweise.« Allison ließ Mirandas Hand los, welche jetzt einen recht entspannten Eindruck machte. Auffordernd blickte sie Serena an, die noch einen kurzen Moment unschlüssig im Zimmer stand, und ergänzte: »Doch, ich meine das ernst.«

»Einen Hund? Natürlich. Wir brauchen einen Hund. Wo bekomme ich denn jetzt einen Hund her? Oh!« Ihre Miene hellte sich auf und nur einen Augenblick später verließ sie fast fluchtartig das Zimmer.

Conny sah ihr amüsiert nach, bevor er sich an Allison wandte. »Du glaubst also, dass du die Seele von Miranda Banks in ihrem Körper wiederfindest, indem du sie mit vertrauten Dingen hervorlockst?«

»Kennst du einen besseren Grund, um aus einem Loch gekrochen zu kommen?«, fragte Allison. »Wenn wir nur wüssten, was sie gern gegessen hat.«

»Pfannkuchen«, ließ sich plötzlich eine kräftige Männerstimme in Connys Rücken vernehmen. »Meine Schwester liebte Pfannkuchen.«

Lautlos war ein kleiner Mann mit buschigem Schnurrbart und Krauskopf ins Zimmer gekommen. Conny stellte fest, dass Miranda Banks' Bruder deutlich älter war als seine Schwester. Mindestens fünfzehn Jahre. In der einen Hand einen Topf mit einer weißen Orchidee haltend, reichte er Conny die andere und schüttelte sie kräftig.

»Mein Name ist Arthur Banks. Sind Sie die Spezialisten, die diese Sandy aus London herholen wollte? Können Sie Miranda helfen?«

»Das hoffen wir«, antwortete Conny. Es war ihm ein Bedürfnis, diesen Mann, in dessen Augenwinkeln Tränen schimmerten, ein wenig aufzumuntern.

»Vor allem können wir verhindern, dass so etwas noch weiteren Menschen passiert«, stellte Allison klar und erhob sich von der Kante des Bettes. Miranda Banks schien es nicht zu bemerken. Sie war wieder dazu übergegangen, glucksende Laute zu erzeugen. »Sie haben Miranda am Abend vor ihrem, nennen wir es der Einfachheit halber mal, Unfall noch gesehen. Ich vermute, dass sich ihre Schwester da völlig normal verhalten hat.«

»Völlig«, bestätigte der Mann. »Sie ließ sich ein Taxi kommen, um sich ein Hotelzimmer zu nehmen. Hatte keine Lust auf die laute Party bei uns zu Hause. Sie war schon immer gern ein bisschen für sich. Hätte ich geahnt, dass sie aus den Staaten zurückkehrt, wäre diese Party verschoben worden. Aber Miranda stand völlig überraschend vor meiner Tür.«

»Was hat sie denn in Amerika gewollt?«, hakte Conny nach.

»Es war eine Art Auszeit. Sie wollte sich neu orientieren und gleichzeitig etwas von der großen weiten Welt sehen.« Arthur Banks trat an das Bett seiner Schwester und hielt ihr die Orchidee unter die Nase. Die Frau zeigte keinerlei Reaktion.

»Und Sie haben ihr die Hotels empfohlen«, sagte Conny, der sich an den Bericht Sandy Schullers erinnerte.

»Ja, ich schrieb ihr die Adressen dreier kleinerer bescheidener Hotels in der Umgebung auf. Denn wissen Sie, in Barrow-in-Furness war ja dieses große Chortreffen mit vielen Konzerten und die meisten großen Hotels waren völlig ausgebucht, auch hier in Ulverston.«

Schon bei der Erwähnung der Stadt Barrow-in-Furness wurde Conny wieder von einer leichten Übelkeit heimgesucht. Doch er bezwang sie und nickte nur.

»Haben Sie ihr die Namen der Hotels auf einen Zettel geschrieben?«, wollte Allison wissen.

Mister Banks nickte.

»Und warum hat sie das Hotelzimmer nicht gleich telefonisch von Ihrem Haus aus klargemacht?«, fragte Allison.

»Telefonieren, während die Party in vollem Gange war? Wissen Sie eigentlich, wie viel Krach so eine Horde Teenager machen kann?« Banks hob eine Augenbraue. »Außerdem ist meine Miranda ein großes Mädchen mit einem eigenen Kopf. Sie wollte sich die Hotels auf jeden Fall ansehen. Also ist sie mit dem Taxifahrer aufgebrochen.«

»Mister Banks.« Allison kramte schon wieder in den zahlreichen Taschen ihres Overalls. »Schreiben Sie mir doch bitte auch noch einmal die Namen dieser Hotels auf. Und bitte in genau derselben Reihenfolge.«

Der Mann nickte erneut, nahm Zettel und Stift von Allison entgegen, die diese in ihren Taschen gefunden hatte, und fing an zu schreiben.

Nachdem er den ersten Namen zu Papier gebracht hatte, riss Allison ihm selbiges aus der Hand und las laut. »Mayflower Hotel, danke, Mister Banks, das genügt. Die Namen der anderen Hotels brauche ich nicht. Wir werden uns jetzt bemühen, herauszufinden, was in jener Nacht geschehen ist. Ob es ihrer Schwester hilft, wieder selbst den Löffel halten zu können, weiß ich nicht, aber irgendwo müssen wir ja anfangen. Auf Wiedersehen.«

Mit diesen Worten verließ sie das Zimmer.

Conny überlegte kurz, ob es Sinn machte, sich bei dem Bruder der armen Frau für Allisons ruppiges Verhalten zu entschuldigen, doch da er es ihm nicht hätte erklären können, murmelte er nur eine Verabschiedung und folgte seiner Partnerin. Beim Verlassen des Zimmers bemerkte er, dass Miranda Banks ihm beunruhigt nachsah.

Hatte sie etwas erschreckt? Etwas, das gerade gesagt oder getan worden war? Hatte sie dem Gespräch zumindest bruchstückhaft folgen können? War etwa eine Erinnerung angestoßen worden, die diese Reaktion ausgelöst hatte?

»Wollen Sie schon wieder gehen?« Auf dem Flur kam ihnen Schwester Serena entgegen, eine kleine braungefleckte Ente auf dem

Arm. »Tippi, die zahme Stockente unseres Hausmeisters, hat Junge bekommen«, erklärte sie atemlos. »Diese junge Dame hier ist eigentlich noch zu klein, um von ihrer Mutter getrennt zu werden, und eigentlich sind Tiere hier im Haus verboten, doch für eine oder zwei Stunden sollte es gehen. Meinen Sie, dass dies die richtige Medizin für Miranda Banks ist? Einen Hund hab ich leider nicht auftreiben können.«

»Einen Versuch ist es auf jeden Fall wert.« Allison nickte und wedelte dabei mit dem Notizzettel, den sie von Arthur Banks erhalten hatte. »Ich würde jetzt gern den anderen Patienten sehen, Barker oder wie er heißt. Nicht, dass ich mir viel davon verspreche, aber kennenlernen möchte ich ihn doch. Wo können wir diesen Barker finden?« Sie strich dem Entenküken über den Kopf, das prompt nach ihren Fingern hackte.

»Am Ende dieses Ganges müssen Sie sich nach links wenden. Das Zimmer mit der blauen Tür. Ich kann Sie hinbringen, wenn Sie mich nur schnell das Tier abliefern lassen«, erwiderte Schwester Serena.

»Das ist nicht nötig.« Allison ließ von dem Küken ab. »Das Ende des Ganges und eine blaue Tür finden wir auch ohne Ihre Hilfe.«

Conny sah, dass die Schwester zögerte. Ihr schien nicht ganz wohl bei dem Gedanken, Allison und ihn ganz allein durch die Klinik strolchen zu lassen. Doch als das Küken in ihrem Arm gerade diesen Moment für geeignet hielt, um daran zu erinnern, dass es nicht stubenrein war, nickte sie nur und lief hastig in das Zimmer von Miranda Banks, wo es auch eine Nasszelle gab.

Die einzige blaue Tür zwischen lauter andersfarbigen war schon von Weitem zu sehen, nachdem sie den Seitentrakt betreten hatten.

Conny klopfte an, erhielt keine Antwort und trat trotzdem ein. Allison folgte ihm wortlos.

In einem Raum, dessen Zuschnitt identisch mit dem war, in dem sie Miranda Banks gerade zurückgelassen hatten, saß ein Mann mit grauer Gesichtsfarbe und eingefallenen Wangen. Er trug einen blauen Jogginganzug, war glatt rasiert, neigte zum Übergewicht und hatte nur noch wenig Haare. Und er schlug sich kontinuierlich mit den Fäusten leicht auf die Ohren und summte dazu vor sich hin. Zu Connys Leidwesen handelte es sich um eine ihm bekannte, aber völlig falsch vorgetragene Melodie.

Der einzige Unterschied zu Mirandas Zimmer lag darin, dass dieses hier den Stempel seines Bewohners trug. Auf der Bank vor dem vergitterten Fenster dudelte ein Radio und auf einem Beistelltisch flimmerte ein Fernsehgerät unbeachtet vor sich hin. Der Lautstärkepegel war beträchtlich.

»Dieser Barker sieht eigentlich ganz zufrieden aus. Ich hatte ihn mir irgendwie verzweifelter vorgestellt«, bemerkte Allison, die nach Conny eingetreten war. »Es hat den Anschein, dass er versucht, die Schreie in seinen Ohren zu übertönen. Interessante Methode. Ich weiß allerdings nicht, was mich auf Dauer eher in den Wahnsinn treiben würde: ständige Schreie oder die Werbung im Privatfernsehen.«

Conny trat an das Bett, auf dem der Mann im Schneidersitz hockte, und klopfte ihm auf die Schulter. Auf der Brust seines Oberteils hatte jemand den Namen Bob eingestickt. Bob hob den Kopf und sah mit leerem Blick zu ihm auf.

»Können Sie mich hören?« Conny sprach laut, um die Geräuschkulisse zu übertönen, doch der Mann sah ihn nur ratlos an. Er wiederholte seine Worte noch ein wenig lauter, woraufhin Bob zögerlich nickte, dann den Kopf schüttelte und wieder nickte.

Das demonstrative Seufzen Allisons war lauter als jedes Geräusch im Raum.

Conny, der sich noch immer fragte, was Miranda Banks beunruhigt haben könnte, kam ein spontaner Einfall. Er verlegte sich dafür aufs Brüllen. »Ich möchte Ihnen ein bestimmtes Wort sagen! Ein einziges Wort! Wäre das möglich?« Als der Patient im Bett ratlos an seiner Unterlippe zu kauen begann, spürte Conny einen Anflug von Ungeduld. »Na schön. Es geht auch anders. Das Lesen werden Sie ja nicht vor Schreck verlernt haben, oder?«

Er gab Allison einen Wink, die mit gelangweiltem Gesichtsausdruck näher kam. Conny bedeutete ihr, ihm den Zettel mit dem Namen des Hotels auszuhändigen, was Allison nur widerwillig tat.

»Hey!«, protestierte Allison, als Conny den Zettel auf den Schoß des Mannes legte, der ihn interessiert betrachtete und jetzt laut und langsam las, was darauf geschrieben stand.

»M-mayflower H-hotel«, brachte er hervor und hob den Kopf, um Conny anzusehen.

Dieser lächelte Bob aufmunternd zu und wiederholte: »Mayflower Hotel! Sagt Ihnen das etwas?«

Statt einer Antwort schob der Mann sich die Notiz in den Mund und schluckte sie nach kurzem Kauen hinunter.

»Eindrucksvoll.« Allison klang verärgert. »Entweder bekommt man hier in Thornway zu wenig Essen oder es ist seine Art, mit Problemen umzugehen. Er isst sie einfach auf.«

Conny schüttelte resigniert den Kopf und klopfte dem Mann, der das Gesicht abgewandt hatte, erneut auf die Schulter. Als dieser nicht reagierte, beugte er sich zu dessen rechtem Ohr hinunter und rief, so laut er konnte, noch einmal den Namen des Hotels.

Und er bekam eine Reaktion. Sie kam schnell und überraschend. Es war die geballte Faust Barkers, die Conny mit voller Wucht unterhalb des linken Wangenknochens traf. Er spürte, wie ihm die Tränen in die Augen schossen.

»Autsch«, hörte er Allison rufen und da war sie auch schon neben ihm und zerrte ihn von seinem Angreifer weg, der jetzt ein lautes Wutgebrüll angestimmt hatte. »War es das, was du erreichen wolltest?«

»Ich wollte eine Reaktion provozieren«, gab Conny unter unterdrücktem Stöhnen von sich.

»Na, das ist dir gelungen. Und was schließen wir jetzt daraus? Dass er sich zwar nicht an Einzelheiten erinnern, aber die Worte Mayflower Hotel überhaupt nicht leiden kann?«

»Richtig.« Conny rieb sich die schmerzende Wange.

»Ist dir mal der Gedanke gekommen, dass er nur dich nicht leiden kann?« Sie strich ihm fast zärtlich über die lädierte Wange und zog ihn aus dem Zimmer.

Conny nahm sich vor, diesen Mann nicht mehr zu besuchen, komme, was da wolle.

Er zog seinen Sicherheitsgurt strammer und verfluchte sich, weil er Allison erneut ans Steuer gelassen hatte. »Wir werden also in diesem Mayflower Hotel ein Zimmer nehmen?«, riet er.

»Ganz genau.« Allison überfuhr eine rote Ampel und ignorierte das Hupkonzert hinter ihnen.

»Und warum sind wir uns so sicher, dass das Mayflower Hotel das ist, in dem Miranda Banks ihren Verstand einbüßte, wenn die aggressive Haltung von Mister Barker auf mein unsensibles Vorgehen zurückzuführen ist?«

Der Jeep holperte über eine Bordsteinkante. »Das liegt klar auf der Hand, oder? Sandy Schuller hat in allen Hotels der Liste Erkundigungen eingeholt, ob Miranda dort nach einem Zimmer gefragt hat. Alle haben verneint. Davon ausgehend, dass nicht alle Nachtportiers gelogen haben, sondern nur einer, ist sie in den anderen tatsächlich gar nicht erst vorstellig geworden. Also wurde Sandy Schuller vom Portier des ersten Hotels auf der Liste belogen. Logisch, oder?«

Conny dachte einen Augenblick lang nach. Dann wagte er einen Einwand. »Und wenn Miranda die Hotels nicht der Reihe nach abgefahren ist? Wenn sie mit dem nächstgelegenen begonnen hat?«

»Miranda ist eine Frau und denkt wie eine Frau, Conny. Sie hat die Liste oben begonnen. Sie ging davon aus, dass ihrem Bruder zuerst ein halbwegs brauchbares Hotel in den Sinn gekommen ist und alle, die er später aufgeschrieben hat, nur Alternativen zum erstgenannten waren.« Vor der nächsten Ampel legte Allison eine Vollbremsung hin.

Conny versuchte es noch einmal. »Und wenn sie nicht einmal bis zum ersten Hotel gekommen ist? Wenn ihr Schicksal sie schon im Taxi ereilt hat? Das würde doch dazu passen, dass der Taxifahrer bisher nicht aufzutreiben war.«

Allison wandte ihm das Gesicht zu, und zwar für eine beunruhigend lange Zeit, während sie mit unverminderter Geschwindigkeit durch die geschlossene Ortschaft bretterte. »Ich habe ein Bauchgefühl. Und dieses Gefühl sagt mir, dass eine völlig normale Miranda Banks in ein völlig normales Taxi gestiegen ist. Dann ist sie vor dem ersten Hotel auf ihrer Liste ausgestiegen und hat keines der anderen mehr aufgesucht, weil man ihr dort ein Quartier anbot.«

»Und was passierte dann?«, wollte Conny wissen.

»Keine Ahnung. Lass es uns herausfinden.«

Da es darauf nichts zu erwidern gab, lehnte er sich zurück und beobachtete, wie die Landschaft an seinem Seitenfenster vorbeizog. Grüne Wiesen und Hänge präsentierten sich ihm im Sonnenschein. Cumbria zeigte sich von seiner besten Seite. Plötzlich und ohne Vorwarnung sah eine Frau zu ihm herein und starrte ihn an. Conny zuckte zurück.

»Was hast du?«, fragte Allison, ohne den Blick von der Straße abzuwenden.

»Da war gerade jemand.« Conny drehte sich um, konnte die Frau aber durch die Heckscheibe nicht mehr sehen. Sie war genauso plötzlich verschwunden, wie sie neben dem Wagen aufgetaucht war. »Eine Frau, sie stand am Straßenrand. So dicht neben uns, dass wir sie fast umgefahren hätten.«

»Völlig unmöglich«, erwiderte Allison. »Dann hätte ich sie doch auch sehen müssen. Hier ist kein Baum oder Fels, hinter dem sie hätte hervorspringen können. Nur Wiesen.«

»Sie hat durchs Beifahrerfenster hereingeschaut«, verteidigte sich Conny. »Ich weiß doch, was ich gesehen habe.«

Allison schwieg für einen Moment. Dann fragte sie: »Wie hat sie ausgesehen?«

Er versuchte, sich das Gesicht, das nur für einen Sekundenbruchteil im Seitenfenster aufgetaucht war, in Erinnerung zu rufen. »Stupsnase, Kussmund und schwarze Korkenzieherlocken. Noch sehr jung.«

Noch während er die Frau beschrieb, wurde ihm bewusst, dass er dieses Gesicht schon einmal für einen kurzen Moment gesehen hatte.

»Das war meine Banshee«, bestätigte Allison den Verdacht, der gerade in ihm aufgekeimt war. »Wie es aussieht, befinde ich mich ab jetzt in Lebensgefahr. Das klingt doch gut. Wenn Livie es für nötig hält, mich zu warnen, bedeutet es, dass wir auf der richtigen Fährte sind.«

»Deine Banshee?«, wiederholte Conny. »Warum ruft sie dich nicht einfach an, wenn sie dich warnen will? Oder guckt zu deinem Seitenfenster herein, anstelle mir einen Schreck einzujagen?«

»Das ist so eine komische Banshee-Regel.« Allison beschleunigte und schaltete in den nächsten Gang.

Conny fragte sich, ob die Banshee gekommen war, um ihn an die Gefahren des Straßenverkehrs zu erinnern.

»Die Banshee darf nur unsichtbar klagen oder stumm erscheinen. Und sie erscheint nie demjenigen, der sich in Gefahr befindet, sondern immer nur einem Angehörigen.« Allisons Grinsen wurde breiter. »Wenn sie dir gerade erschienen ist, zählt sie dich bereits zur Familie. Das ist doch nett, oder?«

»Das sind vor allem ziemlich alberne Regeln«, stellte Conny fest. »Wer hat die aufgestellt?«

»Keine Ahnung.« Allison zuckte mit den Schultern, woraufhin der Wagen leicht schlenkerte. »Und bisher galten diese Regeln auch nie für mich. Als zeitreisende Seelensorgerin habe ich einen Sonderstatus und Livie konnte mir immer alles selbst sagen, was sie auf dem Herzen hatte.«

»Hast du schon einmal auf eine ihrer Warnungen gehört?« Conny warf Allison einen schrägen Blick zu.

»Nie«, bekannte sie freimütig.

»Dann weiß ich, warum sie es jetzt bei mir versucht hat.«

Zwanzig Minuten später stoppte der Jeep vor dem Mayflower Hotel und Conny zweifelte nach seinem ersten Eindruck keine Sekunde daran, dass es in diesem Hotel spukte.

»Hässlicher Kasten«, murmelte er. »Wer hat denn diese beiden Türme an die Seiten gepappt? Die gehören architektonisch gar nicht dazu. Und diese riesigen alten Bäume, die ihre Äste wie Finger nach dem Haus ausstrecken. Die Wetterfahne quietscht auf dem Dach und das Tor hängt ein bisschen schief in den Angeln. Klingelt eine allein reisende Frau tatsächlich nachts an dieser Tür und bittet um ein Zimmer?« Er schlug die Wagentür zu und vertrat sich die Beine.

»Natürlich. Sie ist ja auch allein nach Amerika gegangen, sie ist doch nicht feige.« Auch Allison schlug ihre Wagentür zu, entnahm dem Kofferraum ihre beiden Rucksäcke und verriegelte den Wagen nach kurzer Ratlosigkeit mit ihrer Fernbedienung.

Conny war der Moment des Zögerns nicht entgangen und es schien ihm, als ob Allison sich unsicher gewesen war, ob sie an alles gedacht hatte, beispielsweise an das Anziehen der Handbremse. Er wagte es, die Frage zu stellen, die ihm schon seit einer Weile auf der Zunge lag. »Hast du eigentlich einen Führerschein?«

Ihr Blick war der einer Unschuld vom Lande, als sie antwortete: »Nein, wieso? Ich kann doch teleportieren.«

Er holte tief Luft. Jetzt wusste er, warum sie darauf bestanden hatte, dass er die Formalitäten bei der Mietwagenzentrale erledigte. »Warum hast du mir das denn nicht gesagt, bevor ich dich ans Steuer gelassen habe?«

»Hast du etwa gefragt?« Sie blickte ihn mit ihren großen unschuldigen blauen Augen an. »Außerdem hatte ich den Eindruck, dass ich es gar nicht mal so schlecht hinbekommen habe. Oder klebt etwa ein Reh oder eine alte Dame am Kühlergrill? Nein. Du siehst: Ich bin ein Naturtalent, ich brauche keinen Führerschein, um ein Auto zu fahren.«

Wortlos streckte er ihr die Hand entgegen und nach einem stummen Wortgefecht, ausgetragen mit Blicken, ließ sie die Wagenschlüssel hineinfallen. In Gedanken sprach er ein Dankgebet, gratulierte dabei allen Rehen und Seniorinnen für ihre Umsicht, Allison aus dem Weg gegangen zu sein, und steckte den Schlüssel in seine Hosentasche. Ab jetzt durfte Allison im Auto höchstens das Radio bedienen, die Fahrten würden mit ihm am Steuer wesentlich ruhiger verlaufen.

Auf dem Weg zur Eingangstür des Mayflower Hotels bemerkte Conny das wuchernde Unkraut zwischen den Bodenplatten und auch die fleckigen Fensterscheiben. Er wusste aus den Jahren, die er in Studentenzimmern gelebt hatte, dass Fensterscheiben so aussahen, wenn sie länger als ein Jahr nicht geputzt worden waren.

»Dieses Hotel zeigt deutliche Spuren der Vernachlässigung«, sagte er und rüttelte an der Eingangstür. Da sie verschlossen war, zog er an der Klingelschnur und lauschte auf das Klingeln im Innern des Hauses. Sie warteten. Dann klingelte er ein zweites Mal. »Wenn wir nicht aus gutem Grund hier wären, wäre ich jetzt schon wieder weg.«

»Überforderung«, ließ sich nun Allison vernehmen und deutete auf die blühenden Petunien in den Töpfen rund um die Eingangstreppe. »Die Zeit der Verantwortlichen reicht offensichtlich aus, um sich liebevoll um die Topfblumen zu kümmern, aber nicht, um die Fenster zu putzen. Ich würde behaupten, dass das Mayflower nur über wenig Personal verfügt. Und dass man die Pflege der Blumen dem Fensterputzen vorzieht, finde ich eigentlich recht sympathisch.«

Conny dachte noch über Allisons Betrachtungsweise nach, als sich die Tür öffnete und ein alter Mann mit großen Ohren sie beide musterte. Conny fühlte sich sofort an einen alten Filmklassiker erinnert. *Link, der Butler*, schoss es ihm durch den Kopf und das Bild wurde nur noch gefestigt, als er das entschuldigende Lächeln auf dem Gesicht des Mannes aufblitzen sah, das diesen noch affenartiger wirken ließ. Der Mann hatte ein beeindruckendes Gebiss.

»Verzeihen Sie, dass Sie warten mussten. Ich habe heute keine neuen Gäste erwartet und habe die Zeit genutzt, den Weinkeller in Ordnung zu bringen. Dort unten hört man die Türglocke nur sehr schlecht. Mein Name ist Paperman. Ich bin Zimmermädchen, Hausmeister und Portier des Mayflower Hotels. Sie brauchen ein Zimmer für die Nacht?«

Unsicher sah Conny zu Allison hinüber, die ihm die Entscheidung abnahm, indem sie laut und deutlich um zwei Einzelzimmer bat. Auf den fragenden Blick des Portiers hin nickte Conny und fügte hinzu, dass er ein Zimmer mit eigenem Bad wünsche.

Mit eifrigem Nicken und einem Gang, der irgendwie an Freddie Frinton gegen Ende des 90. Geburtstags in *Dinner for one* erinnerte, eilte der Portier ihnen voraus und bezog Posten an einem Holztresen. Hinter ihm an der Wand baumelten von vielen Haken viele Zimmerschlüssel mit hölzernen Anhängern. Kein einziger Platz schien unbesetzt. Sie waren die einzigen Gäste des Mayflower.

Allison, die die Schlüsselsammlung ebenfalls bemerkt hatte, fragte: »Sind wir allein im Haus?«

Mister Paperman machte ein betrübtes Gesicht. »Ich bin ja auch noch da, wenn es Sie tröstet. Das Mayflower ist selten gut besucht. Nicht viele Reisende wissen noch den Charme eines kleinen Hotels zu schätzen. Man bevorzugt jetzt große Häuser mit eigenen Bars und Frühstücksbuffet. Das Mayflower ist ein Dinosaurier, es gehört einer aussterbenden Art an. Aber ich pflege es, so gut ich kann, und die Zimmer halte ich allesamt in einwandfreiem Zustand.«

»Daran zweifle ich nicht.« Allison schenkte dem Mann ein Lächeln. Paperman schien ihr aus irgendeinem Grund sympathisch zu sein.

Sie verständigten sich darauf, dass sie zwei Nächte bleiben würden, unterschrieben beide ein Formular und ließen sich die Schlüssel zu ihren Zimmern aushändigen. Während Connys Schlüsselanhänger die Nummer 201 trug, war Allisons mit 202 gekennzeichnet.

»Ihre Zimmer befinden sich im zweiten Stock. Die sind komfortabler als jene im ersten Stock, die einen eher veralteten Einrichtungsstil haben.« Wieder lächelte Paperman entschuldigend. Dann sah er sich suchend um. »Sie haben nur diese beiden Rucksäcke dabei?«

»Sie enthalten das Nötigste und wir tragen sie selbst, vielen Dank«, erwiderte Allison und steuerte bereits die gewundene Treppe zu ihrer Linken an. Nach wenigen Stufen, kaum dass sie den Blicken des Portiers entkommen waren, drehte sich Allison zu Conny um und flüsterte: »Das bringt mich auf einen Gedanken. Was ist eigentlich aus Miranda Banks' Gepäck geworden? Sie wird doch nicht ohne Tasche aus den Staaten zurückgekehrt sein? Oder hatte sie ihr Gepäck etwa noch bei sich, als man sie auf der Straße aufgegriffen hat?«

Conny schüttelte den Kopf. »Sandy Schuller hat ausdrücklich betont, dass Miranda nur mit einem Nachthemd bekleidet aufgefunden wurde. Ihr Gepäck wird also irgendwo verloren gegangen sein. Und es hat sich wohl auch nicht wieder angefunden, denn den rosa Nickianzug, den sie heute trug, hat sie sich garantiert nicht selbst gekauft. Er saß ein bisschen zu eng und hatte auch zu kurze Ärmel. Vermutlich hatte Arthur die Kleidergröße seiner Schwester nicht im Kopf, als er sie mit dem Nötigsten für das Krankenhaus und den anschließenden Aufenthalt in Thornway ausgestattet hat. Ist es denn wichtig, was aus ihrem Gepäck geworden ist?«

»Sein Fehlen ist zumindest interessant. Was wurde aus ihren persönlichen Besitztümern? Hat sie jemand an sich genommen? Wenn ja, zu welchem Zweck? Und wo sind ihre Sachen jetzt?«, flüsterte Allison ihm zu und stieg die Treppe weiter hinauf.

Kapitel 5

Im zweiten Stock des Mayflower Hotels dominierte ein blasser Pfirsichton. Er fand sich in dem langen Läufer auf dem Parkett und in den Lampenschirmen der Flurbeleuchtung wieder. In kleinen Nischen waren zudem in Glasvasen drapierte Seidenblumen der gleichen Farbe aufgestellt worden.

»Mister Paperman hat es gern hübsch und ordentlich«, stellte Allison fest. »Er gibt sich jede erdenkliche Mühe, alles adrett wirken zu lassen. Nur für das äußere Erscheinungsbild des Hauses hat er entweder kein Auge oder keine Zeit.« Sie öffnete die Tür zu ihrem Zimmer. Nachdem sie einen Blick hineingeworfen hatte, winkte sie Conny, ihr zu folgen.

Er betrat einen Traum aus himmel- und dunkelblauen Farbabstufungen. Die Möbel, deren Form verriet, dass sie seit den Siebzigerjahren hier standen, waren weiß lackiert worden. »Wenn das hier die modernere Zimmerausstattung ist, kann ich auf einen Besuch im ersten Stock verzichten. Aber es ist alles sauber und ordentlich. Paperman hat sogar Schokolade auf den Kissen platziert. Er gibt sich wirklich jede erdenkliche Mühe, um den Gästen einen angenehmen Aufenthalt zu verschaffen.«

»Ja, er zeigt eine Menge Einsatz, wenn man bedenkt, dass dies hier nicht sein Hotel ist«, erwiderte Allison und ließ sich auf die weiche Matratze fallen. »Zumindest war dieser Posten in seiner Aufzählung nicht enthalten. Wem gehört also dieses leicht angestaubte Kleinod, das so liebevoll von einem Faktotum gepflegt und instandgehalten wird?«

»Und was weiß dieses Faktotum namens Paperman über die Dinge, die in diesem Hotel passieren?«, ergänzte Conny und ließ sich neben Allison auf der Matratze nieder. »Kann es sein, dass er völlig ahnungslos ist?«

Allison schien angestrengt überlegen zu müssen. Dann schüttelte sie den Kopf. »Es muss Paperman gewesen sein, der Sandy Schuller erzählt hat, dass eine Miranda Banks niemals hier gewesen ist, oder? Dann muss er doch auch irgendwie mit drinstecken.« Sie zog die Nase kraus, woraufhin sich viele kleine Fältchen auf ihrer Stirn bildeten.

Plötzlich wurde Conny bewusst, dass er genau diese kleinen Fältchen an ihr mochte. Vor Überraschung musste er unwillkürlich lächeln. Es war das erste Mal, dass er etwas an Allison entdeckte, das ihm angenehm vertraut war, es gab kein anderes Wort dafür.

Allison war sein Lächeln nicht entgangen. »Was starrst du mich so an?«

Die krause Nase glättete sich und die süßen Fältchen verschwanden. Als er nicht gleich antwortete, blitzte so etwas wie Misstrauen in ihren Augen auf. Der magische Moment war vorüber und Allison war wieder nur die eigensinnige und oft schwierige Allison, die von nun an Teil seines Lebens war.

»Aus keinem bestimmten Grund. Vergiss es.« Conny seufzte und ließ sich neben sie in die Kissen fallen.

Manchmal zweifelte er an der Prophezeiung, die sie beide zusammengeführt hatte. Waren sie wirklich füreinander bestimmt? Warum fühlte es sich dann nicht so an? Warum waren diese Momente der Verzückung so unsagbar kurz? Warum begehrte er Allison nicht? Sicher, er mochte sie, aber er verspürte keinerlei Bedürfnis, ihr den hässlichen Overall vom Leib zu reißen, um zärtliche Küsse auf ihrer warmen Haut zu verteilen. Liebe mochte ja langsam wachsen können, aber wie stand es um die Leidenschaft? Hätte sie nicht schon längst Einzug in ihr Leben halten müssen?

»Einen Penny für deine Gedanken.« Ihre Stimme klang spöttisch.

»Lieber nicht.« Conny schloss kurz die Augen und unterdrückte ein Seufzen. Dann öffnete er sie wieder und fragte: »Also? Wie werden wir jetzt vorgehen? Werden wir uns im Mayflower auf die Suche machen? Und wenn ja, wonach werden wir suchen? Nach Mirandas Koffern? Oder nach etwas, das uns den Verstand kostet?«

»Was für eine verlockende Aussicht, wie soll ich mich da bloß entscheiden? Nun, suchen werden wir auf jeden Fall. Aber ich kann dir nicht genau sagen, wonach wir Ausschau halten. Es könnte ein Gegenstand sein. Oder ein bestimmtes Ereignis. Oder eine Horde Gespenster, die johlend auf Staubsaugern reitend über die Flure brausen. Ehrlich gesagt bin ich genauso ahnungslos wie du. Spuk hat viele Gesichter und manchmal hat er gar keines. Wir müssen wachsam sein, alles auf uns wirken lassen, die Atmosphäre des Mayflower erfühlen und …« Sie brach ab.

»Und?«, fragte Conny nach einer ganzen Weile.

»Und wir müssen gut auf uns aufpassen. Kannst du das? Auf dich aufpassen, meine ich. Ich bin mir da nicht so sicher.«

Conny sah die aufrichtige Sorge in ihren Augen und musste wieder lächeln. Mochte auch noch keine Leidenschaft zwischen ihnen gewachsen sein, etwas war da und wurde immer stärker: eine Vertrautheit, ein Füreinander-da-Sein, um das sie so manch frisch verliebtes Paar beneidet hätte.

»Ich werde gut auf mich aufpassen«, versprach er. »Aber ich erwarte auch das Gleiche von dir. Du bist mein Schicksal. Was soll aus mir werden, wenn du den Verstand verlierst?«

Allison lachte leise. »Es gibt Tage, da bin ich mir nicht sicher, einen Verstand zu besitzen. Aber danke dafür, dass du ihn mir unterstellst.«

Ein leises Klopfen an der Zimmertür unterbrach diesen fast schon intimen Moment der Zweisamkeit. Conny stand auf und öffnete. Draußen auf dem Gang stand in vom Alter gebeugter Haltung der Portier, einen Stapel himmelblauer Handtücher im Arm.

»Die sind für die Miss«, erklärte er und überreichte sie Conny. »Und da ich Sie hier schon antreffe«, er gab Conny einen buttergelben Stapel Handtücher, »diese hier sind für Sie.«

Conny bedankte sich und schloss die Tür. Amüsiert sah er auf seinen Stapel Handtücher hinab. »Ich denke, ich weiß schon, welche Farbe mein Hotelzimmer hat.«

Sie warteten gemeinsam auf die Nacht. Aufmerksam lauschend, ob irgendwo im Hotel seltsame Laute oder sogar Schreie zu hören waren. Doch nichts rührte sich. Als der dicke Zeiger der blauen Wanduhr behäbig der Zehn entgegenschlich, hielt es Allison nicht mehr auf ihrem Platz.

»Entweder schläft Paperman mittlerweile in irgendeinem Hinterzimmer oder er bewacht die Lobby. Hausmeisterliche Tätigkeiten oder Zimmerreinigungen wird er um diese Zeit sicher nicht mehr in Angriff nehmen. Wir haben also eine gute Chance, ihm nicht auf den Fluren zu begegnen.« Sie warf eine Münze in die Luft und fing sie wieder auf, wobei sie sie mit der Hand bedeckte. »Kopf oder Zahl? Der Gewinner beginnt auf dem Dachboden und arbeitet sich von oben nach unten vor. Der Verlierer startet im Keller und geht den entgegengesetzten Weg. Die Türme heben wir uns bis zum Schluss auf.«

Conny wählte Kopf und gewann. Leise schlichen sie auf den Flur hinaus, den die pfirsichfarbenen Lampenschirme in ein warmes Licht tauchten. Bevor Allison sich anschickte, die Treppe hinunterzugehen, warf sie Conny einen aufmunternden Blick zu und hob beide Daumen. Er lächelte ihr zu und stieg die Treppe hinauf. Aufmerksam lauschte er auf jedes Geräusch, hörte aber nur den Klang der eigenen Schritte.

Er erreichte unbehelligt die Räume unter dem Dach und knipste dort das Licht an. Auch hier oben zog sich ein Flur über die gesamte Länge des Gebäudes, doch er wurde nicht durch hübsche Lampen, Seidenblumen oder Teppiche verschönert. Holzdielen und schlichte weiße Wände ließen vermuten, dass die Räume unter dem Dach für gewöhnlich nicht vermietet wurden.

»Aber vielleicht in Ausnahmefällen«, überlegte Conny laut. »Wenn alle regulären Zimmer wegen eines Events bereits belegt sind. Wie beispielsweise ein Chortreffen mit Festivalcharakter in Barrow-in-Furness vor wenigen Wochen.«

Probehalber versuchte er, eine der angrenzenden Türen zu öffnen, blickte in einen fensterlosen Raum, in dem zwei ordentlich gemachte leere Betten standen, und fand seinen Verdacht bestätigt. Zwischen den beiden Betten welkte auf einem Nachttischchen ein vergessener Blumenstrauß vor sich hin. Dieses Zimmer war vor einiger Zeit genutzt worden.

Hinter weiteren Türen bot sich ihm wieder und wieder das gleiche Bild. Allerdings ohne sterbenden Blumenschmuck. Die Dachkammern waren schlicht gehalten, aber sauber, boten keinen Komfort, aber einen Schlafplatz für die Nacht.

Conny zählte zwei und zwei zusammen und glaubte plötzlich, zu wissen, warum zwischen dem Auftreten der einzelnen Fälle so viele Jahre lagen. Nur wenn das Mayflower bis unter das Dach ausgebucht war, trat das ein, was diesen Menschen den Verstand geraubt hatte. Und das konnte nicht oft der Fall sein, wenn man bedachte, wie ruhig es heute im Haus war. Als aber Miranda Banks hierhergekommen war, war das Haus vermutlich bis auf das letzte Bett belegt gewesen. Oder das vorletzte.

Conny seufzte. »Das bedeutet, dass die Rahmenbedingungen heute Nacht ganz andere sind als in der Nacht, in der diese Miranda hierherkam. Vermutlich können wir heute Nacht das ganze Haus auf den Kopf stellen, ohne eine Spur von dem zu finden, was die Opfer der Schreie in ihren bedauernswerten Zustand versetzt hat«, flüsterte er sich selbst zu und schloss die letzte der Dachkammern hinter sich.

Da hörte er direkt neben seinem linken Ohr ein lautes »Buh!«. Und dieses Mal wusste er sofort, an wen ihn dieser Laut erinnerte.

»Livie? Bist du das? Komm schon, zeig dich mir. Wie soll ich deine Warnungen denn ernst nehmen, wenn du sie mir nicht ein wenig genauer erklärst? Mit einem ›Buh‹ kann ich nichts anfangen.«

Einen Wimpernschlag später lehnte sie im Türrahmen ihm gegenüber. Die Arme vor der Brust verschränkt, machte sie einen sehr unzufriedenen Eindruck auf Conny. Unter ihrem knöchellangen Samtkleid konnte er das ungeduldige Wippen ihres Knies ausmachen.

»Du bist böse auf mich«, schlussfolgerte er.

Die Banshee der Harrowmores nickte so heftig, dass ihre Korkenzieherlocken wie Sprungfedern hüpften.

»Weil ich jetzt in diesem Moment nicht an Allisons Seite bin, um ein Unglück zu verhindern?«

Die Banshee schwieg wie erwartet. Wurde er von ihr auch als Mitglied der Familie betrachtet, so genoss er doch nicht dieselben Vorzüge wie Allison. Mit ihm würde sie vermutlich niemals sprechen.

»Allison befindet sich also nicht in akuter Gefahr?«

Livie machte eine wegwerfende Handbewegung und blies sich eine Locke aus dem Gesicht.

»Worum geht es dir dann?«, fragte Conny etwas hilflos angesichts dieser einseitigen Unterhaltung.

Livie machte eine allumfassende Geste.

»Es ist das Mayflower?«, riet er. »Dieser ganze Ort ist lebensgefährlich für Allison?«

Sie deutete mit beiden ausgestreckten Zeigefingern auf seinen Kopf.

»Und für mich ebenfalls?«

Livie hob beide Daumen, um ihm zu signalisieren, dass er ein echt helles Köpfchen war. Conny schätzte, dass diese Unterhaltung nur noch wenige Minuten andauern musste, damit er Livies Mimik und Gestik problemlos interpretieren konnte.

»Wir haben einen Auftrag und müssen ihn erfüllen«, verteidigte er seine Anwesenheit in diesem Hotel. »Aber wenn du mir sagst, auf was genau ich achten soll, kann ich sicher das Schlimmste verhindern.«

Livie runzelte die Stirn, hob dann symbolisch einen imaginären Gegenstand an und ließ ihn niedersausen.

»Ich … äh … soll auf einen Hammer achten?« Conny war von seiner Interpretation ihrer Darbietung nicht überzeugt.

Prompt verdrehte die Banshee die Augen und wurde unsichtbar. Kein Zweifel: Er war soeben bei der Banshee-Scharade durchgefallen.

So leise, wie er gekommen war, verließ er den Dachboden und überlegte, was, wenn nicht einen Hammer, Livie ihm hatte andeuten wollen. Doch weil er zu keinem Ergebnis kam, machte er sich daran, das zweite, pfirsichfarbene Stockwerk genauer zu untersuchen. Dort musste er feststellen, dass auf diesem Flur alle Zimmertüren bis auf seine eigene und die Allisons für ihn nicht zu öffnen waren.

»Macht ja auch Sinn. Wozu sollte Paperman sonst eine Wand voller Zimmerschlüssel im Foyer bewachen?«

Ihm entfuhr ein weiterer mutloser Seufzer. Es erschien so wenig erfolgversprechend, sich in diesem Hotel die Nacht um die Ohren zu schlagen.

»Hast du etwas entdeckt?«

Conny fuhr zusammen. Er hatte sie nicht kommen hören und jetzt stand sie unverhofft neben ihm, den Blick voller Neugier.

»Du solltest wachsamer sein«, flüsterte Allison ihm zu. »Wenn du ein Trampeltier wie mich schon nicht kommen hörst, wie willst du dann mitbekommen, wenn sich dir eine Geistergestalt nähert? Manche von denen bewegen sich geräuschlos.«

»Ich *war* wachsam«, verteidigte sich Conny und fühlte, wie sein Adrenalin den Herzschlag beschleunigte. »Du hast es einfach darauf angelegt, dich an mich heranzupirschen, das war ganz und gar untrampeltierhaft von dir.«

»Ein Geist oder ein sagenhaftes Untier würde es vermutlich genauso machen«, verteidigte sich Allison. »Und du hast versprochen, auf dich aufzupassen, erinnerst du dich? Da ist aber noch reichlich Luft nach oben, mein Lieber. Also: Hast du schon etwas entdeckt?«

»Unsere Banshee habe ich entdeckt, oder vielmehr sie mich.«

Conny dachte an die Begegnung mit Livie zurück und musste Allison recht geben, wenn sie sich Sorgen um ihn machte. Aber noch so viel Vorsicht konnte doch nicht vor plötzlich auftauchenden Geistern schützen, oder?

»Livie ist dir erschienen? Schon wieder? Sie scheint es aber wirklich ernst zu meinen. Was hat sie gesagt?«

»Sie redet doch nicht mit mir«, erinnerte Conny sie. »Aber sie hat mir zu verstehen gegeben, dass das Mayflower ein böser Ort ist und wir uns vor so etwas in Acht nehmen müssen.« Er imitierte Livies Armbewegungen, so gut er konnte.

Allison sah ihn mit einer hochgezogenen Augenbraue an. »Vor einem Hammer?«

»Wie ich sehe, bist du genauso begabt wie ich, wenn es darum geht, die Gebärden einer Banshee zu deuten.«

Allison schüttelte den Kopf. »Was auch immer sie dir damit sagen wollte, wir werden das Mayflower erst verlassen, wenn wir alles herausgefunden haben, was es über diesen Ort herauszufinden gibt.«

»Ich bin ganz deiner Meinung«, stimmte Conny zu. »Mir kam allerdings der Gedanke, dass der Spuk, den wir hier vermuten, möglicherweise nur dann auftritt, wenn das Hotel voll belegt ist. Das würde die zeitlichen Abstände zwischen den Nervenzusammenbrüchen der Opfer erklären, meinst du nicht?«

»Das klingt logisch, wäre aber nicht gut für uns. Wie sollen wir das Mayflower mit Leben füllen, um das, was wir suchen, hervorzulocken?« Allison begann, auf ihrer Unterlippe herumzukauen, und schien überlegen zu müssen. Dann stieß sie Conny völlig unvorbereitet den Ellenbogen in die Rippen, woraufhin dieser leise aufstöhnte. »Oh, entschuldige, ich hatte gerade eine Idee: Wir leihen uns einfach Sandy Schullers Patienten aus. Man könnte es als Betriebsausflug deklarieren, was meinst du? Das Irrenhaus macht Ferien im Geisterhotel.«

Conny zeigte ihr einen Vogel. »In Thornway wird man von dieser Idee wahnsinnig begeistert sein. Vor allem Sandy Schuller wird scharf darauf sein, all ihre Gäste einem unkalkulierbaren Risiko auszusetzen. Und nenne es nie wieder Irrenhaus. Was das angeht, ist man dort sehr empfindlich.«

»Ach, Mist.« Allison verschränkte die Arme vor der Brust. »Dann machen wir erst mal so weiter wie geplant. Ich arbeite mich jetzt zum Dachboden vor und prüfe nach, ob du auch nichts übersehen hast. Und du gehst runter bis in den Keller und schaust nach, ob mir etwas entgangen ist. Aber lass das Erdgeschoss aus und sei leise. Paperman sitzt im Foyer und liest Zeitung.«

»Schläft der Mann denn niemals?«, fragte Conny verwundert. »Vielleicht ist er ja der Geist, den wir suchen. Ein schlafloser Geist.«

»Nein, er ist ein ganz normaler Mensch«, stellte Allison klar. »Da bin ich mir ziemlich sicher. Für so etwas habe ich einen Riecher.«

»Den hätte ich auch gern«, meinte Conny und sah sie neidvoll an. »Dann werde ich jetzt also weiter abwärts schleichen.«

Sie trennten sich erneut und Conny gelangte als Nächstes in den ersten Stock des Hotels. Hier standen grüne Lampen in Nischen und warfen ein fahles Licht in den Flur. Auch hier probierte er eine Klinke nach der anderen, doch keine der Türen ließ sich ohne Schlüssel öffnen.

Als er das Ende des Flures erreichte, glaubte er für einen kurzen Moment, etwas gehört zu haben. Ein unterdrücktes Geräusch, ein Niesen oder Wimmern. Er blieb stehen. Vor ihm befand sich das Zimmer mit der Nummer 111. Er legte ein Ohr an die Tür und lauschte, doch obwohl er minutenlang an diesem Ort verharrte, hörte er nichts mehr.

Schließlich wandte er sich mit einem Schulterzucken ab und machte sich auf den Weg in den Keller. Auf dem Treppenabsatz des Erdgeschosses hörte er das Rascheln von Papermans Zeitung und schlich besonders vorsichtig weiter.

Ungesehen erreichte er einen muffig riechenden Kellerraum, der das wahre Alter des Mayflower Hotels verriet. Putz bröckelte von den Wänden, der Steinboden strahlte eine klamme Kälte aus und die einzige Lichtquelle war eine von Spinnweben umhüllte Glaslaterne.

Ein wenig mutlos blickte Conny auf eine Reihe geschlossener Türen, die aussahen, als seien sie seit Jahren nicht geöffnet worden. Was hätte eine Frau wie Miranda Banks hier unten verloren haben sollen? Nein, es war kaum anzunehmen, dass sich hier etwas Interessantes ereignet hatte. Außer dem von Paperman erwähnten Weinkeller war hier unten nichts zu finden.

Er wollte bereits wieder nach oben schleichen, als er die Schleifspuren auf dem Boden entdeckte. Eine der alten Holztüren war erst kürzlich geöffnet worden und hatte bogenförmige Kratzer auf dem Stein hinterlassen.

Ob sich dahinter der Weinkeller verbarg? Unwahrscheinlich, denn dann wären die Spuren vom häufigen Öffnen wesentlich deutlicher zutage getreten. Nein, die feinen Kratzspuren deuteten auf einen sehr seltenen und in letzter Zeit einmaligen Gebrauch hin. Ob Allison diese Spuren auch bemerkt hatte? Oder hatte sie sie übersehen?

Neugierig geworden, zog Conny an der Klinke aus grobem Holz und seine Anspannung wuchs, als sich die Tür unter unangenehmem Knarren öffnen ließ und dabei erneut über den Stein schleifte. Im Raum dahinter herrschte Finsternis.

Er zog die Tür weiter auf, damit das Licht der eingesponnenen Glaslaterne bis in den angrenzenden Raum fallen konnte. Dann kniff er die Augen zusammen und versuchte, etwas zu erkennen.

Zunächst machte sich Enttäuschung in ihm breit, als er die Umrisse von Gepäckstücken erkannte. Koffer und Taschen, zu unordentlichen Haufen gestapelt, vermutlich vergessene und völlig wertlose Überbleibsel vor Langem abgereister Gäste, die hier darauf warteten, dass man sich ihrer erinnerte. Sicher enthielten sie getragene Wäsche und alte Zahnbürsten und waren es einfach nicht wert gewesen, dass man sie sich nachschicken ließ.

Gerade wollte er die Tür wieder schließen, da erinnerte er sich an das Gespräch, das er mit Allison über Mirandas Gepäck geführt hatte, und hielt inne. Befand sich unter diesen Koffern etwa auch der von Miranda? Versteckten sich hier im Dunkeln alle Gepäckstücke derer, die Opfer der Schreie geworden waren? Das konnte nicht sein. Der Raum war angefüllt bis zur Decke. Das würde ja bedeuten … Es konnte zumindest bedeuten …

Conny verspürte einen Anflug von Übelkeit und weigerte sich, diesen Gedanken zu Ende zu denken. Er war sicher nur müde, seine Nerven ein wenig überreizt. Dies hier war nur ein Lagerraum, angefüllt mit irgendwelchen herrenlosen Gepäckstücken.

Er streckte einen Arm in die Dunkelheit aus und bekam ein Schildchen zu fassen, das von einem Rucksack herabhing, der gleich links neben der Schwelle verstaubte. Ein Adressanhänger. Noch einmal kniff er die Augen zusammen und versuchte, den Namen, der mit Kugelschreiber darauf gekritzelt worden war, zu entziffern.

Als es ihm schließlich gelang, stolperte sein Herzschlag aus dem gewohnten Rhythmus. Es gab keinen Zweifel. Dort stand der Name B. Barker geschrieben. Das klang doch sehr nach Bob Barker, dem Mann, der erst Stunden zuvor einen Zettel verspeist hatte, auf dem der Name dieses Hotels gestanden hatte.

»Scheiße«, entfuhr es Conny eine Spur zu laut und er presste sich eilig die Hand vor den Mund. Doch es war längst zu spät für ihn.

Dicht hinter sich vernahm er die Stimme Papermans, die leise flüsterte: »Sie sollten wachsamer sein, wenn Sie hier unten herumschnüffeln, Mister.«

Kapitel 6

Miranda drückte das Küken in ihren Armen fest an ihren Busen. Sie würde es nicht hergeben. Nie wieder. Dieses kleine Wesen war die erste gute Sache, seit sie gestorben war, und jetzt wollte man ihr das kleine Ding wieder wegnehmen.

»Miss Banks, diese Ente muss jetzt wirklich zurück zu ihrer Mutter. Es ist mitten in der Nacht«, hörte sie den Engel noch einmal mit Nachdruck sagen. »Ich habe das schon viel zu lange erlaubt.«

Miranda schüttelte energisch den Kopf, um klarzumachen, dass sie nicht einverstanden war. Seit das Küken bei ihr war, konnte sie den Worten anderer wieder besser folgen, bekam deutlich mehr mit. Doch noch immer waren da die Schreie in ihren Ohren und das Gewimmer. Seit Wochen dröhnten sie in Mirandas Kopf und übertönten alles, was sich um sie herum abspielte. Sie fragte sich, warum niemand außer ihr diesen Krach wahrzunehmen schien, und hatte sich schließlich eine einfache Erklärung zurechtgelegt.

Sie war tot. Es konnte gar nicht anders sein. Sie war gestorben, und die Schreie waren ihre ganz private Hölle.

Die Ente drückte den Kopf in ihre Handfläche und rieb sich an ihrer Haut. Die Ente war lebendig. Sie war wunderbar. Ihr warmer Körper, den Miranda unter ihren Fingern spüren konnte, sorgte dafür, dass es manchmal stiller in ihr wurde. Und nur deswegen hatte sie verstehen können, dass sie dieses wunderbare Tier wieder hergeben sollte. Doch das konnte sie nicht. Oder vielmehr: Sie wollte es nicht. Ohne die Ente würden sie wieder mächtiger werden. Die Schreie, zu denen kein Gesicht gehörte, und die Angst in ihr, für die es keinen Grund zu geben schien.

»Will sie die Ente noch immer nicht hergeben?«

Eine zweite Stimme hatte sich zur ersten gesellt. Noch ein Engel, der sie hier in ihrer Hölle besuchen kam. Es war der nette kleine mit der etwas zu großen Brille, die manchmal von der kurzen Nase rutschte.

Als sie noch ein Kind gewesen war, hatte sie sich Engel ganz anders vorgestellt. Diese hier trugen zwar weiße Gewänder, aber sie hatten keine Flügel. Bei genauer Betrachtung waren sie eine ziemliche Enttäuschung. Und einige schlichen in so seltsamen Gesundheitslatschen umher. Wenigstens sorgten die Engel für sie, führten sie in den Speiseraum mit all den anderen Verstorbenen, die darauf warteten, von ihren Qualen erlöst zu werden.

Wo blieb eigentlich das Fegefeuer? Miranda hätte sich mit Freuden in die Flammen gestürzt, wenn sie nur ewige Stille versprachen. Ob sich alle Menschen nach ihrem Tod an so einem eigenartigen Ort wie diesem wiederfanden? Oder hatte sie es besonders schlecht getroffen?

Sie hegte den Verdacht, dass auf jeden Verstorbenen seine ganz eigene Hölle wartete. Ihre war eben dieser Ort, an dem sie umschwebt von Engeln ausharren musste. Er hätte als erträglich gelten können, wären da nicht die immerwährenden Schreie, die gerade jetzt wieder für einen kurzen Moment abebbten.

»Und diese beiden Seelensorger, oder wie immer sie sich nennen, waren wirklich schon hier?«, hörte Miranda den Engel mit der Brille zum anderen sagen. »Das verstehe ich nicht. Gleich nach meinem Besuch in dieser merkwürdigen Kanzlei habe ich mich in den nächsten Zug nach Hause gesetzt. Wie konnten sie da Stunden vor mir aus London hier eintreffen?«

»Vielleicht hat diese Kanzlei einen eigenen Hubschrauber.« Der zweite Engel schien von seinen eigenen Worten nicht überzeugt.

Miranda beugte sich vor und vergrub ihre Nase im Gefieder. Engel redeten bestimmt oft so seltsame Sachen. Belanglose Sachen, die sie nicht das Geringste angingen.

»Sie haben sich von Mister Banks den Namen eines Hotels geben lassen. Das Mayflower Hotel, wie er mir erzählte. Ich denke, sie werden dort nachforschen wollen.«

Bei diesen Worten des Engels verkrampften sich Mirandas Finger. Hotel? Das war ein böses Wort, ganz böse. Es brachte Bilder aus ihrem Gedächtnis zurück. Bilder von Rosen und einem Mann, der aussah wie ein Affe. Und dann war das Licht angegangen und …

Miranda musste die Ente loslassen. Zwischen ihren Ohren, direkt in der Mitte ihres Kopfes, erhob sich das schreckliche Gebrüll vieler Stimmen. Waren es Kinderstimmen? Ja, Miranda war sich sicher, dass sie Kinderschreie hörte. Oder waren es Frauen?

»Das klingt doch ganz gut«, sagte der Engel mit der Brille. »Mit etwas Glück suchen diese beiden jungen Leute bereits am richtigen Ort. Heute hat sich nämlich endlich dieser vermaledeite Taxifahrer bei mir gemeldet, der Miranda bei ihrem Bruder abgeholt hat. Der Mann kam gerade aus Ibiza zurück, wo er seinen Urlaub verbracht hat. Ibiza, ist das zu fassen? Ich glaube, in meinem nächsten Leben fahre ich auch Taxi, anstelle Ernährungspläne auszuarbeiten und Rezeptvorschläge zu verteilen. Jedenfalls sagte er mir, er hätte Miss Banks vor dem Mayflower Hotel abgesetzt.«

Schon wieder dieses Wort. Miranda versuchte, etwas zu sagen, versuchte, die Engel wissen zu lassen, dass böse Worte die Schreie weiter anheizten.

»HNG!« Miranda versuchte es noch einmal. »Glhl!«

»Sie will uns etwas sagen.« Einer der Engel klang aufgeregt.

Miranda spürte, wie ihr Kiefer sich verkrampfte und mit ihm auch ihr ganzes Gehirn. Sie startete einen letzten Versuch. »CH!« Dann brach sie in Tränen aus.

»Sie hat das Küken losgelassen. Immerhin etwas. Dann komm mal her, kleine Hng.«

Hastig versuchte Miranda, das Tier auf ihrem Schoß festzuhalten, doch sie war nicht schnell genug. Starke kleine Hände hoben die Ente von der Bettdecke.

»Hng? Du willst dem armen Tier einen Namen ohne Vokale geben?« Einer der beiden Engel klang entrüstet.

»Das erscheint mir sinnvoll. Diese kleine Stockente ist gut für Miss Banks, also soll Miss Banks sie auch haben. Mir ist egal, was unsere schlauen Ärzte dazu sagen werden, ich merke doch, dass Hng ihr guttut. Der Hausmeister wird nichts dagegen haben, wenn die Ente die meiste Zeit des Tages hier bei ihr verbringt, er muss sich sowieso um gute Abnehmer für die anderen Küken kümmern und er wird sie kaum an ein chinesisches Restaurant geben wollen, was es nicht einfacher macht. Hng bleibt bei Miss Banks, so einfach ist das. Aber jetzt kommt sie erst einmal zurück zu ihrer Mutter. Sie muss langsam entwöhnt werden. Sie ist ja noch so klein.«

»Hng!«

»Nicht weinen, Miss Banks. Morgen früh, gleich nach dem Frühstück, wird Hng Sie wieder besuchen.«

»Hng«, wiederholte Miranda und fühlte die Nässe der Tränen auf ihren Wangen.

Tote konnten weinen? Wie seltsam. Darüber musste sie nachdenken. Vielleicht in einer ruhigen Minute. Doch jetzt schwollen die Schreie in ihrem Kopf wieder an und Miranda fürchtete, dass sie nie wieder eine ruhige Minute haben würde.

Kapitel 7

Und Sie sollten ebenfalls wachsamer sein, Mister Paperman«, hörte Conny Allisons vertraute Stimme nur einen Augenblick später sagen. Die Hitze, die ihm gerade ins Gesicht geschossen war, ließ wieder nach. Allison war ebenfalls hier unten im Keller. Und jetzt hatte Paperman, der dicht hinter ihm stehen musste, selbst einen Gegner im Nacken sitzen.

Conny stellte sich vor, was für ein seltsames Bild sie gerade abgeben mussten. Aufgereiht wie die Perlen einer Kette, standen drei Menschen vor diesem Kellerraum voller verstaubter Koffer und wagten nicht mehr, sich zu bewegen.

Er hörte seinen eigenen Atem und auch den Papermans, der über die Entwicklung der Dinge nicht besonders glücklich sein konnte.

Connys Augen, die sich immer mehr an das Dunkel im Kellerraum vor ihm gewöhnten, erkannten jetzt eine beträchtliche Menge rechteckige Gegenstände. Waren all dies wirklich die Koffer von Menschen, die hier im Mayflower in den Wahnsinn getrieben worden waren? Wie Barker und Banks?

Ein Schauer überlief ihn, als er das Ausmaß dieses Falles begriff. Dann waren die wenigen Patienten, die Sandy Schuller betreute, nur die Spitze eines Eisbergs. Dann gab es noch viele andere Opfer im Land, die von Schreien gepeinigt dahinvegetierten.

Hinter Conny erklang jetzt ein seltsames Geräusch, das ihn an Husten erinnerte, dann aber immer weiter anschwoll und von den Wänden des Kellers widerhallte. Es gab keinen Zweifel. Paperman lachte. Der kleine affenartige Mann lachte aus vollem Hals.

Zögernd und nur sehr langsam wagte Conny eine Drehung um die eigene Achse und sah Paperman, der sich vor Lachen bog und dabei einen langen Schraubenzieher wie einen Dolch zum Stoß bereit in den Händen hielt.

Bei dem Gedanken, dass dieses Mordwerkzeug jetzt bereits zwischen seinen Rippen stecken konnte, wurde Conny erneut übel. Doch dann fiel sein Blick auf Allison. Die wunderbare Allison, die, eine Weinflasche wie eine Keule in der Hand haltend, noch immer drohend auf Paperman hinabsah. In diesem Moment war er sich ganz sicher, dass er sie aus ganzem Herzen lieben konnte, wenn sie ihn nur ließe.

»Hihi, ist das nicht zu komisch? Da schleichen wir hintereinanderher und bilden eine Polonaise aus Verfolgern und Verfolgten.« Paperman hielt sich die Seiten und schien gar nicht mehr aufhören zu wollen.

Conny lachte nicht mit. Er hätte es komischer gefunden, auch ein Verfolger zu sein. Außerdem hielt Paperman noch immer den Schraubenzieher in seiner Hand. Wer konnte garantieren, dass der kleine Kerl nicht plötzlich vorsprang und ihm das Ding doch noch zwischen die Rippen rammte?

Doch da hob der kleine Mann abwehrend die Hände und ließ, noch immer lachend, seine Waffe fallen. Jetzt erst ebbte sein Heiterkeitsausbruch ab. Nur langsam kam er zu Atem. »Es musste ja eines Tages so kommen«, erklärte er nach Luft japsend. »Ich habe gewusst, dass einmal jemand hierherkommen und alles entdecken würde. Und wen würde man dann wohl zum Schuldigen abstempeln? Den alten Paperman natürlich, ist ja sonst keiner da. Also: Zücken Sie Ihre Handschellen und bringen Sie mich in meine Zelle. Ich wehre mich nicht mehr dagegen. Nur nützen wird es nichts, hören Sie? Ihr könnt den alten Mann ruhig einsperren, aber das wird nichts ändern. Es wird wieder passieren. Und wieder und …«

»Wir sind nicht von der Polizei.« Allison ließ die Weinflasche sinken. »Und es liegt nicht in unserem Interesse, einen Unschuldigen einzusperren.«

»Falls Sie unschuldig sind«, ergänzte Conny rasch. »Und das werden wir nur beurteilen können, wenn Sie uns die Wahrheit über dieses Hotel und diese Gepäckstücke hier unten erzählen. Warum verlieren einige Ihrer Gäste, und es können nicht wenige gewesen sein, den Verstand? Warum werden sie von unhörbaren Schreien in den Selbstmord getrieben?«

Er deutete auf die Koffer hinter sich im Kellerraum und sah voller Erleichterung, wie mit Paperman eine weitere Veränderung vor sich ging. Erstaunen zeigte sich auf dem runzeligen Gesicht und auch Ungläubigkeit.

»Keine Polizei? Ich werde nicht eingesperrt?«

Conny schüttelte den Kopf.

»Und Sie werden mir den Irrsinn wirklich glauben, den ich Ihnen erzähle?«

Allison hob zwei Finger und schwor feierlich: »Wir sind hier, um zu helfen, und wir werden jedes Ihrer Worte glauben, wenn es der Wahrheit entspricht.«

»Die Wahrheit.« Paperman ließ seufzend die Schultern sinken. Und völlig überraschend purzelte eine einzige Träne über das Gesicht des alten Mannes. »Ich habe Schuld auf mich geladen, aber sie ist geringer, als es scheint. Ich wusste ja nie genau, wann es passieren würde, wie hätte ich es also verhindern können? Oh ja, ich habe trotzdem versucht, es zu verhindern. Wann immer es mir möglich war, habe ich auf die Vermietung der 111 verzichtet. Aber manchmal ist sogar ein hässlicher alter Kasten wie das Mayflower bis auf die letzte Matratze belegt und dann vermiete ich es eben doch. Ich will keinen Ärger mit meinem Chef, und es ist ja auch schon oft gut gegangen. Der Besitzer dieses Hotels glaubt nicht an den Spuk. Wie auch seine Vorgänger nicht daran glaubten. Das Mayflower wechselt ständig den Eigentümer, nur ich bleibe hier vor Ort und kümmere mich um alles. Auch um die 111. So gut es eben geht.«

Allison unterbrach den Redestrom des Portiers, indem sie ihm sachte mit der Weinflasche auf den Hinterkopf klopfte. Als Paperman sich zu ihr umdrehte, deutete sie auf die Kofferkammer und sagte: »Können Sie da drinnen mal ein wenig Licht machen?«

Für einen kurzen Moment sah der Portier verwirrt aus. Dann nickte er dienstbeflissen, schob Conny zur Seite, trat neben den Rucksack des armen Barker und fing an, im Dunkel herumzutasten. Gleich darauf flammte eine einzige verstaubte Glühbirne unter der Decke auf.

Allison gab Conny einen Schubs und gemeinsam gesellten sie sich zu Paperman, der unglücklich auf die Koffer in den Regalen deutete und erklärte: »Einige von den Dingern sind schon länger als ich im Mayflower. Als ich als junger Mann 1985 meinen Dienst hier antrat, waren sie schon da. Niemand hatte mich vorgewarnt, ich war ahnungslos. Als die Beamten zum ersten Mal bei mir vorstellig wurden, log ich aus Angst vor Konsequenzen. Später aus Gewohnheit. Und die zurückgelassenen Koffer brachte ich hierher, wie es schon mein Vorgänger getan haben musste. Sehen Sie sich die Sammlung an, Lady und Gentleman.« Seine Stimme wurde lauter. »Das gelbe Kofferset dort oben stammt vermutlich aus den Siebzigerjahren. Und das karierte dort ist schätzungsweise noch älter. Irgendwann damals muss es angefangen haben.«

»Was hat damals angefangen?«, fragte Conny und sah hinauf zu dem gelben Kofferset, auf dem der Staub von Jahrzehnten ruhte.

Was war aus seinem Besitzer geworden? Saß er irgendwo in einem Zimmer mit vergitterten Fenstern? Oder hatte er sich längst das Leben genommen?

»Aber das wissen Sie doch alles. Deswegen sind Sie doch hier.« Paperman klang plötzlich vorwurfsvoll. Und er stellte sich dicht neben Conny, als er jetzt zu ihm aufsah und flüsterte: »Es sind die Todesschreie von Cumbria, die diese makabre Sammlung möglich gemacht haben.«

Conny erschrak für einen Moment, als der Alte genau die Worte wählte, die er selbst an diesem Morgen neu erfunden zu haben glaubte. Doch er fasste sich rasch wieder. »Mister Paperman, es fällt mir äußerst schwer, Ihren Ausführungen zu folgen. Es ist ja nicht so, als ob wir völlig ahnungslos wären, aber es scheinen mir doch ein paar Hintergrundinformationen zu fehlen. Könnten Sie vielleicht mit dem Anfang beginnen und dann alles der Reihe nach erzählen?«

»Mir wäre es lieber, wenn man mich jetzt direkt in das Zimmer 111 führen würde«, mischte sich Allison ein, die eine Sporttasche geöffnet und einen alten Turnschuh herausgezogen hatte, dessen Leder bereits rissig geworden war. »Ich bin mir ziemlich sicher, dass uns die 111 viel mehr erzählen kann als Paperman.«

»Die 111 ist in der Nacht nicht sicher«, antwortete ihr der Portier in beschwörendem Ton. »Man sollte sich dort nicht länger aufhalten als nötig. Ich selbst gehe dort nachts nur hinein, um einem Gast das Licht einzuschalten und ihm das Badezimmer zu zeigen, dann mache ich, dass ich von dort wegkomme.«

»Aber Miranda Banks haben Sie dort schlafen lassen, nicht wahr?« Allison hob eine Augenbraue und sah auf den kleineren Paperman hinab. »Sie kam an einem dieser Abende, als dieses Hotel aus allen Nähten platzte. Und Sie gaben ihr den Schlüssel zur 111.«

»Manchmal geht alles gut.« Paperman gab einen Laut von sich, der an ein gequältes Tier erinnerte. »Manchmal passiert überhaupt nichts. Die Leute gehen in die 111, freuen sich darüber, wie hübsch alles ist, und tauchen am nächsten Morgen zum Frühstück wieder auf.«

»Und ein anderes Mal ist es dann wieder ganz anders«, stellte Conny fest. »Dann verschwindet Ihr Gast auf rätselhafte Weise und lässt nur sein Gepäck zurück.«

»Sie laufen davon.« Paperman sah düster drein. »Zuerst glaubte ich tatsächlich, dass sie auf rätselhafte Weise verschwinden, so ist es aber nicht. Irgendwann in der Nacht kommen sie aus der 111 herausgelaufen, nur mit ihrer Nachtwäsche bekleidet. Wie von Sinnen rennen sie die Treppe hinunter und fliehen zur Tür hinaus. Einem oder zweien habe ich mich mal in den Weg gestellt, doch sie waren nicht ansprechbar und ließen sich von mir nicht aufhalten. Die Letzte, Miss Banks, hat mir sogar einen Hieb auf die Nase verpasst, bevor sie davonpreschte. Nichts und niemand konnte sie davon abhalten, davonzulaufen.«

Conny nickte verstehend. »Erst in den Morgenstunden werden diese Menschen dann in völlig erschöpftem Zustand irgendwo auf den umliegenden Landstraßen von der Polizei aufgegriffen. Und gelegentlich kommt es vor, dass bald darauf die Polizei hier auftaucht und unangenehme Fragen stellt. Fragen, die der Portier des Hauses mit Lügen beantwortet, indem er behauptet, die fragliche Person nie gesehen zu haben.«

»Ich entferne die Unterschrift aus dem Gästebuch und lasse die Buchung verschwinden, darin bin ich inzwischen sehr gut.« Paperman sah ein bisschen stolz aus.

»Und während wieder ein Opfer der 111 hinter den Mauern einer Anstalt verschwindet oder Selbstmord begeht, tragen Sie das Gepäck in den Keller hinunter und sehen dabei zu, wie Ihr Kofferstapel hier unten langsam in den Himmel wächst«, ergänzte Allison.

Paperman zuckte mit den Schultern. »Was soll ich noch groß sagen? Ich bin ein Feigling.«

»Und was für einer.« Conny schüttelte empört den Kopf. »In all den Jahren, in denen Sie hier Ihren Dienst tun, ist es Ihnen nie gelungen, das Rätsel von Zimmer 111 zu lösen?«

Paperman schüttelte den Kopf.

»Und der jeweilige Besitzer dieses Etablissements ist noch ahnungsloser als sein Angestellter, weil der Boss sich nur gelegentlich hier blicken lässt, um einen Blick in die Bücher zu werfen«, stellte Conny fest.

»Das Mayflower ist eine Art Wanderpokal«, erklärte Paperman. »Es wird gekauft und verkauft. Niemand hängt sein Herz an diese Investition. Das war schon immer so. Nur ich bleibe. Und die Schreie in 111. Wir sind hier zu Hause.«

»Siehst du?« Allison klatschte in die Hände und sah Conny mit einem fast fröhlichen Lächeln an. »Jetzt hast du doch noch alles verstanden. Und zwar ohne dass Paperman mit seiner Geschichte noch einmal ganz von vorn beginnen musste.«

»Was ihm sowieso nicht möglich ist, weil er den Ursprung der Schreie überhaupt nicht kennt«, stellte Conny klar.

»Den kennt niemand.« Papermans Augen wurden groß. »Sie sind schon immer da gewesen.«

»Quatsch.« Allison hielt den Turnschuh mittlerweile wie ein Baby in ihren Armen. »Sie haben gerade selbst gesagt, dass alles in den Sechziger- oder Siebzigerjahren seinen Anfang genommen haben muss. Älteres Gepäck findet sich hier unten nicht.«

»Das ist richtig«, gab Paperman zu und sah sich unschlüssig in der Kammer um, als wolle er sich vergewissern, dass er nicht doch ein noch älteres Objekt übersehen hatte.

»Haben Sie die Schreie selbst schon einmal gehört?«, fragte Conny vorsichtig und beobachtete, wie der Portier zusammenfuhr.

»Ich höre sie manchmal, wenn sie bis auf den Flur oder die Treppe dringen«, gestand Paperman. »Das reicht mir. Im Zimmer bin ich nie gewesen, wenn die Schreie beginnen.«

»Und Sie haben darüber nicht Ihren Verstand verloren«, stellte Allison fest. »Das ist doch ein gutes Zeichen. Man muss also im Zimmer 111 sein, damit was auch immer passieren kann.«

»Es gab auch solche, die sie im Zimmer hörten und nicht verrückt wurden. Ich sagte ja, es passiert nicht jedes Mal.« Paperman sah plötzlich ungeduldig aus. »Manche Gäste rannten des Nachts auf den Flur hinaus und bestanden auf ein anderes Zimmer, was ich natürlich nicht hatte. Die 111 wird, wie gesagt, von mir nur vermietet, wenn es gar nicht anders geht. Also reisten diese Gäste mitten in der Nacht ab, und mir ist nicht bekannt, dass sie ihren Verstand nachträglich verloren. Allerdings verloren sie wohl auch kein überflüssiges Wort über ihr Erlebnis im Mayflower Hotel. Es war ihnen vermutlich im Nachhinein peinlich, weil sie glaubten, überreagiert zu haben. Und dann gab es noch solche, die in diesem verfluchten Zimmer eine ruhige Nacht verbrachten. Sie gaben an, fast sofort eingeschlafen und erst bei Tagesanbruch wieder aufgewacht zu sein. In solchen Momenten hoffte ich schon, der Fluch sei gebrochen worden. Doch dann passierte es wieder.«

Allison bückte sich, stopfte den Turnschuh zurück in die Tasche und schwang sich das staubige Ding schwungvoll über die rechte Schulter. »Ich weiß ja nicht, wie es dir geht, aber ich möchte jetzt unbedingt in dieses Spukzimmer.« Sie sah Conny herausfordernd an.

Der zögerte. »Ich hatte schon verlockendere Angebote. Wollen wir nicht warten, bis es hell wird?«

»Bei Tage geschieht dort nie etwas Unheimliches«, erklärte Paperman und verschränkte die Arme vor der Brust. »Wenn Sie die Ursache der Schreie ergründen wollen, nutzt Ihnen Tageslicht dabei überhaupt nichts. Andererseits müssen Sie schon verrückt sein, um nach allem, was Sie jetzt wissen, noch bei Nacht in dieses Zimmer zu wollen.«

Conny seufzte. »Na gut, sind wir also verrückt und gehen todesmutig in das Zimmer 111, um uns dort den Todesschreien von Cumbria zu stellen.«

»So gefällst du mir.« Allison grinste breit und verließ als Erste den Kellerraum. »Willkommen unter den Verrückten dieser Welt. Mister Paperman? Wollen Sie nicht mitmachen in unserem kleinen Verein? Wir lassen Sie auch nicht mit den Schreien allein, versprochen.«

Paperman verzog das Gesicht: »Ich habe ebenfalls schon verlockendere Angebote bekommen, vielen Dank.«

Nachdem der Portier den Schlüssel für die 111 herumgedreht und die Tür aufgestoßen hatte, folgte Conny Allison in ein Zimmer, das in völliger Dunkelheit lag. Paperman huschte an ihnen vorbei und schaltete eine Nachttischlampe ein, die die einzige Lichtquelle im Raum zu sein schien. In ihrem warmen Schimmer fand Conny sich in einem Zimmer wieder, das nur einem Werbekatalog für Country-Lifestyle entsprungen sein konnte. Rosen und helle Farben, wohin das Auge blickte. Den Mittelpunkt des stimmigen Ensembles bildete ein französisches Bett mit schwarz lackiertem Metallrahmen, dessen Ornamente das Rosenthema apart ergänzten.

Er sah zur Decke hinauf.

»Die elektrische Leitung für die Deckenlampe ist defekt, und das schon seit ich denken kann«, beeilte sich der Portier, zu erklären. »Es gab ein paar halbherzige Versuche, sie zu reparieren, aber der Fehler war nicht leicht zu finden. Man hätte den Putz aufstemmen und das Kabel neu verlegen lassen müssen, doch dafür war nie genug Geld oder Motivation vorhanden, fürchte ich.«

Allison, die wachsam und wie ein Hund schnüffelnd durch den Raum pirschte, öffnete die Tür zum Bad. »Rosenduft«, stellte sie sachlich fest und ließ die Tür wieder zufallen. Dann setzte sie sich auf die Bettkante. »Auf den ersten und zweiten Blick ist das hier ein ganz gewöhnliches Hotelzimmer. Ich kann nichts Außergewöhnliches feststellen. Es fühlt sich auch an wie ein ganz gewöhnliches Zimmer.«

»Fühlt sich an?« Paperman schien verunsichert.

Conny fühlte sich zu einer Erklärung verpflichtet. »Orte, an denen es spukt, haben gelegentlich eine besondere Atmosphäre, die nicht immer mit den Augen, sondern auch mit unseren anderen Sinnen wahrgenommen werden kann. Ein bisschen Empathie gehört allerdings schon dazu.«

»Und diese Empathie besitzen Sie?«, fragte Paperman und warf Conny einen zweifelnden Blick zu.

»Ich doch nicht. Sie aber.« Conny deutete auf Allison. »Dafür kann ich besser mit Menschen umgehen als sie, das dürfen Sie mir glauben.«

»Klingt ja nach einem unschlagbaren Team.« Leichter Spott schwang in der Stimme des Portiers mit. »Und Sie glauben, dass Sie das Rätsel der 111 durch Empathie lösen können?«

»Wir haben auch noch ein paar andere Tricks drauf«, parierte Allison und zog an der kleinen Kordel der Nachttischlampe. Sofort wurde es dunkel.

»Warum haben Sie das getan?« Paperman klang alarmiert, wie Conny feststellte. Und auch er verspürte eine wachsende Unruhe, die sich nicht dadurch legte, dass Allison dem alten Mann eine Antwort gab.

»Ich denke, wir können davon ausgehen, dass auch Miranda Banks das Licht gelöscht hat. Schließlich war sie müde und wollte schlafen. Wenn wir alles so machen, wie sie es in jener verhängnisvollen Nacht getan hat, bringt uns das vielleicht weiter. Ich bitte also um absolute

Ruhe. Wir werden gemeinsam darauf warten, dass irgendetwas geschieht.«

Conny wusste, dass es manchmal einfacher war, Allison zu gehorchen, als mit ihr über den Sinn und Unsinn einer Maßnahme zu diskutieren. Zudem hatte sie nun einmal mehr Erfahrung in solchen Dingen als er. Also suchte er sich einen Platz an der Wand und starrte auf das helle Rechteck des Fensters ihm gegenüber.

»Mister Paperman?«, hörte er Allison flüstern. »Lassen Sie bitte das Rollo herunter. Miranda könnte das ebenfalls getan haben.«

Leise Schritte, ein kurzes Rauschen, und dann verschwand auch der letzte Rest Licht aus Zimmer 111.

Conny wartete. Und wartete. Und wurde ungeduldig. Sosehr ein Teil von ihm hoffte, dass gar nichts geschehen möge, so sehr wollte der andere, dass endlich etwas passierte, damit die Warterei ein Ende fand.

Gerade legte sich die Schwere der Müdigkeit auf seine Lider, als ein Wimmern an sein Ohr drang. Gleich darauf ein spitzer Schrei. Sofort flammte das Licht der Nachttischlampe auf und er sah Allisons angespanntes Gesicht und ihre Finger, die die Kordel umklammerten. Die Schreie endeten so abrupt, wie sie begonnen hatten.

Paperman, der nahe am Fenster gestanden hatte, zog seine Weste glatt und hob das Kinn. Mehr als je zuvor glich er einem alten Schimpansen. »Ich für meinen Teil brauche keine weitere Demonstration und würde gern gehen. Noch jemand, der für heute bedient ist?«

Conny wollte gerade die Hand heben, als Allison in scharfem Ton zischte: »Sie bleiben hier, Paperman, genau wie wir. Das Experiment ist noch nicht beendet.«

Für einen Moment schien der Portier widersprechen zu wollen, schloss dann aber den Mund und verschränkte die Arme vor der Brust. Sein Atem ging stoßweise und kleine Schweißperlen erschienen auf seiner Stirn. Der Mann hatte Angst.

Allison begann, wie es manchmal ihre Art war, laut nachzudenken. Conny schätzte diese Angewohnheit sehr, so war es ihm möglich, einen Zusammenhang zwischen ihrem Denken und ihrem Tun herzustellen.

»Auch Miranda hat die Schreie gehört. Auch sie wird das Licht angemacht haben, so wie ich gerade. Was hat sie dann getan? Vermutlich hat sie sich vergewissert, dass alles in Ordnung ist, oder? Also bitte, meine Herren, tun wir das doch auch.«

Sie spähten auf den Flur hinaus, zogen das Rollo hoch und sahen auf die Straße, ließen es wieder herab und sahen sogar im Bad nach dem Rechten. Als sie sich überzeugt hatten, dass es nirgendwo etwas zu sehen gab, löschte Allison das Licht der Nachttischlampe erneut.

Dieses Mal mussten sie weit weniger lang warten, bis die Schreie erneut zu hören waren. Doch kaum schaltete Allison die Lampe ein, brachen sie auch wieder ab.

»Jetzt waren die Schreie lauter«, stellte Conny fest.

»Ja, aber sie sind immer noch außerhalb unseres Körpers, oder? Es brüllt nicht in unseren Ohren oder in unseren Gedanken, es ist noch dort draußen. Die Frage ist, wann der Punkt kommt, an dem die Schreie in uns eindringen und uns verwirren. Und welches Ereignis geht diesem Prozess voraus?«

»Also, ich will das gar nicht wissen«, stellte Paperman klar. »Ich will hier weg.«

»Wenn Allison will, dass Sie bleiben, wäre es nett, wenn Sie es auch täten«, erwiderte Conny streng. »Sie weiß, was sie tut.«

Allison schlug sich auf die Schenkel und erhob sich von der Bettkante. »Und mein Rat ist, dass wir Papermans Intuition trauen und dieses Zimmer so schnell wie möglich verlassen.« Sie lächelte Conny entschuldigend an. »Fakt ist nämlich, dass ich gerade nicht weiß, was ich hier tue, und es ein enorm hohes Risiko darstellt, die Aktionen von Miranda Banks genau nachzuspielen. Das könnte auch uns drei zu Opfern machen.«

»Aber wir …«, begann Conny einen Satz, von dem er nicht wusste, wie er enden sollte.

»Wir werden wiederkommen.« Allison klang zu allem entschlossen. »Gleich morgen Nacht. Und dann werden wir besser vorbereitet sein, als Miranda Banks es war. So viel sind wir unserem gesunden Verstand und unserem Gehör schuldig.«

»Ich bin begeistert von Ihrem Tatendrang und wünsche allerseits eine gute Nacht.« Paperman flitzte hinaus, zögerte aber im Türrahmen und drehte sich noch einmal um. »Wenn es Ihnen beiden tatsächlich gelingt, das Rätsel der 111 zu lösen und die Todesschreie endgültig verstummen zu lassen, werde ich Ihnen für Ihren Aufenthalt hier nichts berechnen.«

Conny gab ein empörtes Schnauben von sich. »Zu gütig. Ihr Glück, dass wir bereits eine Auftraggeberin haben, an die die Rechnung für diesen Fall gehen wird. Aber Sie dürfen uns gern etwas verwöhnen, Paperman. Ich meinerseits erwarte morgen früh ein opulentes Frühstück für meine Dienste.«

Paperman deutete eine Verbeugung an und verschwand.

Allison, die das Licht ein letztes Mal löschte, legte einen Arm um Conny, als sie gemeinsam aus dem Zimmer gingen. Als sie die Tür schlossen, hörten beide, wie im Innern des Zimmers die Schreie erneut anschwollen, lauter als zuvor.

Sie sahen sich an. Keiner von ihnen machte Anstalten, die Tür wieder zu öffnen. Gemeinsam traten sie den Rückzug an. Nach einer Weile klangen die Schreie dünner und als sie die Treppe zum zweiten Stock erklommen, verstummten sie ganz.

»Ich nehme nicht an, dass du mich begleiten möchtest, wenn ich mich morgen in aller Frühe kurz zurück in die Kanzlei teleportiere? Es besteht leider keine Möglichkeit, mit dem Auto nach London zu reisen, das wirst du doch einsehen. Die Zeit drängt.« Allison sah ernst aus.

»Zurück in die Kanzlei?« Conny war überrascht. »Was willst du denn dort?«

»Ich habe einen Auftrag für Nigel. Wir benötigen Hilfsmittel, wenn wir die nächste Nacht unbeschadet überstehen wollen. Ich denke da an eine Art Zauber.« Sie nagte an einem Fingernagel und schien mit den Gedanken weit weg zu sein.

»Zauber?« Conny dachte über das Wort und seine Bedeutung nach und entschied für sich, dass ein Zauber nicht das war, was ihm als Schutz vor den Schreien vorschwebte. Wollte er sich wirklich auf Hokuspokus verlassen, wenn es um sein Leben ging? Nein. Unabhängig davon, was er alles hatte akzeptieren müssen, seit er mit Allison zusammen lebte und arbeitete, gab es Grenzen für ihn. Auf einen Zauber wollte er sich nicht verlassen. »Hast du etwas dagegen, wenn ich morgen nach dem Frühstück ebenfalls aufbreche, um eigene Vorkehrungen für unsere Sicherheit zu treffen? Ich verspreche dir, vor Einbruch der Dunkelheit zurück zu sein.«

Allison sah ihn erst überrascht an und zuckte dann mit den Schultern. »Tu, was du nicht lassen kannst. Wenn du dich damit besser fühlst. Mich wirst du bei deiner Rückkehr wieder in der 111 antreffen. Tageslicht hin oder her, ich möchte so viel wie möglich über diesen Ort erfahren. Alles, was es über ihn zu wissen gibt.«

»Viel Glück dabei«, erwiderte Conny und überlegte bereits, wo er auf der Hinfahrt zum Mayflower Hotel einen Baumarkt gesehen hatte.

Kapitel 8

Als am nächsten Morgen die Sonne über dem Londoner Stadtteil Hackney aufgegangen war, erklomm eine sehr seltsame und sehr alte Erscheinung die Stufen zur Kanzlei. Das graue Haar hing ihr lose bis auf die Schultern herab. Sie trug einen alten Armeemantel und darunter ein blaugraues Kleid mit geblümter Schürze. Ihre Schuhe steckten in rosafarbenen Crocs.

Mit gerunzelter Stirn, was gar nicht weiter ins Gewicht fiel, sie hatte sowieso mehr Falten im Gesicht als Haare auf dem Kopf, las sie Conny Blighs Schild.

»Harrowmore Souls. Anwaltskanzlei für Geister und durch sie Betroffene. Soso. Schon wieder einer, der meint, er könne es mit allem aufnehmen.«

Sie klopfte kurz, aber laut an und trat ein.

Die Kanzlei machte auf sie einen gepflegten, wenn auch ungewöhnlichen Eindruck. Auf dem Boden lag ein dunkelgrüner flauschiger Teppich, die Wände waren eierschalengelb gestrichen worden und vor den Fenstern hingen rot-weiß karierte Gardinen. Wirklich ungewöhnlich für den Empfangsraum eines Büros, aber sehr ansprechend. Es roch nach Kaffee und heißen Würstchen und hinter einem aufgeräumten Schreibtisch saß ein schwarzhaariger Herr mit Bärtchen, der ihr aufmunternd zulächelte.

Sie lächelte nicht zurück. »Mein Name ist Paula. Ich bin hierher bestellt worden. Jemand hat mich in aller Herrgottsfrühe angerufen, was beweist, dass Telefone nichts als Unruhe ins Haus bringen.«

»Das war ich.« Der junge Mann strahlte vor Stolz. »Ich habe selbst gewählt. Und es war keine Wählscheibe, es waren Knöpfe. Ist das nicht erstaunlich? Wie finden Sie die neue Inneneinrichtung? Ich habe alles telefonisch bestellt und so schnell wie möglich liefern lassen. Ich kann nicht gut vor die Tür gehen, müssen Sie wissen.«

»Herzallerliebst«, erwiderte Paula und sah auf ihre Gummicrocs inmitten des grünen Teppichmeers hinab. »Und mich haben Sie also auch telefonisch bestellt. Darf ich erfahren, warum?«

»Meine Chefin benötigt Ihre Hilfe. Sie sagt, sie habe gehört, dass Sie einen wunderbaren, einzigartigen Garten hinter Ihrem Haus hätten. Ein grenzenloser Garten mitten in London, in dem immer das vor den eigenen Füßen wächst, was man gerade am dringendsten benötigt.«

Paula fühlte, wie sich ihre Augen zu schmalen Schlitzen verengten. »Wer hat Ihnen das erzählt?«, fragte sie mit kalter Stimme. »Und wie lautet der Name Ihrer Chefin?«

»Wer ihr davon berichtet hat, weiß ich nicht. Ihr Name ist Allison Harrowmore.« Stolz schwang in seiner Stimme mit, als habe er es mit einer Berühmtheit zu tun.

Paula zeigte sich wenig beeindruckt. »Kenne ich nicht.« Sie machte auf dem Absatz kehrt und schickte sich an, das Vorzimmer wieder zu verlassen, als der Spitzbart ihr eilig etwas nachrief, was sie erstarren ließ.

»Ihre Patentante ist eine Banshee. Sie wissen schon, so eine durchgeknallte Person in langem Samtkleid, deren Job es ist, immer nur zu jammern und zu jammern …«

Paula fuhr herum. »Sie sprechen doch nicht etwa von Livie? Diese Allison ist Livies Patenkind? Sie hat eine echte Banshee zur Patentante?«

»Oh ja, und außerdem hat sie mich.« Der Mann sprang auf und stellte sich kerzengerade hin. »Mein Name ist Nigel Goodfellow. Im Jahre 1956 warf ich mich aus Liebeskummer vor einen einfahrenden Schnellzug. Töricht, ich weiß. Hätte ich die Wahl, würde ich heute eher meine Verlobte vor den Zug werfen als mich selbst, aber meine Entscheidung war nicht mehr umkehrbar.«

»Aha.« Paula fühlte sich leicht überrumpelt.

»Das sage ich immer, um die wichtigsten Fakten zuerst zu klären.« Der Mann strich sich über das sowieso schon glatte Haar.

»Dann sind Sie also ein Gespenst, Mister Goodfellow?«

»Nennen Sie mich doch bitte Nigel, ja? Möchten Sie einen Kaffee? Oder lieber ein Würstchen? Ich weiß, dass man üblicherweise Kekse zum Kaffee reicht, aber ich wollte ein wenig originell sein.« Er lächelte.

»Ich hätte am liebsten einen Stuhl«, erwiderte Paula und fächelte sich hastig Luft zu. Sie war wirklich langsam zu alt für solche Schreckmomente.

»Einen Stuhl, aber natürlich. Kommt sofort.«

Und er kam auch sofort. Es war ein klappbarer Liegestuhl mit geblümter Stoffbespannung. Paula musste zugeben, dass dieses Gespenst einen ungewöhnlichen, aber doch ansprechenden Geschmack hatte. Und er schien von freundlichem Wesen und eher harmlos. Aber das konnte täuschen. Bevor sie es wagte, ihm zu vertrauen, musste sie sicher sein, dass er sich dieses Vertrauens als würdig erweisen würde.

Sehr vorsichtig ließ sie sich in den Liegestuhl sinken und fühlte sich um Jahrzehnte zurückversetzt. Sie hatte gar nicht gewusst, dass diese Dinger heutzutage noch hergestellt wurden. Sie lehnte sich zurück. »Sie haben mich also wegen meines Gartens hergebeten. Und es ist Ihnen klar, dass es mit diesem Garten eine besondere Bewandtnis hat.«

»Alles, was man braucht, sprießt direkt vor einem aus der Erde, unabhängig von Jahreszeit und Klimazone.« Nigel Goodfellow klatschte vor Begeisterung in die Hände. »Es muss ein wunderbarer Ort sein.«

»Es ist ein Hexengarten, und er ist mein Lebenswerk. Und es verhält sich genau so, wie Sie sagten, Nigel. Er liefert jedem, was gerade gebraucht wird. Aus diesem Grunde liegt mir viel daran, nur vertrauenswürdige Personen in meinen Garten zu lassen. Nicht, dass plötzlich eine Panzerfaust aus der Blumenerde schießt, nur weil ein Kriegstreiber sich darin verlaufen hat. Aber ich kann guten Gewissens nur Wesen mit guten Absichten in meinen Garten lassen.«

»Oh, wir haben die besten Absichten«, beeilte sich ihr Gegenüber, zu versichern. »Meine Chefin verhilft den gestrandeten Seelen ins Jenseits und den Lebenden damit zu einem ruhigen Schlaf. Was könnte falsch daran sein?«

»Das weiß ich nicht«, gab Paula zu. »Aber ich muss Ihnen sagen, dass ich mir das alles nur anhöre, weil Sie den Namen einer vertrauensvollen Person nannten. Livie ist ein gutes Mädchen. Tot, aber gut. Und ihr vertraue ich. Was also braucht die kleine Harrowmore von mir?«

Nigel kicherte. »Die kleine Harrowmore ist Anfang zwanzig. Sie ist durch die Zeit hierher zurückgereist, um bei dem Mann zu sein, den das Schicksal für sie bestimmt hat.«

»Das klingt sehr nach etwas, das sich in Livies Umfeld zugetragen haben könnte«, stellte Paula trocken fest. »Wie kann ich also helfen?«

»Wir brauchen die Zutaten für einen Zaubertrank, der taub macht. Nur vorübergehend, versteht sich.«

»Wie bitte?« Paulas Misstrauen erwachte erneut. »Und wer soll diesen Trank verabreicht bekommen? Es wird wohl nicht um einen Konzertbesucher von AC/DC gehen.«

»Miss Harrowmore möchte ihn selbst einnehmen.«

Paula war erleichtert und besorgt zugleich. »Dann muss Miss Harrowmore auch selbst in meinen Garten kommen. Wie wir bereits erörtert haben, werden die richtigen Kräuter nur dann sprießen, wenn derjenige, der sie braucht, sie auch erntet. Livie weiß das, sie war selbst bei mir. Das ist schon eine Weile her. Und da Miss Harrowmore dies auch zu wissen scheint, muss auch sie zu mir kommen.«

»Sie ist unabkömmlich, irgendwo da oben in Cumbria. Aber die Bedürfnisse von Miss Harrowmore sind auch meine Bedürfnisse, ich bin ihr treu ergebener Diener. Es reicht, wenn ich Sie in Ihrem Hexengarten besuche.«

Paula hob eine Augenbraue. »Haben Sie mir nicht gerade erzählt, dass Sie diesen Ort hier nicht verlassen können?«

Nigel Goodfellow grinste breit und nestelte an einer goldenen Uhrkette, die aus seiner Westentasche heraushing. »Es gibt da einen kleinen Trick, müssen Sie wissen.«

Ein paar aufreibende Stunden in der Londoner U-Bahn später, erreichte Paula ihr kleines Haus mit der Nummer 29 in Hampstead. Und wie versprochen legte sie die leicht verschrammte goldene Taschenuhr vor ihrem Garderobenspiegel im Flur ab und setzte Teewasser auf. Der Kessel hatte noch nicht gepfiffen, als es auch schon an der Tür klingelte.

Paula watschelte in ihren Crocs durch den Flur, um zu öffnen, und fand wie angekündigt Nigel Goodfellow auf ihrer Fußmatte stehend an.

»Hübsche Ecke von London. Aber auch nicht weniger dicht bebaut als die anderen Stadtteile. Wie konnten Sie hier einen endlosen Garten unterbringen, Paula?«

»Hexerei.« Sie zwinkerte ihm zu.

»Ja, natürlich.« Er lächelte. »Darf ich eintreten?«

Paula zögerte. »Gibt es eine bestimmte Begrüßungsformel für Sie? Müssen Sie eingeladen werden wie ein Vampir?«

Nigel lachte auf. »Sie haben meine Taschenuhr. Das genügt völlig.«

Die Taschenuhr, die harmlos auf dem Garderobentischchen lag, nahm er sogleich wieder an sich. Paula bemerkte, wie eine leichte Anspannung aus ihm wich und gelassener Heiterkeit Platz machte. Er musste sehr an dieser alten Uhr hängen. Doch bevor sie ihn danach fragen konnte, begann der Teekessel in der Küche durchdringend zu pfeifen. Sie entschuldigte sich bei ihrem Besucher und goss zwei Tassen Pfefferminztee in selbst gemachten Beuteln auf. Pfefferminztee erschien ihr in Hinblick auf ihren Besucher sinnvoll, weil er den Geist erfrischte.

Als sie mit den beiden Teebechern in den Händen aus der Küche ins Wohnzimmer trat, war von ihrem Gast keine Spur zu entdecken. Die offene Tür zum Garten aber wies ihr den Weg. Mit schlurfenden Schritten setzte sie ihm nach.

»Sie hätten auf mich warten können«, murrte sie Nigel an, der mit träumerischem Blick inmitten eines Maiglöckchenbeetes stand. »Ich schätze es nicht, wenn meine Besucher sich selbst bedienen.«

»Ich habe nichts angerührt«, beeilte sich Nigel, zu versichern. »Ich stehe hier und bewundere diesen einmaligen Anblick.«

Paula musste wider Willen lächeln und reichte Nigel einen der Becher. Sie wusste, dass ihr Garten einmalig in dieser Stadt, vielleicht sogar einmalig im ganzen Land war. Man konnte den blühenden Bodendeckern dabei zusehen, wie sie sich ihren Weg über Erde und Steine bahnten, konnte dem Wind in den Stauden lauschen und sich von den Gerüchen zahlloser Blüten betören lassen. Dieser Garten, der immer ein wenig undurchdringlich schien und dann doch bereitwillig Platz machte, sobald man vorwärts schritt, war ein friedlicher, glücklich machender Ort.

»Sehen Sie mal.« Nigel sah auf seine Schuhspitzen hinab und beobachtete eine Wurzel dabei, wie sie sich um seinen Lackschuh zu winden begann.

»Teufelskralle«, stellte Paula fest. »Treten Sie lieber einen Schritt zurück, Nigel. Man weiß nie, welchen Eifer diese Pflanze beim Ranken entwickelt.«

»Aber wenn diese Kralle es auf mich abgesehen hat, bedeutet es doch, dass sie die richtige Pflanze für Miss Allison ist.« Nigel schien noch immer hocherfreut, auch wenn die Pflanze sich jetzt langsam in sein Hosenbein hineinschob.

»Sie sind es, der die Teufelskralle braucht«, stellte Paula richtig. »Sie, nicht dieses Harrowmore-Mädchen.« Sie seufzte und goss ihren heißen Tee auf die Teufelskralle, die daraufhin zusammenzuckte und zwischen den Maiglöckchen verschwand. »Ich habe es ja geahnt«, fuhr sie fort. »Mein Garten hat Sie als Persönlichkeit akzeptiert, Nigel. Er wird wachsen lassen, was gut für Sie ist. Die Wünsche Ihrer Chefin sind meinen Pflanzen völlig egal.«

»Die Teufelskralle ist also wirklich für mich? Und was brauche ich demnach?« Nigel sah gespannt auf Paula hinab, die er um Hauptes-länge überragte.

»Tja …« Paula überlegte. Dann musterte sie Nigel von oben bis unten und meinte: »Gelenkschmerzen haben Sie wohl keine mehr, oder?«

Nigel hob eine Augenbraue.

»Leiden Sie unter Rheumatismus, Entzündungen oder Hexenschuss? Kleiner Scherz.« Paula grinste, doch Nigel schien ernsthaft überlegen zu müssen. »Wenn das alles nicht auf Sie zutrifft, sind Sie vermutlich schwanger. Auch nicht?«

»Pfff.« Nigel verschränkte die Arme vor der Brust und betrachtete eine der feinblättrigen Stauden zu seiner Linken.

»Oder ist Ihnen etwas auf den Magen geschlagen?« Paula legte den Kopf schief. »Ich formuliere es mal anders. Ist Ihnen etwas geschehen, das Ihnen auf den Magen geschlagen wäre, wenn Sie noch einen hätten?«

Nigels eben noch ablehnende Haltung veränderte sich. Er wandte Paula das Gesicht wieder zu und sagte: »Heute kam die Putzfrau in die Kanzlei. Ich nehme zumindest an, dass es sich um die Putzfrau handelt, denn sie hatte einen eigenen Schlüssel und einen Schrubber.«

»Ja?« Paula wartete geduldig darauf, dass ihr Gast konkreter wurde.

»Dieses unsensible Weib konnte mich nicht sehen.« Nigels Stimme bekam einen schrillen Unterton. »Den ganzen Morgen war ich vor ihr auf der Flucht. Vor ihrem Staubtuch, ihrem Glasreiniger, ihren Schrubberattacken … nirgendwo war ich mehr sicher!«

»Das war hart für Sie«, stimmte Paula zu. »Aber das ist Ihnen doch sicher nicht zum ersten Mal passiert.«

»Das macht es keineswegs besser.« Nigel keifte noch immer. »Es ist so unglaublich unhöflich, ignoriert zu werden. Es fördert das Schlechteste in mir zutage. Aus lauter Bosheit habe ich ihren Eimer mit dem Wischwasser umgekippt. Ja, ich denke, ich hätte jetzt Magenschmerzen, wenn ich noch am Leben wäre.«

»Möchten Sie die Teufelskralle mitnehmen?«, fragte Paula sanft.

»Dreimal habe ich den Eimer umgestoßen, aber meinen Sie, sie hat die Anwesenheit eines Geistes auch nur in Betracht gezogen? Nix da!«

»Sie könnten die Kralle in einem Blumentopf auf Ihren Schreibtisch stellen. Sie scheint Sie zu mögen. Und sie will Ihren Ärger mildern.«

Paula beobachtete, wie die vom Tee noch feucht glänzende Ranke sich wieder an Nigel heranpirschte. Kurz entschlossen riss sie sie mit einem Ruck aus der Erde. Die Pflanze schien einen Seufzer von sich zu geben. Paula setzte sie in die jetzt leere Teetasse und bückte sich, um den improvisierten Blumentopf mit Erde aufzufüllen. Die Teufelskralle entspannte sich sichtlich, als ihre Wurzeln wieder bedeckt waren. Erst jetzt überreichte Paula sie ihrem Gast als Geschenk.

»Einfach angucken und streicheln, wenn die Putzfrau das nächste Mal Ihren Frieden stört. Und nicht zu oft gießen.«

Nigel sah unglücklich auf die frisch bepflanzte Teetasse hinab. »Aber ich sollte doch etwas für Miss Harrowmore aus dem Garten mitbringen. Sie kommt heute Mittag um Punkt zwölf noch einmal zu mir, um das, was sie taub machen kann, abzuholen. Sie hat nur wenig Zeit.«

Paula entwand ihm die mit Tee gefüllte Tasse und drückte ihm die Teufelskralle energisch in die Hand. »Was ist das überhaupt für ein Blödsinn mit dem Taubwerden? Kein Mensch will freiwillig taub werden. Nicht einmal für kurze Zeit.«

»Es hat etwas mit gefährlichen Geistern zu tun, die dort oben in Cumbria zu Hause sind.« Nigel hatte seine Stimme gesenkt, doch so leicht war Paula nicht zu beeindrucken.

»Laute Geister also? Die machen so richtig Krach, nehme ich an. Und diese Allison Harrowmore hat ein wenig schwache Nerven? Dann habe ich das Richtige für die Dame. Kommen Sie mal mit mir hinein, Nigel.«

Sie ging voran und der Geist folgte ihr artig bis zu ihrem alten Eichenschrank, der einen Teil des Wohnzimmers beherrschte. Ihre faltigen Finger packten den gewaltigen Schlüssel und drehten ihn im Schloss herum. Als sie die beiden Flügeltüren des Schrankes aufzog, fiel das Licht des Tages auf eine beträchtliche Sammlung kleiner farbiger Fläschchen. Im Schrank sah es aus wie in dem Schaufenster einer Parfümerie, nur ein wenig unsortierter.

Nigel, der hinter ihr gewartet hatte, stieß einen Pfiff aus. »Sind das alles Zaubertränke?«

Paula lächelte. »Von irgendetwas muss eine alte Hexe schließlich leben.« Mit geübtem Griff entnahm sie dem Schrank einen roten Flakon, der mit einem Korken verschlossen worden war. Darin zitterte eine gelartige Masse. »Miss Allison soll dies trinken. Es wird ihr helfen, den Lärm ihrer Gespenster besser zu ertragen.«

Nigel nahm ihr das Fläschchen ab und betrachtete es voller Skepsis. »Welche Inhaltsstoffe hat dieser Trank?«, fragte er. »Haben Sie darin Hexenkräuter Ihres Gartens vermengt?«

»Natürlich.« Paula nickte eifrig. »Dieser hochwirksame Trank enthält Matricaria und Lavandula. Und eine extragroße Portion Placebus maximus. Aber das müssen Sie sich nicht alles merken, Nigel. Sagen Sie Miss Harrowmore nur, dass dies hier all ihre Probleme lösen wird.«

»Dann ist es ja gut.« Mit einem Seufzer der Erleichterung nahm ihr Besucher das rote Fläschchen an sich. »Wie viel bin ich Ihnen schuldig?«

»Ich schicke eine Rechnung«, erwiderte Paula und brachte Nigel zur Tür.

Bei sich dachte sie, dass Miss Harrowmore vielleicht besser den Beruf wechseln sollte, wenn ihr die Geister so sehr auf die Nerven fielen, dass sie sich zeitlich begrenzte Taubheit wünschte. Sie würde ihr dabei sicher nicht helfen. Keine Hexe, die etwas auf sich hielt, würde das tun. Taub werden. So etwas Albernes. Diese Allison war mit dem Inhalt des roten Fläschchens bestens versorgt. Der Trank würde zumindest keinen Schaden anrichten. Placebus maximus. Paula musste über ihren eigenen Wortwitz lächeln.

»Wie kommen Sie jetzt wieder zurück in Ihre Kanzlei, Nigel?«, fragte Paula höflich und öffnete die Haustür.

»Ach ja.« Nigel lächelte etwas schüchtern. »Da hätte ich noch eine Bitte.« Er zog die ihr schon bekannte Taschenuhr aus seiner Weste. »Könnten Sie diese bitte für mich zurück nach Hackney bringen und dort durch den Briefschlitz werfen?«

Kapitel 9

Conny hatte die zweite Hälfte des Tages schlafend verbracht, nachdem er den ganzen Vormittag durch die Gegend gefahren war, um das zu bekommen, was er für einen guten Gehörschutz hielt. Sein Weg hatte ihn zurück nach Barrow-in-Furness geführt, ganz in die Nähe des Supermarktes, wo er die Kontrolle über seinen Mageninhalt verloren hatte. Dort stand auch ein B&Q-Markt, in dessen Sortiment er fündig geworden war.

Allison hatte er seit dem frühen Morgen nicht mehr gesehen, vermutete aber stark, dass sie auf Händen und Knien durch das Zimmer 111 kroch, um sich keine auch noch so unwichtig erscheinende Einzelheit entgehen zu lassen.

Conny verstand nicht, was sie bei solchen Studien zu entdecken hoffte, und sie verriet es ihm auch nicht. Noch nicht. Er konnte sehr geduldig sein. Wenn die Prophezeiung stimmte, hatte er noch ein ganzes Leben lang Zeit, um Allison all ihre Geheimnisse zu entlocken.

Da klopfte es an seiner Tür.

»Es ist offen«, rief er und blieb, wo er war, lang ausgestreckt auf dem Bett liegen.

Wie erwartet trat Allison ein. Sie trug Armeehosen und einen fürchterlich verwaschenen Kapuzenpullover von undefinierbarer Farbe. Das Haar hatte sie zu einem unordentlichen Knoten auf ihrem Kopf aufgetürmt und zwei Kugelschreiber hindurchgeschoben.

Conny seufzte. Er wusste, dass Allison durchaus in der Lage war, attraktiv zu erscheinen. Sie gab sich nur leider so verdammt selten Mühe.

»Hattest du einen erfolgreichen Tag?«, fragte sie und ließ sich neben seinem Kopf im Schneidersitz auf seinem Bett nieder. Die Spitze ihres rechten Stiefels berührte fast seine Nasenspitze.

»Sehr erfolgreich«, erwiderte er und stieß sie vom Bett. »Würdest du bitte die Schuhe ausziehen?«

Allison kicherte, als sie sich aufrichtete. Ein Kugelschreiber rutschte aus ihrem Dutt und fiel ihr in den Schoß. »Du kannst manchmal wirklich pingelig sein.«

»Und du bist mir manchmal nicht pingelig genug«, stellte er fest. »Man könnte meinen, du hättest überhaupt keine Erziehung genossen.«

»Die Erwachsenen in meinem direkten Umfeld waren meist zu sehr damit beschäftigt, die Welt oder irgendjemand anderen zu retten«, stellte Allison schulterzuckend fest. »Da ist eben die eine oder andere Benimmregel auf der Strecke geblieben. Und außer ihnen hatte ich nur ein paar unerwünschte Geister, an denen ich mich orientieren konnte. Deren Benehmen lässt leider auch oft zu wünschen übrig.«

»Du hattest eine harte Kindheit«, spottete Conny. Und um das Thema zu wechseln, deutete er auf die Plastiktüte, die neben seinem

Nachttisch stand. »Das dort wird uns in der kommenden Nacht bestimmt gute Dienste leisten.«

Ganz wie er es erwartet hatte, griff Allison sofort neugierig in die Tüte und starrte einen Augenblick später ungläubig auf das, was sie in ihren Händen hielt. »Was ist das? Das Headset von Micky Mouse?«

»Das ist ein sogenannter Kapselgehörschutz. So etwas trägt man auf Baustellen, da stört nicht einmal mehr der Presslufthammer.«

»Sie sind … schick«, meinte Allison und hielt das kopfhörerartige Monstrum hoch. »So gelb.«

»Ich habe zwei Stück mitgebracht. Einen für dich und einen für mich. Außerdem habe ich noch eine Packung Ohrenstöpsel gekauft, wie man sie in Hotels nahe Bahnlinien gern gratis bekommt. Beides zusammen sollte das Geschrei in 111 ausreichend dämpfen und es auf einem erträglichen Niveau halten.«

»Wie bist du auf den Gedanken gekommen?«, fragte Allison und wollte den Gehörschutz probehalber aufsetzen, doch ihr Dutt war im Weg.

»Ich habe mir darüber Gedanken gemacht, was Paperman zu uns sagte. Er behauptete doch, dass manchmal nichts passiert ist. Manche Gäste der 111 sind am nächsten Morgen putzmunter zum Frühstück erschienen.«

»Und du meinst, diese Leute haben mit Ohrstöpseln geschlafen?«

»Oder sie waren sowieso schon fast taub und mussten nur ihre Hörgeräte rausnehmen. So etwas soll es ja geben. Vielleicht waren sie auch wirklich zu müde, um sich über das Geschrei aufzuregen.«

»Vielleicht haben sie aber auch einfach die ganze Nacht das Licht brennen lassen«, schlug Allison vor und reichte Conny den Kapselschutz. »Ich könnte mir vorstellen, dass diese Nachttischlampe etwas mit den Geschehnissen in der 111 zu tun hat. Immerhin wurden die Stimmen mit jedem Einschalten des Lichtes lauter.«

»Öhm.« Conny dachte kurz über ihre Worte nach. So konnte es sich natürlich auch verhalten.

»Ich denke, ich habe etwas noch viel Wirksameres als deine Ohrenschützer aufgetrieben«, sagte Allison und zog etwas aus der Tasche ihrer Armeehose. Es war ein durchsichtiges rotes Glasfläschchen mit leicht trübem Inhalt.

»Was soll denn das sein?«, wollte Conny wissen und sah recht zweifelnd auf den kleinen Gegenstand.

»Darin befindet sich ein Zaubertrank, der uns beide taub machen kann.« In Allisons Stimme schwang Triumph mit. »Nigel hat ihn für uns besorgt. Bei einer Hexe, von der ich nur Gutes gehört habe. Du musst zugeben, das ist etwas raffinierter als deine gelben Kopfhörer.«

»Das ist ein Kapselschutz«, korrigierte Conny sie. »Er mag zwar weniger raffiniert sein, aber er ist effektiv.«

»Das ist mein Zaubertrank auch«, behauptete Allison. »Und was effektiver ist, muss sich erst noch zeigen.«

Conny konnte nicht umhin, dem Inhalt des Fläschchens mit Misstrauen zu begegnen. »Und das Zeug macht wirklich taub? Für wie lange denn?«

»Ähm …« Allison schien nachdenken zu müssen. »Auf jeden Fall nicht für immer.«

»Ja, aber für wie lange?«, bohrte Conny nach.

»Es schützt uns.« Allison klang trotzig.

»Du weißt nicht, ob dich dieses Gesöff für drei Minuten, drei Stunden oder drei Wochen taub macht? Und du willst das trinken?« Conny konnte es nicht fassen.

»Es ist rein pflanzlich«, verteidigte Allison ihre Errungenschaft.

»Das ist Wasserschierling auch, und dabei absolut tödlich«, spottete Conny.

»Ich habe eben vergessen, die Dauer der Wirkung zu erfragen, das kann ja mal vorkommen. Trotzdem ist und bleibt dieser Trank der perfekte Schutz für uns. Ich bin mir sicher, dass die Taubheit zeitnah verfliegen wird.«

»Ich vertraue lieber auf meine Ohrstöpsel und den Kapselschutz«, verkündete Conny und reckte entschlossen das Kinn vor. »Den Glibber da kannst du allein trinken.«

»Fein.« Allison ließ das Fläschchen in ihrer Tasche verschwinden. »Dann darfst du meine Kapseln gern an Paperman ausleihen. Ich werde heute Nacht so taub sein wie die Nüsse eines alten Baumes.«

Etwa um die gleiche Zeit wurde Sandy Schuller nervös. Miranda Banks war mit einem Mal unauffindbar. Sie hatte bereits die Wassergymnastik und eine Nackenmassage versäumt. Letzteres war besonders befremdlich, alle Bewohner Thornways liebten die Massagen, sie wurden nie ausgelassen. Spätestens beim Abendbrot würde ihr Verschwinden unangenehm auffallen. Sandy und die gute Serena hatten bereits jeden Flur, jeden Aufenthaltsraum und sogar die Kellerräume durchsucht.

Jetzt gingen sie dazu über, alle Patienten- und Badezimmer zu kontrollieren. Natürlich ohne an offizieller Stelle Meldung zu machen, diese Option bestand auch noch zu einem späteren Zeitpunkt, wenn

Sandys Nervosität in blanke Panik umzuschlagen drohte. Gerade begegnete Sandy einem jungen Arzt, den sie schweigend grüßte und dann weitereilte. In Thornway galt das ungeschriebene Gesetz, die Ärzte so wenig wie möglich mit dem Alltag im Sanatorium zu belasten. Nicht, weil man sie für wichtigere Aufgaben schonen wollte, sondern weil vom Personal allgemein angenommen wurde, dass die Ärzte oft nicht weniger bekloppt waren als einige der Patienten. Und darüber hinaus galten sie als arrogant.

»Ich verstehe das nicht. Sie kann das Grundstück doch nicht verlassen haben«, flüsterte ihr Schwester Serena zu, als sie sich im ersten Stock in einem Patientenzimmer über den Weg liefen.

»Nichts ist unmöglich«, erwiderte Sandy und ballte vor Anspannung ihre Fäuste, bis die Fingerknöchel weiß hervortraten. »Doch noch sind ein paar Räume übrig, in denen wir nicht nachgesehen haben.« Sie machte auf dem Absatz kehrt, um an einem anderen Ort zu suchen.

Dieser Fall Banks wurde mit jedem Tag ärgerlicher. Dabei hatte sie nur in bester Absicht gehandelt, als sie diese Londoner Geisterjäger nach Cumbria geholt hatte. Inzwischen waren der Besuch der beiden und die Unruhe, die dieser bei Barker verursacht hatte, der Leitung von Thornway zu Ohren gekommen und Sandy hatte sich einen Vortrag über eigenmächtiges und völlig unangebrachtes Verhalten anhören müssen.

Auch wegen der Ente hatte es bereits Kritik gehagelt. Anmaßend und unverschämt, das waren die Worte gewesen, die man für ihr Engagement gefunden hatte. Ob sie sich einbilden würde, bessere Therapien entwickeln zu können als die Spezialisten?

Sandy hatte zu diesem Vorwurf geschwiegen. Obwohl sie sich inzwischen absolut sicher war, dass sie sehr gut einschätzen konnte, was ein Patient brauchte. Und Sandy war nach wie vor von der Existenz der für sie unhörbaren Todesschreie überzeugt.

Das, was Miranda Banks die Sprache geraubt und ihr Gehör okkupiert hatte, war schon lange in diesem Landstrich am Werk. Und um es aufzuhalten, brauchte es eben besondere Maßnahmen und besondere Menschen.

Allerdings kamen Sandy mittlerweile Zweifel, ob sie mit der Kanzlei Bligh die richtige Wahl getroffen hatte. Die Leute waren so jung und irgendwie unkonventionell. Vielleicht hätte sie sich doch an eine Institution mit mehr Erfahrung wenden sollen.

»Wir sollten draußen weitersuchen. Sie ist nicht im Haus.« Serena stand erneut vor Sandy Schuller. Diesmal waren sie einander in einer gemütlichen Sitzecke vor einem der Erkerfenster über den Weg gelaufen.

Sandy warf einen Blick hinaus auf die Rasenflächen, die Thornway einfassten. Der trockene Sommer hatte weite Teile davon zu brauner Erde verbrannt. Das parkähnliche Gelände war den Patienten frei zugänglich. Viele von ihnen meldeten sich netterweise beim Personal ab, bevor sie das Haus verließen. Miranda Banks hatte sich noch nie bei jemandem abgemeldet, um in die Gärten zu gehen. Und Sandy war sich sicher, dass Miranda in ihrer derzeitigen Verfassung auch nicht allzu lange allein draußen herumspazieren sollte.

Die Ulme, von der sich der Selbstmörder vor Jahren gestürzt hatte, stand noch immer an ihrem Platz. Was, wenn sich auch Miranda in einer schrecklichen Gemütsverfassung befand und über Selbstmord nachdachte? Ausgeschlossen war das nicht.

»Gehen wir also raus und suchen dort nach ihr«, stimmte Sandy Serena zu. »Und hoffen wir, dass wir sie finden, bevor jemand erfährt, dass wir sie verloren haben. Ich hatte bereits genug Ärger wegen Miranda Banks.«

Der Sommerabend war warm, die Grillen zirpten im Chinagras und hier und dort wandelten einige letzte Spaziergänger auf den Pfaden. Sandy kannte alle ihre Patienten und konnte die meisten von ihnen auch auf weite Entfernung am Gang unterscheiden.

Wer glaubte, dass seelische Leiden nur den Geist beeinträchtigen, der irrte nach Sandys Meinung. Der ganze Körper wurde in Mitleidenschaft gezogen, die Motorik litt, die Nerven spielten den Gliedern Streiche, ließen sie zucken und wanken, beugten den einen Muskel und überstreckten den anderen.

Miranda beispielsweise saß niemals gerade in ihrem Bett, schob bei jeder Gelegenheit den Kopf zwischen die Schultern, als ob sie Angst vor Schlägen hatte, und wandte oft ihr Gesicht ab. Sie wirkte dann auf den Betrachter wie eine desinteressierte Schildkröte.

Sandy kniff die Augen zusammen und spähte gegen das Licht der tief stehenden Sonne umher. Doch sie wurde enttäuscht. Keiner der späten Spaziergänger hatte dieselbe Körpersprache wie Miranda.

»Verdammt noch mal!« Sie fühlte, wie gut ihr der laute Fluch getan hatte, und versuchte es gleich noch einmal. »Verdammter shitishiti Fuck!« Sie hatte nicht besonders viel Erfahrung im Fluchen.

Sandy streifte durch die Gärten von Thornway und sah immer wieder verstohlen auf ihre Uhr. Nicht mehr lange und sie würde das Verschwinden von Miranda jemandem beichten müssen. Und das bedeutete, dass man sie erneut rügen würde.

Sie fragte sich, womit sie diese Ungerechtigkeit verdient hatte. Sie hatte nur helfen wollen, Miranda und damit auch allen Opfern dieses seltsamen Fluches. Sie hatte Nachforschungen angestellt und war auf der Suche nach kompetenter Hilfe bis nach London gefahren, und zwar auf eigene Kosten.

Sandy seufzte. Sie hätte viel dafür gegeben, zu erfahren, was sich gerade jetzt in diesem Mayflower Hotel abspielte. Kamen die beiden Geisterspezialisten voran? Sie hoffte es sehr. Andernfalls würde sie sich doch noch um eine Alternative bemühen müssen. Diese Angelegenheit wurde allmählich teuer.

»Sandy! Kommen Sie doch mal bitte!«

Wieder musste sie die Augen zusammenkneifen und gegen die tief stehende Sonne blinzeln. Schnell erkannte sie die gedrungene Statur und die weit ausgreifenden Schritte des Hausmeisters. Sandy durchzuckte die Erkenntnis wie ein Blitz.

»Die Entenküken«, rief sie aus. »Hat Miranda etwa die Enten besucht? Natürlich wird sie Hng vermisst haben. Dass ich da nicht gleich drauf gekommen bin.« Sandy schüttelte über sich selbst den Kopf, hielt aber inne, als sie sah, dass auch der Hausmeister den Kopf schüttelte. »Es sind also nicht die Stockenten?«

Die Gummistiefel des Mannes machten ein hässliches Geräusch, als sie dicht vor Sandy auf dem Kiesweg zum Halten kamen. Der Hausmeister, ein Mann in den späten Fünfzigern, übergewichtig und mit einer schuppigen Gesichtshaut, die Sandy auf seinen schlecht eingestellten Diabetes zurückführte, rang nach Luft.

»Irgendwie schon … aber eigentlich auch wieder nicht. Sie … ist … sicher … wegen der Enten gekommen. Ich habe die Frau hinter meinem Stall gefunden.« Er schnaufte wie eine Dampflok.

»Gefunden?«, wiederholte Sandy und setzte sich bereits in Bewegung, ohne Rücksicht auf die schlechte Kondition des Hausmeisters zu nehmen.

Sein Haus, eine Kombination aus einem Cottage und einer Aneinanderreihung von Schuppen, die als Aufbewahrungsort für all seine Gerätschaften dienten, lag nahe den hohen Außenmauern, die das Sanatorium umgaben.

»Sie ... rührt sich nicht mehr, kauert am Boden und ... macht ein Gesicht, als ob sie schreien will. Aber ... es kommt kein Ton heraus.«

»Nun, dann ist es zumindest mit Sicherheit Miranda, die hinter Ihrem Schuppen hockt«, stellte Sandy fest und schritt noch ein wenig schneller voran.

Der Hausmeister versuchte, mit ihr Schritt zu halten und gleichzeitig etwas zu erklären, was er allem Anschein nach selbst nicht begriff. »Die Enten sind im Schuppen, bei ... ihrer Mutter. Sie hätte nur reinzugehen ... brauchen. Macht sie aber nicht. Sie sitzt nur da wie zu Eis erstarrt ... und reißt dabei so seltsam die Augen auf.«

Sandy verfiel in einen leichten Trab. Die Beschreibung des Mannes passte haargenau zu dem Zustand, in dem Miranda in Thornway angekommen war. Doch dank der kleinen Ente hatte es im Verlauf des heutigen Tages so etwas wie Fortschritte gegeben. Das Schlagen auf die Ohren, die darauffolgende Apathie und auch die dramatisch weit aufgerissenen Augen waren, so hatte es zumindest auf Serena und Sandy gewirkt, seltener aufgetreten.

Hatte Miranda Banks etwa eine Art Rückfall erlitten, nachdem sie beschlossen hatte, die kleine Ente noch einmal in ihrem Stall zu besuchen? Und wenn ja, was hatte ihn ausgelöst?

Sandy Schuller erreichte die Hausmeisterunterkunft im Laufschritt, umrundete sie und gelangte schließlich an die Rückseite eines grün gestrichenen Holzschuppens, aus dem leises Geschnatter nach außen drang.

Beim Anblick von Miranda schlug sich Sandy erschrocken die Hand vor den Mund, um nicht laut aufzuschreien. Das Gesicht der jungen Frau war eine haargenaue Imitation des berühmten Werkes von Edvard Munch, das unter dem Titel ›Der Schrei‹ zu Weltruhm gelangt war. Die Hände seitlich an den Kopf gepresst, Augen und Mund so weit aufgerissen wie nur irgend möglich, saß Miranda völlig erstarrt auf der Erde zwischen Sägespänen und Giersch, die Beine lang ausgestreckt. Ihr Blick klebte an einem Szenario, wie es in einer ländlich geprägten Umgebung alltäglicher kaum sein konnte. In einem Holzstamm von etwa einem halben Meter Höhe steckte die rot lackierte Schneide einer Axt mit langem Stiel.

Malerisch, schoss es Sandy durch den Kopf, die beim Anblick der Axt im Holzstamm sofort an prasselndes Kaminfeuer dachte. Doch für Miranda Banks musste dieser Anblick eine völlig andere Bedeutung haben, und er hatte ihren Zustand erheblich verschlechtert.

»Miranda?« Sandy ging neben der jungen Frau in die Hocke und legte ihr eine Hand auf den Oberschenkel. »Ich bringe Sie jetzt von hier fort. Können Sie aufstehen?«

»Zwecklos«, ließ sich der Hausmeister vernehmen, der noch immer keuchte. »Die steht nicht auf. Hab schon … alles probiert.«

»Miranda?« Sandy versuchte es erneut, doch eine Reaktion erhielt sie nicht. Also spielte sie ihre letzte Karte aus, indem sie sich zu dem Hausmeister umdrehte und sagte: »Holen Sie Hng aus dem Schuppen. Sofort.«

»Hng?« Der Hausmeister machte ein ratloses Gesicht und kratzte sich am Kinn, wobei einige Hautschuppen zu Boden rieselten.

»Die Ente, die Sie mir für Miranda geliehen haben«, erklärte Sandy ungeduldig. »Nun beeilen Sie sich schon, Mann.«

»Hng«, wiederholte er, wackelte ein paar Schritte zurück und zog am Riegel, der den Schuppen verschloss. »Was für ein saublöder Name für eine Ente. Klingt gefährlich nach chinesischem Restaurant.«

Das Schnattern und Flattern wurde lauter und einen Augenblick später kehrte der Hausmeister, eine braungefleckte Ente auf dem Arm, zum Ort des Geschehens zurück. Mit einer schnellen Bewegung setzte er das Tier Miranda auf den Schoß. Gespannt wartete Sandy Schuller auf irgendeine Reaktion, doch diese blieb aus. Das Küken hatte seine Wirkung auf Miranda verloren. Der Zauber war dahin.

Etwa zur gleichen Zeit wie Sandy Schuller wurde auch Paula nervös. Die Hexe aus Hampstead, die so alt war, dass sie sich nur noch an ihren Nachnamen erinnerte, wenn sie Post bekam, was selten genug der Fall war, fand keine Ruhe. Immer wieder war ihr im Laufe des Tages der Verdacht gekommen, dass sie fahrlässig gehandelt haben könnte. Zum wiederholten Mal öffnete sie jetzt den Eichenschrank in ihrem Wohnzimmer und sah ein wenig missmutig auf die zahlreichen Glasfläschchen und Dosen mit mehr oder weniger nutzlosem Inhalt. Dieser Schrank beherbergte das, was Paula gern als ihr Tralala bezeichnete, und dieses Wort stand für Zauber, die gar keine waren.

Paula zählte sich zu den wenigen echten Hexen der britischen Insel. Mutter Erde und alles, was sie hervorbrachte, waren ihr freundlich gesinnt. Der Hexengarten hinter ihrem Heim war der wuchernde Beweis für ihre Talente. Doch Paula hatte ihr Eigenheim in einem der teuersten Wohnviertel Londons nicht einfach herbeigehext. Sie hatte es sich erarbeitet, und zwar mit dem Verkauf ebendieses bunten Tralalas aus ihrem Eichenschrank. Außerdem hatte sie Horoskope erstellt, war zu ihren besten Zeiten im Kabelfernsehen aufgetreten, wo sie vor laufender Kamera nervösen Anrufern die Karten gelegt und dabei Heilsteine aller Art beworben hatte. Paula hatte die kommerzielle Seite des Hexenlebens voll ausgeschöpft.

Doch als verantwortungsbewusste Hexe waren dabei nur selten echte Zaubertränke und Pulver durch ihre Hände gegangen. Den meisten Menschen half schon der Glaube an ein Wundermittel, so war es schon immer gewesen. Der Wille und die Überzeugung des Menschen konnten so manches Mal mehr bewirken als Zauberei.

Paula schloss den Schrank mit einem leisen Seufzer und fuhr fort, sich über sich selbst zu ärgern. Nie hätte sie sich auf diesen Nigel als Zwischenhändler einlassen dürfen. Nur in einem persönlichen Treffen konnte sie beurteilen, was ein Kunde wirklich benötigte.

Taub werden wollte diese Allison Harrowmore, so ein Unsinn. Ein Unsinn, den Paula das letzte Mal von einer überforderten jungen Mutter gehört hatte. Und so war sie auf die Annahme verfallen, dass auch diese Allison nur ein wenig überspannt und ihrer Geisterjagd überdrüssig geworden war. Dafür taugte das Gemisch aus Kamille und Lavendel in ihrem Fläschchen allemal.

Aber was war, wenn sie die Dinge falsch eingeschätzt hatte? Diese Allison war immerhin Livies Patenkind, und dort, wo Livie war, tobte häufiger das Chaos.

Paula erinnerte sich voller Wärme an die junge Banshee, die vor nicht allzu langer Zeit erstmals in ihr Leben getreten war. Zuerst nur akustisch, doch später war sie in der Lage gewesen, Livie zumindest schemenhaft wahrzunehmen. Ein etwas rundliches Mädchen mit einem ebenso runden Gesicht, wirren schwarzen Locken, großen Augen und einem Mund, der viel zu oft halb offen stand. Doch so arglos Livie auch wirkte, man durfte sie und alles, was sie umgab, nicht unterschätzen. Und nun fürchtete Paula, genau das getan zu haben.

Wie sollte sie sich jetzt verhalten? Sie konnte unmöglich auf Schloss Harrowmore anrufen und nach der Banshee des Hauses verlangen. Wer aber konnte ihr sonst etwas über diese Allison erzählen, die irgendwo oben in Cumbria Geistern nachjagte?

Die Tatsache, dass Paula eine echte Hexe war, änderte nichts daran, dass sie sich ihr Leben lang nur am äußersten Rand der magischen Welt aufgehalten hatte. Sie wusste zwar um die Existenz von Dämonen, Elementargeistern, Spuk und Fabelwesen, doch sie pflegte keinen Umgang mit ihnen. In diese Richtung waren ihre Möglichkeiten begrenzt.

Ein wenig lustlos begann Paula, in ihrem Telefonbuch zu blättern, ein in Samt eingeschlagenes, schon etwas fleckiges Notizbuch voller Namen und Zahlen. Und dort stieß sie tatsächlich auf eine Möglichkeit.

Vor einigen Monaten war Paula im *Kräutersäckchen*, einem Laden, der hielt, was sein Name versprach, als Spezialistin für Heilsteine aufgetreten und hatte Beratungen durchgeführt. Ein Engagement, das ihr kaum mehr als ein Taschengeld, aber auch die Bekanntschaft mit einer Frau eingebracht hatte, die von sich selbst behauptete, Livies einzige noch lebende Verwandte zu sein. Ebenjene Tante lebte im Stadtteil Kensington und hatte Paula einen Zettel mit ihrer Telefonnummer aufgenötigt. Einen Zettel, den Paula jetzt für fast fünf Minuten hin und her drehte, bevor sie die Nummer wählte.

Mit angehaltenem Atem lauschte sie dem Freiton in der Leitung. Dann wurde abgehoben.

»Ja?«

Großartig. Paula konnte es nicht leiden, wenn sich die Menschen mit ›Ja‹ anstelle ihres Namens meldeten.

Sie räusperte sich. »Spreche ich mit Ethel? Mein Name ist Paula. Ich bin die Fernsehhexe mit den Heilsteinen, erinnerst du dich an mich? Wir sind uns im Esoterikladen *Kräutersäckchen* begegnet.«

»Oh Paula, ja«, rief es begeistert aus dem Hörer. »Wie geht es dir?«

»Gut, vielen Dank.« Paula räusperte sich erneut. »Erinnerst du dich, dass wir über deine Nichte Livie gesprochen haben? Die tote Nichte, die eine Banshee geworden ist?«

»Sicherlich. Normalerweise mache ich so etwas nicht, ich spreche eigentlich nie mit Fremden über meine Livie-Maus. Aber deine Aura war so rosig und schimmerte wie eine Perle, da wusste ich gleich, dass ich dir vertrauen kann.« Tante Ethel lachte ein glockenhelles Lachen.

Paula hätte gern ebenfalls gelacht, mit der heiteren Dame einen Plausch über dies und jenes gehalten, aber sie hatte ein Anliegen und so kam sie gleich zum Grund ihres Anrufs.

»Ethel, sagt dir der Name Allison Harrowmore etwas?«

Für einen Moment wurde es still am anderen Ende der Leitung. Dann antwortete Ethel: »Natürlich kenne ich diesen Namen. Sie war erst kürzlich zusammen mit ihrer Mutter bei mir zu Besuch. Die kleine Allison-Maus ist ein niedliches Baby. Nicht so niedlich wie ihr Bruder, aber das liegt nur daran, dass sie so einen ernsten Zug um den Mund hat, und das obwohl sie doch erst ein paar Monate alt ist.«

»Die Allison, um die es mir geht, ist bereits erwachsen«, stellte Paula richtig.

»Natürlich, das kann schon sein. Das Kind ist schließlich eine Zeitreisende. Allison Harrowmore kann man quasi in jedem Alter und zu jeder Zeit antreffen, Liebes.«

Paula war noch nie Liebes genannt worden. Sie fragte sich, wie lange es dauern würde, bis Ethel darauf verfallen würde, sie Paula-Maus zu nennen.

Nervös trommelten ihre Finger auf dem Deckel ihres Adressbuches herum. Wie sollte sie ihre Frage am besten formulieren?

»Bist du der erwachsenen Ausgabe von Allison auch schon einmal begegnet? Und kannst du mir etwas über ihr Wesen sagen? Ihre Aura vielleicht?«

Wieder blieb es einen Augenblick still. Dann sagte Tante Ethel langsam, als würde sie jedes ihrer Worte genau überdenken: »Die erwachsene Allison Harrowmore hat sich mir noch nicht vorgestellt. Doch von ihrer Mutter weiß ich, dass aus dem Baby eine willensstarke Frau wird, die einen sehr gefährlichen Lebensstil bevorzugt.«

»Ach ja?« Paula sank das Herz in die Hose.

»Sie ist ein übrig gebliebener Zwilling. Ihr Bruder wird das Erwachsenenalter nicht erreichen. Und dir muss ich wohl nicht erklären, was das aus einem Menschen machen kann, nicht wahr?«

»Ich fürchte, doch«, brachte Paula hervor und fühlte, dass sie zu schwitzen begann.

»Nun, ein Zwilling, der seinen Zwilling verloren hat, fühlt sich oft dazu verpflichtet, zwei Leben in eines zu packen, quasi das Leben des anderen mitzuleben.« Ethel klang jetzt nicht mehr heiter. »Ein verwaister Zwilling wird zuweilen rastlos, ruhelos und sehr risikofreudig.«

»Ist das so?« Paula vergrub das Gesicht in den Händen, wobei ihr fast das Telefon entglitten wäre.

»Es gibt darüber sehr interessante Studien. Besuch mich doch einmal zum Tee, Paula. Wir können uns mit Torte vollstopfen und über all das verrückte Zeug reden, das mir sonst sowieso keiner glaubt. Wie findest du das?«

»Das klingt sehr verlockend«, brachte Paula hervor. »Leider befinde ich mich zurzeit ein wenig im Stress. Aber ich melde mich bei dir, sobald es wieder etwas ruhiger geworden ist.«

»In unserem Alter sollte man sich nicht mehr stressen lassen, Liebes. Überlass die Aufregungen den Jüngeren.« Ethel war wieder in ihren lockeren Plauderton verfallen.

»Das würde ich gern, aber es handelt sich um besondere Umstände. Ich denke, ich habe einen Fehler gemacht«, gab Paula zu, verabschiedete sich von Ethel und legte auf.

Noch während sie neben dem Telefon saß und überlegte, was sie nun tun sollte, läutete es an der Haustür. Unwillig erhob Paula sich und öffnete. Als sie die stumme, in eine rotbraune Mönchskutte gekleidete Gestalt auf ihrer Fußmatte stehen sah, das Gesicht vollständig von einer Kapuze verhüllt, dachte sie für einen kurzen Moment, der Tod persönlich sei gekommen, um sie zu holen. Doch dann erkannte sie ihren Irrtum.

»Du musst ein Todesbote sein. Ich habe zwar noch nie einen gesehen, aber so bist du mir beschrieben worden.«

»Ich bin Walt.« Dunkel und warm wie Schokolade an einem Wintertag klang die Stimme des Fremden.

Paulas Misstrauen schwand. »Walt. Das klingt nett. Und du bist meinetwegen gekommen?«

Die Kapuze neigte sich zu einem Nicken. »Es gibt etwas, das du in Ordnung bringen musst.«

Paula stieß einen Seufzer aus. »Du bist der Todesbote der Harrowmores, nicht wahr? Und ich habe einen deiner Schützlinge durch mein sorgloses Handeln in Gefahr gebracht.«

Die Gestalt lehnte sich in den Türrahmen, verschränkte die Arme vor der Brust und nickte erneut.

»Solltest du dann nicht besser Livie nach Cumbria schicken, um diese Allison zu warnen?«

Unter der Kutte erklang ein ärgerliches Schnauben. »Allison Harrowmore ist für Warnungen nicht übermäßig empfänglich. Tödliche Gefahren reizen sie erst so richtig. Niemand ignoriert seine eigene Banshee so oft und gern wie Allison. Wir haben es nicht leicht mit diesem risikofreudigen Mädchen.«

»Und was kann ich da machen?« Paula fühlte sich leicht überfordert mit der Situation.

»Geh nach Cumbria«, schlug der Todesbote vor. »Und sei Allison eine Hilfe. Du wirst mir sicher zustimmen, wenn ich behaupte, dass du ihr das schuldig bist. Und mir ebenfalls.« Das blaue Leuchten unter dem Kapuzenrand, das Paula bereits aufgefallen war, wurde eine Spur intensiver. »Dein Pseudo-Taubheitstrank hat mir eine sehr unschöne Todesvision beschert, das war nicht lustig.«

»Es tut mir auch sehr leid.« Paula meinte es ehrlich. »Und ich werde es wieder in Ordnung bringen. Ich werde mich gleich auf den Weg zu dieser Allison machen.«

»Dein Zielort ist das Mayflower Hotel.« Die dunkle Stimme klang zufrieden.

»Mayflower Hotel«, wiederholte Paula, um sich den Namen einzuprägen.

»Verlier keine Zeit.« Der Todesbote machte Anstalten, zu gehen.

»Eine Frage habe ich noch«, rief Paula aufgeregt. »Eine Frage in eigener Sache.«

»Hm?« Walt hob den Kopf und Paula konnte für einen kurzen Moment ein kantiges Kinn und volle Lippen unter seiner Kapuze ausmachen.

»Früher habe ich nie Geister gesehen, nicht einmal Livie konnte ich bei unserer ersten Begegnung sehen. Nigel mit eingerechnet, sind mir heute schon zwei Geistwesen über den Weg gelaufen. Wie ist das möglich?«

Die Lippen verzogen sich zu einem Lächeln. »Mit der Bereitschaft, die Anwesenheit von Geistern in deiner Nähe zu akzeptieren, wächst bei begabten Menschen auch stetig die Fähigkeit, sie zu sehen. Bedank dich bei Livie, die diesen Prozess in Gang gesetzt hat. Dein Leben wird von nun an sehr, nennen wir es mal, geistreich sein.«

Und jetzt wandte er sich endgültig ab und ging davon. Paula sah ihm nach und beobachtete, wie er sich unter eine Straßenlaterne stellte und in einem Strudel rosafarbenen Lichts verschwand.

»Danke, Livie«, murmelte Paula und war sich gar nicht so sicher, ob sie es ehrlich meinte. »Vielleicht lerne ich jetzt auf meine alten Tage nicht nur das Sehen von Geistern, sondern auch noch das Teleportieren. Doch bis es so weit ist, nehme ich lieber den Zug nach Cumbria.«

Kapitel 10

Sie standen zu dritt vor der Tür mit der Nummer 111 und sahen einander an. Conny, Allison und der Portier Paperman. Conny konnte sehen, dass Allison die Lippen bewegte, hörte auch ein undeutliches Gemurmel jenseits der Ohrstöpsel und Ohrkapseln, konnte aber kein Wort verstehen. Mit einem provokativen »Hä?« hob er eine der Kapseln leicht an.

Allison holte tief Luft und brüllte los: »Ich habe gefragt, ob du bereit bist! Verdammt noch mal, Conny. Du kannst ja gar nicht mehr hören.«

»So war es ja auch geplant.« Er war recht zufrieden mit seinen Vorsichtsmaßnahmen. Wenn es einen Schutz gegen die Langzeitwirkung der Schreie gab, musste er ihn einfach hiermit gefunden haben. Die Investition hatte sich gelohnt. »Und was ist mit deinem Trank? Spürst du schon eine Wirkung?«

Allison zuckte mit den Schultern. »Mal abgesehen von einem widerlichen Nachgeschmack kann ich bisher keinen Effekt feststellen.

Vermutlich ist das ein ganz ausgeklügelter Zauber, der mich nur gegen die Schreie der Gespenster immun macht.«

»Oder er taugt ganz einfach nichts«, stellte Conny besorgt fest und hielt Allison den zweiten Kapselschutz entgegen. Doch diese lehnte ab.

Auch Paperman schüttelte den Kopf, als Conny ihm die gelben Kopfhörer anbot. »Ich gehe da auf keinen Fall mit hinein, danke für das Angebot. Ich bin Ihnen dankbar für Ihre Mühen und wünsche Ihnen beiden viel Glück und Erfolg, aber dabei sein werde ich nicht. Schließlich muss irgendjemand Ihr Gepäck in den Keller hinuntertragen, wenn das hier schiefgeht.« Der Portier brachte ein leicht verzerrtes Grinsen zustande, was jedoch nicht verbergen konnte, wie nervös er in Wirklichkeit war.

Conny hielt ihm noch immer den Kapselschutz hin. »Nehmen Sie ihn trotzdem. Wenn Sie hier draußen nicht mehr nur die Gespenster, sondern auch uns schreien hören können, wollen Sie uns womöglich zu Hilfe eilen.«

»Das vergessen Sie mal ganz schnell wieder. Habe ich schon erwähnt, dass ich ein Feigling bin? Ich bleibe hier draußen und komme erst hinein, wenn hinter dieser Tür wieder absolute Stille herrscht. Dann sammle ich das ein, was von Ihnen übrig ist, und werfe es hinaus auf die Straße.«

Conny hätte gern gelacht oder eine abschätzige Bemerkung über Papermans Feigheit gemacht, doch seine Schlagfertigkeit war ihm gänzlich abhandengekommen. Er fühlte sich, als sei er Teil eines Sonderkommandos bei seinem ersten Einsatz auf feindlichem Boden. Er fühlte sich beschissen.

Das änderte sich auch nicht, als Allison jetzt die Tür zum Zimmer 111 öffnete und ihm winkte, ihr zu folgen. Conny ließ den Kapselschutz zurückschnellen, der sein Ohr augenblicklich wieder von allen Geräuschen abschirmte, und betrat das dunkle Hotelzimmer.

Einen Augenblick später flammte auch schon die grüne Nachttischlampe auf. Allison saß auf der Bettkante. Zu Connys Überraschung entledigte sie sich ihrer Schuhe und legte sich auf die rosenbedruckte Tagesdecke. Anscheinend war sie entschlossen, bei diesem erneuten Versuch die Handlungen der Opfer bis ins Detail nachzustellen.

Conny gefiel das nicht besonders, doch er erhob keine Einwände. Auch nicht, als Allison mit der flachen Hand auf den freien Platz neben sich klopfte und ihn damit zu sich einlud. Gehorsam streifte er die Lederschuhe ab und legte sich zu ihr.

Einen Augenblick später löschte sie das Licht und der Raum versank in Dunkelheit. Conny wartete darauf, dass sich seine Augen an die Finsternis gewöhnten, und tatsächlich konnte er bald den schwachen Umriss des Rollos erkennen, hinter dem die Nacht heller war als das Innere dieses Zimmers.

Nur einen Augenblick später stieß Allison ihm in die Rippen und knipste das Licht an. Conny zog sich einseitig den Kapselschutz vom Ohr und sah sie fragend an.

»Hast du gar nichts gehört?« Allison kniff misstrauisch die Augen zusammen.

»Überhaupt nichts«, gestand Conny nicht ohne Stolz. »Du etwa?«

Allison zögerte kurz. »Ich habe die Schreie und das Wimmern hören können. Doch sie erschienen mir leiser als gestern Nacht. Irgendwie gedämpft.«

Sie stand auf und spähte pflichtschuldig ins Bad und aus dem Fenster, ohne dass einer von ihnen sich etwas davon versprochen hätte, doch Allison war fest entschlossen, sich nicht anders zu verhalten als andere Gäste vor ihr.

Nach einer knappen Minute legte sie sich wieder zu Conny. Er konnte die Wärme ihres Körpers spüren.

Er löste noch einmal kurz den Schutz von seinem Ohr und sagte: »Hör mal, wenn dieser Zauber nichts taugt, dann hol dir doch den zweiten Kapselschutz von Paperman. Der steht bestimmt noch immer draußen vor der Tür und wartet darauf, dass uns unser Schicksal ereilt.«

Doch Allison schüttelte den Kopf. »Ich vertraue der alten Paula. Meine Familie hat ihr und ihrer Zauberei immer vertraut. Und wie ich schon sagte, klangen die Schreie viel gedämpfter als das Mal zuvor.«

»Aber …«

»Auf zur zweiten Runde!«

Allison löschte mit einem Ruck an der Kordel das Licht und Conny richtete hastig seinen Ohrenschutz.

Wieder wartete er. Und dieses Mal war es ihm, als hätte er etwas gehört, kurz bevor das Licht erneut aufflammte. Er warf Allison einen Blick zu, die kreidebleich geworden war. Er brauchte sie gar nicht erst zu fragen, ob sie die Schreie deutlicher gehört hatte als zuvor, er konnte es ihrem Gesicht ansehen.

»Das reicht jetzt.« Entschlossen zog er sich die gelben Ohrmuscheln vom Kopf. »Hier, nimm du sie. Ich habe ja immer noch die Ohrstöpsel, die müssen dann eben genügen.«

»Jetzt werd bloß nicht albern«, erwiderte Allison und drückte ihm ein bisschen heftiger als nötig den Kapselschutz wieder auf die Ohren.

»Du wirst albern!«, fauchte er. »Du willst bloß nicht zugeben, dass dieser Hexentrank nichts taugt. Du bist doch wirklich die sturste Person, die mir jemals …«

Mit einem heftigen Ruck an der Schnur löschte Allison erneut das Licht und dieses Mal begannen die Schreie fast augenblicklich. Auch Conny konnte sie hören, leise zwar, aber doch deutlich. Er meinte sogar, helle und tiefe Stimmen unterscheiden zu können. Eine tiefe Stimme hatte sich dazugesellt, eine Männerstimme, wie ihm schien.

Da spürte er, wie Allison seine Hand in der Dunkelheit ertastete und fest umklammerte. Eine Sekunde später flammte das Licht der Nachttischlampe zum letzten Mal auf, und jetzt war es Conny, der schrie. Seinen eigenen Schrei hörte er laut und deutlich. Und er fand diese Reaktion nur allzu verständlich, denn er sah auf die scharfe Schneide einer rot angestrichenen Axt, die sich nur wenige Zentimeter vor seinem Gesicht befand. Und dahinter glänzte das schweißnasse Gesicht eines Mannes mit dunklem Haar und Koteletten bis zum Halsansatz. Jetzt wusste er, dass Livie bei ihrem Besuch keinen Hammerschlag imitiert hatte. Sie hatte einen Axthieb darstellen wollen.

Geistesgegenwärtig ließ sich Conny seitlich vom Bett fallen, wobei er Allisons Hand nicht losließ und sie erfolgreich mit sich zu Boden riss. Sie stürzte auf ihn, und ihren Körper mit einer Hand umklammernd, versuchte Conny, Abstand zwischen sie beide und den Wahnsinnigen zu bringen, der jetzt breitbeinig auf dem Bett stand und seine Axt wieder und wieder auf die Kissen niedergehen ließ.

Conny erwartete, ein Meer von Daunenfedern oder einen anderen Füllstoff aus den Kissen hervorquellen zu sehen. Doch stattdessen zeichnete sich dort jetzt der schemenhafte Umriss einer Frau in weißem Nachthemd ab und er begriff, dass dieser Anschlag gar nicht ihm und auch nicht Allison gegolten hatte. Er war Zeuge eines Geschehens, das nichts mit ihm zu tun hatte, dem Mord an einer Frau, ausgeführt mit einer Axt. Und als er den Blick für einen Moment von dem immer noch zuschlagenden Mann auf dem Bett lösen konnte, sah er, dass sich noch weitere Personen im Raum befanden.

Auf drei wackligen Feldbetten, die sich wie aus dem Nichts im Zimmer verteilt hatten, sah er die leicht durchsichtigen Gestalten dreier Mädchen sitzen, keines älter als zwölf Jahre. Sie waren die Quelle der Schreie und des Gewimmers. Und keines von ihnen löste den Blick von dem, was sich auf dem Bett zutrug. Und jetzt roch Conny auch das Blut. Der typisch metallische Geruch schien den ganzen Raum zu füllen. Augenblicklich stieg in ihm ein vertrautes Gefühl der Übelkeit hoch.

Er musste hier raus. Der Gedanke war so plötzlich da, dass Conny fast glaubte, jemand anders hätte ihn ihm zugerufen. Doch das konnte nicht sein, denn er trug noch immer den Kapselschutz und war dankbar dafür, denn noch immer erfüllten nicht enden wollende Schreie der Kinder den Raum, die nur gedämpft an seine Ohren dringen konnten.

Raus hier.

Conny wusste, dass es das einzig Richtige war, diesen Ort des Schreckens so schnell wie möglich zu verlassen. Er kam taumelnd auf die Füße und sah zu seinem Schrecken, dass Allison liegen blieb. Mit weit aufgerissenen Augen starrte sie vom Boden zu dem Irren mit der Axt hinauf und schien keiner Bewegung mehr fähig zu sein.

Was für ein beschissener Zaubertrank, dachte Conny und zog Allison mit aller Kraft auf die Beine, die unter ihr nachgaben, als gehörten sie gar nicht mehr zu ihrem Körper. Er widerstand dem Impuls, ihr ins Gesicht zu schlagen, um sie wieder zur Besinnung zu bringen. Stattdessen gelang ihm ein Positionswechsel. Jetzt konnte er ihr seine Arme von hinten unter den Achseln hindurchschieben, sie vor ihrer Brust verschränken und sie so rückwärtsgehend mit sich ziehen. So schnell er konnte, schleppte er sie an den Feldbetten vorbei in Richtung Tür. Immer wieder sah er dabei auf den Mann, der noch immer auf dem Bett stand und mit der Axt auf die durchsichtige Gestalt unter sich eindrosch.

Im selben Moment, in dem Conny die Zimmertür erreicht hatte, ließ der Wahnsinnige seine Waffe sinken und drehte sich langsam zu ihm um. Der Blick des Mörders schien etwas zu suchen, übersah Conny großzügig, glitt weiter und blieb an einem der Kinder hängen, das noch immer schreiend auf seinem Feldbett hockte, unfähig, sich zu rühren. Als der Mann vom Bett sprang und mit seiner Axt drohend zum Schlag ausholte, ahnte Conny, was nun folgen würde. Er schloss die Augen.

Renn weg, dachte er. *Warum springst du denn nicht einfach aus diesem Bett und rennst weg?*

Kurz darauf verstummte das erste Kind und Allison zuckte heftig in seinen Armen. Als dann die zweite Kinderstimme für immer verklang, schlug Allison sich reflexartig gegen den Kopf.

Conny begriff, was dies zu bedeuten hatte: Die Stimmen der erschlagenen Kinder hielten Einzug in Allison. Er musste sie hier sofort rausbringen. Energisch rüttelte er an der Türklinke, doch sie gab nicht nach. Sie waren Gefangene.

»Paperman! Machen Sie diese verdammte Tür auf!« Er rüttelte weiter, doch die Tür blieb ein unüberwindbares Hindernis.

Als er für einen Moment nachließ, spürte er, dass das Holz des Türblatts weiter vibrierte. Der Portier versuchte von der anderen Seite her mit Gewalt, ihm den Weg frei zu machen, doch all das dauerte jetzt schon zu lange, Conny wusste es.

Da endeten mit einem letzten dumpfen Schlag die Schreie in der Nummer 111. Allison zuckte noch einmal zusammen, dann hing sie schlaff in seinen Armen. Doch das würde sich sicher in Kürze ändern. Nicht mehr lange und sie würde den Drang verspüren, aus diesem Zimmer, diesem Hotel zu fliehen, um orientierungslos über die Landstraße zu irren. Er durfte sie von jetzt an keine Sekunde aus den Augen lassen.

Conny hob den Blick von ihrem starren Gesicht und stellte sich dem Grauen, das sie beide umgab: Das Zimmer war zu einer Leichenkammer geworden. In seiner Mitte stand, jetzt seltsam ruhig, der Mann mit der Axt. Er atmete schwer, Schweiß lief dem Kerl über das Gesicht, das einen sehr müden Ausdruck angenommen hatte.

Den Mann schien Connys Anwesenheit nicht zu stören, unvermutet hob er das Gesicht zur Zimmerdecke hinauf, um gleich darauf hinunter auf seine blutbespritzten Schuhe zu blicken. Und jetzt beobachtete Conny fassungslos, wie der Mörder sich seelenruhig die Schuhe und Socken auszog, mit nackten Füßen auf den Metallrahmen des Bettes stieg und mit einem letzten Blick in die Runde seine Axt erhob.

Ein greller Blitz zuckte durch den Raum und in ihm verschwammen die Konturen des Mörders. Im selben Moment öffnete sich die Zimmertür mit einem Ruck und Paperman tauchte an Connys Seite auf, den Blick erfüllt mit ungläubigem Staunen.

Conny ließ ihn gaffen und bemühte sich, Allison aus der Gefahrenzone zu bringen. Doch noch bevor es ihm gelang, mit der bleischweren Allison auf den Flur hinaus zu fliehen, verschwanden auch die drei Feldbetten mitsamt den toten Körpern darin, wurden zu einem fahlen Nebel und lösten sich schließlich auf.

Gleich darauf spürte Conny Papermans Hände, die ihm halfen, Allison von der 111 weg in den Flur zu zerren.

»Um Gottes willen, was ist denn da drinnen geschehen?«, rief der Portier, während sie die reglose Allison vorsichtig mit dem Oberkörper an die Wand lehnten.

Conny, der sich den Kapselschutz vom Kopf gerissen hatte und die Ohrstöpsel aus den Gehörgängen zupfte, verabreichte Allison mit der freien Hand die erste Ohrfeige. Nach der zweiten blinzelte sie schwach, schien aber nicht wirklich zu sich zu kommen.

Er fühlte, wie Angst und Übelkeit spontan der Verzweiflung wichen. »Ally, bitte, du kannst mich damit nicht allein lassen. Nicht an einem Ort wie diesem, ich weiß nicht, was ich tun soll.«

Nie zuvor hatte er sie Ally gerufen, hatte nie gewagt, diesen Spitznamen aus Kindertagen zu verwenden. Doch jetzt hoffte er, damit zu ihr durchzudringen, einen Funken Leben in ihren starren Augen zu entzünden.

Und tatsächlich schien es ihm, als würden ihre Lider leicht zucken, und es war ihm egal, ob dies aus Überraschung oder Entrüstung darüber geschah, dass er sie Ally genannt hatte. Hauptsache war doch, dass sie eine Reaktion zeigte und nicht gleich davonlief. Er brauchte sie an seiner Seite.

In beschwörendem Tonfall versuchte er noch einmal, sie zu sich in die Realität zu holen. »Ally, bitte komm zurück. Ich bin hier bei dir, es ist vorbei. Der Mann mit der Axt ist fort.«

»Da war ein Mann mit einer Axt? Was hat er getan?« Paperman klang erschrocken und fasziniert zugleich.

»Er hat ein Massaker angerichtet«, erwiderte Conny gereizt. »Und jetzt erzählen Sie mir nicht noch einmal, dass Sie nicht wussten, was uns in diesem Zimmer erwartet. Da drin sind Menschen gestorben, das müssen Sie doch gewusst haben. Wenn so etwas geschieht, erscheint es in allen Zeitungen, es gibt Berichte und Fotos. So etwas verschwindet doch nicht aus dem Bewusstsein der Bevölkerung, es wird weitererzählt!«

Er hätte sich gern auf den kleinen Portier gestürzt, der ungläubig auf ihn herabsah, wie er neben Allison hockte. Doch Paperman schüttelte den Kopf und trat instinktiv einen Schritt zurück. »So etwas hat es in diesem Haus nie gegeben. Niemals habe ich von einem Axtmörder im Zusammenhang mit dem Hotel gehört, geschweige denn gelesen.«

Connys Brust entrang sich ein schwerer Seufzer. Seine Gefühle für Allison waren in diesem Moment stärker als seine Wut auf Paperman und den Rest der Welt. Er durfte sie nicht verlieren. Mochte sie sein Leben und alles, was er sich einmal dafür erträumt hatte, auch auf den Kopf gestellt und in einen bizarren Albtraum verwandelt haben, sie gehörte zu ihm.

»Ally«, flüsterte er und lehnte seine Stirn an ihre. Sie fühlte sich kühl an. Fast zu kühl. Sie hatte zweifellos einen Schock erlitten. Conny zog sein Cordjackett aus, rollte es zusammen und bettete ihre Unterschenkel darauf, während er ihren Oberkörper auf dem Boden des Korridors flach ablegte. Die Angst schnürte ihm die Kehle zu und als er ihren Kosenamen ein drittes Mal flüsterte, klang er mehr wie ein Frosch als wie ein Mann.

»Es tut mir leid«, hörte er Paperman sagen. »Kann ich irgendetwas tun? Jemanden anrufen vielleicht?«

»Wen denn wohl, wir sind die Spezialisten hier, verdammt noch mal«, rief Conny und war sich nie zuvor so unzulänglich vorgekommen wie in diesem Augenblick. »Wir sollten Sandy Schuller kommen lassen, vielleicht hat sie eine brauchbare Idee. Vielleicht ist es noch nicht zu spät. Sicher können wir das Schlimmste noch verhindern, wenn wir schnell handeln.«

Paperman hakte sofort nach. »Wer ist diese Sandy Schuller?«

»Sie arbeitet in Thornway. Sie hat uns hergerufen, weil sie mit den Opfern der Schreie überfordert war. Sie hat sich von uns Hilfe erhofft.«

Obwohl Conny nur Augen für Allison hatte, blieb es jetzt so verdächtig lange still, dass er sich Paperman zuwandte. Der stand noch immer mit hängenden Armen reglos in der Mitte des Flures und hatte lediglich fragend eine Augenbraue gehoben.

Conny brauchte nur einen Moment, dann begriff er. »Gut, laut ausgesprochen scheint Sandy Schuller doch nicht diejenige zu sein, die uns helfen kann. Aber wer kann es dann?«

In diesem Moment erklang der tiefe Ton einer Glocke im Haus.

»Was war das?«, fragte Conny und zog nun seinerseits eine Augenbraue in die Höhe.

»Die Türglocke, Mister Bligh«, erwiderte Paperman. »Ich werde hinuntergehen und nachsehen, wen es in dieser späten Stunde zu uns treibt. Vielleicht steht die Hilfe, die wir brauchen, ja draußen vor der Tür, man kann schließlich nie wissen.«

Geräuschlos entfernte sich Paperman und verschwand bald darauf aus Connys Blickfeld. Allison, die ein leises Stöhnen von sich gab, blinzelte zweimal und schloss dann die Augen.

»Ally, nein! Du musst wach bleiben, du musst bei Verstand bleiben, du musst hier draußen bei mir bleiben, hörst du?«

Als eine Reaktion ausblieb, umfing er ihren schlaffen Körper und presste sie an sich. In seinen Augen brannten Tränen.

Aus einem Impuls heraus küsste er ihr schwarzes Haar, ihre Stirn, ihre Nase und schließlich ihre leicht geöffneten Lippen. Der Kuss wurde nicht erwidert. So froh er auch darüber war, dass sie nicht blindlings in die Nacht geflohen war, so wenig hatte er das Gefühl, dass Allison noch bei ihm weilte. Er war der einzige Mensch auf diesem Flur, er war allein. Allison reagierte nicht mehr. Ihr Geist hatte sich zurückgezogen.

Vor der Tür des Mayflower stand Paula und versuchte, den Taxifahrer loszuwerden, der sie vom Bahnhof in Ulverston hierhergefahren hatte. Der Mann erwies sich als äußerst hartnäckig.

»Nein, ich bleibe so lange hier stehen, bis ich weiß, dass Sie auch eingelassen werden und gut untergebracht sind.« Der Mann schob sich die Fahrermütze aus der Stirn und die Daumen in die Gürtelschnallen wie ein Cowboy, bevor er fortfuhr: »Sie müssen wissen, dass ich hier vor nicht allzu langer Zeit schon einmal eine junge Dame abgesetzt habe. Auch zu später Stunde. Es war meine letzte Fahrt vor dem Urlaub.«

»Ihr Traumurlaub auf Ibiza, ich weiß Bescheid«, erwiderte Paula und zog hastig erneut an dem altmodischen Glockenstrang. Die Erinnerung, wie der Mann ihr während der ganzen Fahrt hierher die neusten Partylieder aus den Inselkneipen vorgesungen hatte, war noch zu frisch, um belächelt werden zu können.

»Jedenfalls ist diese junge Dame in dieser Nacht verrückt geworden und die Polizei hat mich tagelang gesucht, weil ich der Letzte war, der sie gesund und munter gesehen hat.« Er grinste voller Stolz und wippte auf den Fußsohlen vor und zurück. »Aber ich weiß genau, dass ihr die Tür geöffnet wurde, und wenn der Portier behauptet, dass er sich nicht an die Dame erinnern kann, dann lügt er. Ich weiß, was ich weiß.«

»Verrückt geworden?« Paula umfasste den Griff ihres kleinen tragbaren Gewächshauses fester. »Warum ist sie verrückt geworden?«

»Das kann niemand sagen, sie auch nicht. Sie spricht nämlich nicht mehr«, offenbarte ihr der Taxifahrer nun im Flüsterton den neusten Klatsch. »Sie ist jetzt in diesem Erholungsheim für Durchgeknallte am Rand von Ulverston.«

»Durchgeknallte.« Paula erschauderte und wollte gerade zum dritten Mal am Glockenstrang ziehen, als die Tür des Hotels geöffnet wurde und ein kleiner Mann, der einen sehr nervösen Eindruck machte, auf der Schwelle erschien.

»Entschuldigung, ich habe gerade Essen auf dem Herd und konnte nicht gleich zu Ihnen kommen.« Er rieb sich mit nassen Händen über die ebenso nasse Stirn.

Paula glaubte ihm nicht. Dem Mann hafteten keine Küchengerüche an, dafür aber der Geruch von Angst. Die nassen Hände und das noch feuchte Gesicht deuteten darauf hin, dass er sich hastig an einem Wasserhahn erfrischt hatte, bevor er zur Tür geeilt war. Der Mann befand sich ganz offensichtlich im Stress. Und Paula fürchtete, dass der Grund für seinen Zustand sie selbst direkt betraf.

»Ich möchte zu Miss Allison Harrowmore«, sagte sie und drängte sich bereits an dem kleinen Portier vorbei ins Innere des Hotels. »Ein Zimmer wäre natürlich auch ganz schön.«

»Und dieses Mal weiß ich genau, dass ich meinen Fahrgast hier abgeliefert habe und die Dame das Hotel auch betreten hat«, rief der

Taxifahrer mit lauter Stimme dazwischen, wobei er sich breitbeinig hinstellte, um seine Kraft zu demonstrieren. »Wenn ich also wieder von der Polizei zu hören bekomme, dass …«

Die Stimme des Taxifahrers verstummte, der Portier hatte die Tür einfach zufallen lassen. Er und Paula standen einander in dem warmen Empfangsraum gegenüber und sahen sich ernst an.

Paula fand nicht, dass dies der Zeitpunkt für Formalitäten war, und sah dem Portier, dessen Name laut seinem Messingschild Paperman lautete, an, dass er ähnlich empfand. Zeit zum Einchecken blieb später genug. Sobald sie wusste, was den Mann so in Aufregung versetzt hatte, denn es hatte sicherlich mit dieser Harrowmore zu tun.

»Was ist passiert?«, fragte sie knapp.

»Miss Harrowmore und ihr Verlobter waren im Zimmer 111«, brach es aus Paperman heraus. Paula konnte sehen, dass seine Hände zitterten. »Ich hatte sie gewarnt. Ich hatte ihnen alles gesagt, was ich über diese Vorfälle weiß, was zugegebenermaßen nicht sehr viel ist, wie sich herausgestellt hat. Es ist ein gefährlicher Ort. Und jetzt ist es schon wieder passiert. Sie ist nicht mehr da. Miss Harrowmore, meine ich. Da ist nur Leere in den Augen der jungen Frau.« Paperman strich sich über seine Halbglatze und rang um Fassung. Nur widerwillig gewährte Paula ihm diesen Moment. Sie war froh, als er fortfuhr. »Und ich weiß, wie es jetzt weitergeht. Wenn diese Leere weicht, wird sie furchtbarer Angst Platz machen und sie wird durch die Tür in die Nacht hinauslaufen. Dann wird sie irgendwann aufgegriffen, und dann wird die Polizei hierherkommen, und dieses Mal wird mir niemand glauben, dass ich unschuldig bin, es wird alles an mir hängen bleiben, verstehen Sie?«

Paula verspürte einen Anflug von Mitgefühl für den Portier, doch sie begriff auch, dass sie jetzt keine Zeit hatte, ihm Trost zu spenden.

Sie musste handeln, wenn sie ihren eigenen Leichtsinn noch irgendwie wiedergutmachen wollte. »Wo ist diese Allison Harrowmore jetzt?«

Paperman deutete mit dem Finger zur Decke hinauf. »Im ersten Stock auf dem Flur. Aber für die können sie nichts mehr tun, die ist hinüber.«

»Das werden wir ja sehen.« Paula drückte dem Portier den Griff ihres Rollkoffers in die Hand, das kleine Gewächshaus trug sie selbst. »Folgen Sie mir. Wir haben keine Zeit zu verlieren.«

Ihre rosafarbenen Crocs machten knarzende Geräusche, als sie die Treppe in den ersten Stock hinaufeilte. Hinter ihr keuchte Paperman unter dem Gewicht des Rollkoffers.

Aus reiner Vorsicht hatte Paula alles eingepackt, was ihr auch nur im Entferntesten sinnvoll erschien. Das Gewicht ihres Gepäcks war eine Zumutung für jeden gewesen, der sich auf dem Weg hierher bereit erklärt hatte, ihr das Gepäck zu tragen. Aber sie konnte keine weiteren Risiken eingehen.

Als sie den Absatz des ersten Stockwerks erreichte, fiel ihr Blick zuerst auf das fahlgrüne Gesicht eines schlanken Mannes in Jeans, der neben einer jungen Frau kniete und auf sie einredete. Diese lag völlig apathisch am Boden, die Augen geschlossen und den Mund leicht geöffnet. Ihre langen Beine, die in einer dieser auffallend gemusterten Militärhosen steckten, ruhten auf einem zusammengeknautschten Bündel Stoff.

»Scheint wirklich ein bisschen tot zwischen den Ohren zu sein, die Gute«, murmelte Paula und watschelte, so schnell sie konnte, auf die beiden jungen Leute zu. »Na, dann wollen wir doch mal sehen, ob da im Oberstübchen noch mal neu möbliert werden kann.«

Kapitel 11

W er sind Sie denn?«

Conny sah ein wenig konsterniert auf die ungewöhnliche Erscheinung, die ganz unerwartet in der bisher schlimmsten Nacht seines Lebens aufgetaucht war und jetzt neben ihm in die Hocke ging. Sie war alt, nachlässig gekleidet und ganz offensichtlich ziemlich wortkarg. Statt eine Antwort auf seine Frage zu geben, kramte sie eine Tüte mit gelben Klumpen aus ihrer Rocktasche hervor und hielt sie ihm unter die Nase.

»Das ist Ingwer. Gut gegen die Übelkeit. Junger Mann, wenn Sie einen empfindlichen Magen haben, könnte das hier der falsche Job für Sie sein, Sie Anwalt der Geister.« Um ihre Mundwinkel zuckte es belustigt.

Die vielen Falten in dem freundlichen Gesicht verrieten Conny, dass sie noch viel älter war, als er zunächst vermutet hatte. In ihrem grauen Haar entdeckte er einen letzten roten Schimmer.

»Wer sind Sie?«, wiederholte er seine Frage und steckte sich den kandierten Ingwerklumpen zwischen die Zähne. Fast augenblicklich fühlte er sich besser.

»Mein Name ist Paula und ich fürchte, ich bin an dem Zustand dieser jungen Dame nicht ganz unschuldig.«

Sie öffnete den durchsichtigen Plastikkasten, der neben ihr stand. Ein Geruch von feuchter Erde breitete sich aus. Unter leisem Gejammer näherte sich ihnen jetzt auch wieder Paperman, der einen Rollkoffer hinter sich herzog, als wäre er das Pferd von Troja.

»Sind Sie etwa die Hexe, die diesen Mist zusammengebraut hat? Dann darf ich Ihnen verraten, dass Ihr Gebräu für den A…«

»Ja, natürlich war es das«, gab die Alte unumwunden zu. »Ich hatte bis heute Morgen noch nie von Allison Harrowmore gehört, und dann wird von mir erwartet, dass ich, ohne mir ein Bild vom Käufer gemacht zu haben, einen temporären Taubheitstrank herausrücke? Mein Lieber, es gibt ja auch noch so etwas wie Verantwortung.«

Die Hexe machte eine Pause, in der Paperman leise und mit erhobenem Zeigefinger wie ein Schuljunge eine Frage platzierte: »Sie sind eine echte Hexe?« Und als Paula nicht sofort antwortete, ergänzte er: »Die böse Osthexe oder die gute Nordhexe?«

Jetzt wandte Paula ihre ganze Aufmerksamkeit dem Portier zu. Conny konnte beobachten, wie sich ihre Miene verfinsterte. »Warum gehen Sie nicht einfach Toto suchen und lassen mich meine Arbeit machen.«

»Jetzt weiß ich es.« Ein Strahlen ging über Papermans faltiges Gesicht und er deutete mit ausgestrecktem Arm auf sie. »Sie sind die Hexe aus dem Fernsehen! Erstellen Sie noch immer Horoskope für überdrehte Hausfrauen?«

Paula ballte kurz die Hände zu Fäusten, dann hatte sie sich wieder unter Kontrolle. Sie würdigte Paperman keines Blickes mehr und konzentrierte sich ganz auf Conny. »Ich bin hier, um meinen Fehler wiedergutzumachen. Dafür muss ich wissen, was sich zugetragen hat, und zwar so genau wie möglich. Also erzählen Sie schon, Sie Anwalt.«

Conny verzichtete auf weitere Fragen und griff dankbar nach dem rettenden Strohhalm, den diese Frau ihm reichte. Den Ingwerklumpen von einer Backe in die andere schiebend, setzte er die alte Hexe ins Bild. Diese nickte gelegentlich, rupfte an den kleinen Schösslingen aus ihrem Plastikkasten herum, öffnete den Koffer und entnahm ihm eine Reihe eigenartiger Dinge, darunter auch ein Teelicht und eine kleine Schale auf einer Art Dreibein. Dann bat sie Paperman um frisches Wasser, woraufhin dieser sich eilig entfernte. Zwischendurch kommentierte sie Connys Erzählung mit eigenartigen Zwischenrufen wie »Rundwegerich!« und »Holunder!«. Schließlich öffnete sie ein Fläschchen und wies Conny an, seine Hände auszustrecken, was er gehorsam tat.

Als eine ölige Flüssigkeit auf seine Fingerkuppen tropfte, wurde er angewiesen, diese spiralförmig auf Allisons Wangen aufzutragen. Er gehorchte widerspruchslos. Er würde jeden Blödsinn machen und alles glauben, wenn Allison nur wieder zu ihm zurückkam. Die Allison, die er kannte, mit all ihren Macken, ihrem Dickschädel und ihrer selbstgerechten Art. Die Allison, die er manchmal einfach nur anstrengend und manchmal so liebenswert fand. Die Allison, deren Stärke ihn immer ein wenig auf Abstand hielt, aber deren jetzige Schwäche ihn fast verrückt machte.

Paperman war inzwischen mit einem Messbecher voller Leitungswasser zurückgekehrt und duldete stillschweigend, dass sich diese Paula mitten auf dem Flur des Hotels eine kleine Hexenküche einrichtete. Schon schmurgelte in dem Glasbehälter über dem Teelicht eine absolut übel riechende braune Masse, was Conny dazu verleitete, sich einen weiteren Ingwerklumpen aus Paulas Tüte zu genehmigen.

»Jemand wie Sie dürfte ohne Ingwer eigentlich gar nicht mehr aus dem Haus gehen«, meinte diese kopfschüttelnd und rührte die braune Masse mit einem Schaschlikspieß um. Dann pustete sie mehrfach in die jetzt klebrig werdende Substanz, bevor sie sie auf einen Löffel strich.

Als der Löffel sich Allisons Lippen näherte, schlossen sich diese energisch und die Nase darüber begann zu zucken.

»Aha. Doch noch jemand daheim«, stellte Paula zufrieden fest, umfasste mit hartem Griff Allisons Unterkiefer und zog ihn gewaltsam auf.

Conny wurde wieder übel, und das trotz Ingwer.

Der Löffel wurde Allison gnadenlos in den Mund gedrückt, obwohl sie jetzt die Augen aufriss und sich sogar leicht zur Wehr setzte.

»Nichts da. Es wird gegessen, was auf den Tisch kommt«, murmelte Paula und ihre Stimme klang erstaunlich liebevoll, wenn man ihre Wortwahl berücksichtigte.

Begleitet von heftigen Würgegeräuschen und lobenden Bemerkungen Paulas, zwang Allison die Pampe herunter. Danach schüttelte sie ein heftiger Husten und Tränen liefen ihr über das Gesicht.

Conny wurde schwindelig vor Erleichterung. Ja, das war seine Allison, eine Kämpferin bis zum letzten Atemzug.

»Hoffentlich ist sie noch bei Verstand«, hörte er Paperman murmeln. »Dass sie noch am Leben ist, bedeutet gar nichts, das waren die anderen auch.«

Und schon sank Connys Laune gefühlt bis in den Keller des Hotels. Paperman hatte natürlich recht. Allein die Tatsache, dass sie noch am Leben war und husten konnte, rettete Allison nicht. Wie stand es um ihr Sprechvermögen? Und um ihr Gehör?

»Allison?« Er drückte sich selbst die Daumen und hoffte auf irgendeine Reaktion.

»Hm?«, machte Allison und bedachte Conny mit einem leicht orientierungslosen Blick.

Aber ›Hm‹ war ein hoffnungsvoller Anfang, fand Conny.

»Mach doch mal bitte jemand, dass dieses Geschrei aufhört, ja?« Allison rieb sich mit den Händen über die Ohren, wie Conny es auch bei Miranda beobachtet hatte.

Sein Herz sank. In diesem stillen Hotelflur konnte Allison noch immer die Schreie der Opfer aus 111 hören. Sie hatten sich in ihrem Kopf eingenistet.

»Immerhin kannst du noch sprechen.« Conny brachte ein verunglücktes Lächeln zustande. »Da hast du es besser getroffen als Miranda Banks. Erinnerst du dich noch an irgendetwas, was in Zimmer 111 geschehen ist? An den Mann mit der Axt?«

Als sie ihn nun verständnislos ansah, wiederholte er seine Frage deutlich lauter als zuvor.

»Den werde ich bestimmt nie wieder vergessen«, erwiderte Allison und schlug sich seitlich gegen den Kopf, als ob ihr Badewasser ins Ohr gelaufen wäre, das sie nun unbedingt wieder loswerden wollte.

»Natürlich weiß sie noch, was ihr passiert ist, das war der Rundwegerich«, verkündete Paula stolz. »Erinnerungen, die sich gerade erst frisch verkapselt haben, kann man aufbrechen und wieder hervorholen, wenn man nur etwas Rundwegerich zur Hand hat.« Sie streckte Allison die Hand entgegen. »Mein Name ist Paula. Schön, dich persönlich kennenzulernen, Allison.«

Allisons Blick fokussierte Paula ungewöhnlich lange. Es schien, als müsste sie erst überlegen, wen sie vor sich hatte. Dann aber brach sich die Erkenntnis gepaart mit Verzweiflung Bahn.

»Du bist die alte Paula? Du hast versagt«, platzte es aus Allison heraus. »Ich dachte, dass du eine der fähigsten Hexen in ganz London bist. Livie dachte das. In meinen Ohren brüllen tote Menschen, verdammt noch mal! Ich habe dir vertraut!«

»Vertraue nie einem Fremden.« Die Hexe brachte ein Lächeln zustande und verschränkte die Arme vor der Brust. »Doch jetzt sind wir ja keine Fremden mehr, und noch ist nicht aller Tage Abend. Meine Pflanzen und ich sind gekommen, um zu helfen. Und das werden wir auch.«

In Allisons Augen trat ein Hoffnungsschimmer. »Du kannst wirklich machen, dass die Schreie aufhören?«

»Nicht augenblicklich, ich kann ja schließlich nicht hexen.« Als Paula in die sprachlosen Gesichter um sich herum blickte, ergänzte sie: »Kleiner Scherz. Aber auch Hexenwerk braucht seine Zeit. Das, was du gerade so heldenhaft hinuntergewürgt hast, wirkt noch lange nach. Daher schlage ich vor, dass wir uns jetzt alle ein wenig Schlaf gönnen. Morgen sieht die Welt schon wieder anders aus.«

Eine knappe Stunde später war es in dem alten Hotel still geworden. Paperman hatte Paula ein Zimmer hergerichtet und sich anschließend an einen unbekannten Ort zurückgezogen. Allison lag zusammengerollt auf der Tagesdecke ihres pfirsichfarbenen Hotelzimmers und rührte sich nicht, während Conny, den Oberkörper ans Kopfende gelehnt, neben ihr Wache hielt und mit offenen Augen in das Halbdunkel starrte. Das Rollo war nicht heruntergelassen worden, das Licht des Mondes warf bizarre Schatten an die Wände. Er konnte Allison atmen hören. Leise und regelmäßig. Und trotzdem glaubte er nicht eine Sekunde, dass sie wirklich schlief.

»Schläfst du?« Er lauschte dem Klang seiner eigenen Stimme und wartete auf Antwort. Doch alles blieb still.

Hatte sie ihn überhaupt hören können? Oder waren die Schreie in ihrem Kopf lauter als er?

Mit der Hartnäckigkeit eines kleinen Vogelschnabels klopfte sein Zeigefinger jetzt auf ihre Schulter. Noch eine Weile stellte sie sich schlafend, dann gab sie auf. Unwillig wandte sie ihm das Gesicht zu. »Was ist denn?«

»Warum?« Conny fand, dass dieses Wort alles ausdrückte, was ihn gerade beschäftigte.

»Ich kann dich nicht hören, in meinem Kopf ist die Hölle los«, erwiderte Allison und wandte sich wieder ab.

Da nahm Conny ihre warme Hand in seine und schrieb ihr die Buchstaben in die Handfläche. W-A- …

»Schon gut, schon gut.« Allison drehte sich schwungvoll zu ihm herum und sah ihm in die Augen. »Du willst wissen, warum dieser Mann in Zimmer 111 seine Umgebung in ein Schlachthaus verwandelt hat? Meine Antwort lautet, dass ich keine Ahnung habe. Solche Dinge passieren eben. Sie ereignen sich immer wieder irgendwo auf dieser Welt. Irgendjemand verliert die Nerven, dreht durch und wird zum Mörder. Ich vermute, dass ein sehr starkes persönliches Motiv für eine solche Tat vorliegen muss. In seinem Wahn fühlte er sich vermutlich sogar im Recht. Ich weiß es nicht, ich bin kein Psychologe. Ich weiß nur, dass ich jetzt nachempfinden kann, warum die Gehirne von Miranda und den anderen Opfern aus 111 eine Erinnerung an dieses Erlebnis schlichtweg abgelehnt haben und in Streik getreten sind. Ich würde die Bilder von heute Nacht auch gern von meiner Festplatte löschen. Und noch viel lieber würde ich dieses Gekreische loswerden.«

Als ihr Redefluss abebbte, schüttelte Conny leicht den Kopf und hob fragend die Augenbrauen.

»Ich habe falsch geraten?« Allison krauste wieder die Nase. »Zu blöd, dass ich dich nicht hören kann, aber ich vermute mal, dass du wissen willst, wie wir jetzt weiter vorgehen werden. Also, ich denke, dass es sehr schwierig wird, diese Seelen zu erlösen. Das Problem, dass sie in dieser Welt zurückhält, ist ihre eigene Ermordung, die lässt sich weder ungeschehen machen noch nett verpacken. Es ist und bleibt eine grausame Tat. Die Lösung könnte der Axtmörder sein. Ich war vielleicht unfähig, mich zu bewegen, aber dank Paulas Erste-Hilfe-Maßnahmen erinnere ich mich an alles ganz klar, beispielsweise an den rätselhaften Blitz. Was könnte das gewesen sein? Und was wurde aus dem Mörder? Wir haben ihn nicht sterben sehen, er löste sich einfach auf. Vielleicht ist er gar kein Gespenst wie die schreienden Kinder, vielleicht ist sein Abbild nur eine Art Echo der Ereignisse und er ist noch am Leben? Vielleicht wurde das Verbrechen nie gesühnt? Vielleicht ist das der Weg zur Erlösung der schreienden Kinder?« Sie blinzelte ein paarmal und gähnte verhalten.

Ihre Augen schlossen sich und sie verfiel wieder in Schweigen. Doch Conny war nicht bereit, sie so einfach davonkommen zu lassen. Erneut begann er, die Buchstaben zu malen. Dieses Mal auf ihre

Bauchdecke, die sich unter dem Kapuzenpulli hob und senkte. Dabei flüsterte er so leise, dass sie es vermutlich sowieso nicht hören konnte: »Ich will nicht wissen, warum dieser Verrückte irgendetwas getan hat oder wie wir die Schreie verstummen lassen können. Ich will wissen, warum du das getan hast.«

Allison öffnete die Augen wieder und die Ungeduld, die eben noch in ihrer Stimme mitgeklungen hatte, war verschwunden, als sie sagte: »Du willst gar nicht über die Geister in der 111 reden, oder? Es geht dir um mich. Du willst von mir wissen, warum ich nicht aus dem Zimmer gegangen bin, als ich merkte, dass Paulas Zaubertrank keinerlei Wirkung zeigte.« Sie fuhr fort, bevor er auch nur dreimal energisch genickt hatte. »Tja, das ist jetzt aber ungünstig. Ich habe nämlich auch dazu nichts Kluges zu sagen. Vielleicht bin ich einfach nur sagenhaft dämlich.«

»Ich denke, du bist eher stur«, warf Conny ein.

»Oder einfach nur unglaublich stur.« Ob sie ihn gehört hatte, blieb ungewiss. »Ich konnte es irgendwie nicht ertragen, dass du mit deinem blöden Kapselschutz richtiglagst. Wie konnte so ein Plastikkram aus dem Baumarkt mehr Wirkung zeigen als ein Zaubertrank aus den Händen einer Fachkraft? Wir befinden uns hier schließlich in meiner Welt, verstehst du? Ich wollte recht behalten, ich wollte klüger gewesen sein als du.«

»Ich habe ja immer gewusst, dass du auch ein bisschen blöd sein kannst«, sagte Conny.

»Schon erstaunlich, wie blöd ich manchmal sein kann, nicht wahr? Traut man mir gar nicht zu.«

Er verkniff sich ein Lächeln.

»Ich will immer die Starke sein, die, die keine Fehler macht. Das war schon immer so.« Er sah Tränen in ihren Augen aufsteigen und überlaufen. Doch als er sie zärtlich von ihrem Gesicht wischen wollte, wandte sie mit einer heftigen Bewegung den Kopf ab. »Dabei bin ich mein Leben lang immer nur von einer Katastrophe in die nächste gestolpert, der heutige Abend hat sich im Prinzip nur in diese alte Tradition eingereiht. Doch für dich wollte ich anders sein, wollte ich perfekt sein, wenigstens in dieser einen Hinsicht.«

Conny sah, wie eine Träne auf ihren Handrücken fiel, und spürte, wie es ihm die Luft abschnürte, Allison weinen zu sehen. »Du musst für mich nicht perfekt sein. In keiner Hinsicht«, flüsterte er.

»Ich bin ein Trampeltier in bequemer Kleidung und frisiere mich mit Kugelschreibern.« Das klang kläglich. »Ich bin ruppig und selbstgerecht und ecke immer nur an. Ich habe noch nie im Leben eine beste Freundin gehabt. Der einzige Mensch, der mich vorbehaltlos lieben konnte, war mein Bruder. Und der ist tot. Und sein Geist führte sich mir gegenüber jahrelang mit Vorliebe wie ein Arschloch auf, was soll ich denn davon halten?«

»Aber du hast doch Freunde«, widersprach Conny. »Du hast deine Patentante Livie und diesen Nigel mit seiner Taschenuhr. Und du hast mich.«

»Die einzigen Leute, die es mit mir aushalten, müssen noch bekloppter sein als ich. Oder tot. Wie Nigel oder Livie.« Sie wischte sich energisch über die Augen und sah zu ihm auf. »Für dich wollte ich etwas Besonderes sein. Wenn schon nicht besonders liebenswert, dann zumindest anbetungswürdig, verstehst du?«

»Ich verstehe alles, du bist diejenige, in deren Ohren es unentwegt schreit.« Conny konnte sich das Lächeln nicht mehr verkneifen.

»Ich wünschte, ich könnte verstehen, was du sagst, aber ich habe die ganze Zeit dieses Gebrüll im Ohr.« Sie brachte ebenfalls ein schiefes Lächeln zustande.

Conny begriff, dass sie schon wieder versuchte, tapfer zu sein, obwohl es in ihr ganz anders aussah. Einem Impuls folgend, nahm er sie in die Arme und hielt sie ganz fest. »Diese Paula scheint zu wissen, was sie tut. Sie hat dich mit ekelhaften Mixturen abgefüllt, mit stinkenden Ölen mariniert und immer wieder betont, wie gut es ist, dass du diese Hilfe von ihr so schnell erhältst, noch bevor sich die Schreie in dir so richtig einnisten können. Das muss doch zu irgendetwas gut sein. Morgen früh, wenn die Sonne aufgeht, sieht vielleicht schon alles anders aus.« Er küsste ihre eingeölte Stirn. »Und wenn das alles hier vorbei ist, will ich nicht, dass du für mich noch länger die Heldin spielst, hörst du? Darauf lege ich überhaupt keinen Wert.«

Sie lächelte sanft. »Wenn das alles hier vorbei ist, werde ich wieder deine Heldin in strahlender Rüstung sein, ganz wie du es verdient hast, aber im Moment hänge ich etwas durch.«

Er legte seine Stirn an ihre und wäre auf dem Ölfilm fast abgerutscht. »Halt einfach die Klappe, Ally.« Dann schloss er die Augen, küsste sie auf die Lippen und genoss den salzigen Geschmack ihrer Tränen. Als sie zaghaft den Mund öffnete, fanden sich ihre Zungenspitzen und es wurde der längste Kuss, seit sie einander zum ersten Mal begegnet waren.

Eine ganze Weile später war sie in seinen Armen wirklich tief und fest eingeschlafen. Conny aber starrte noch immer vor sich hin und beobachtete, wie die Schatten des Mondlichts der Dämmerung wichen. Die Sommernacht ging ihrem Ende entgegen, ein neuer Tag brach an. Und er wusste, dass es ein Tag voller Arbeit sein würde. Mochten Paulas Hexenkünste auch noch so ausgefeilt sein, Conny war wie Allison der Meinung, dass nur die Erlösung der ruhelosen Seelen aus Zimmer 111 den Schreien der Geistermädchen ein Ende machen konnte.

Doch wie sollten sie das anstellen? Allison hatte recht: Die Frau und auch die Kinder waren mit absoluter Sicherheit tot und niemand konnte ihnen ihr Leben zurückgeben. War wirklich Rache der Schlüssel zu ihrer Erlösung? Oder ehrliche Reue? Lebte der Mörder tatsächlich noch? Versteckte er sich irgendwo vor sich selbst und seinen Erinnerungen an diese Bluttat? Oder saß er bereits in irgendeiner Zelle und büßte für seine Taten?

Wenn dem so war, hätten die Morde im Hotel doch jemandem bekannt sein müssen. Jemandem wie Paperman auf jeden Fall. Doch der behauptete steif und fest, nie zuvor von diesen Gräueltaten gehört zu haben. War es denkbar, dass die Tragödie vertuscht worden war?

Conny stellte sich vor, wie er den Kerl in einem abgelegenen Winkel Schottlands aufspürte und ihn dort mit einem einzigen Axthieb für seine Untaten bestrafte. In dem Moment, in dem der Mörder selbst die Schneide einer Axt zu spüren bekam, würden die Schreie seiner Opfer für immer verstummen, und er, Conny, würde eine tiefe Befriedigung verspüren. Doch eigentlich war Conny sich sicher, nicht zum Rächer mit Streitaxt zu taugen.

Er schloss die Augen, doch die Gesichter der schreienden Mädchen in ihren Feldbetten verfolgten ihn und er fand keinen Schlaf. Wer waren sie gewesen? Fragen über Fragen, und er lag hier herum, anstelle sich um Antworten zu bemühen.

Als die Sonne ihre ersten Strahlen durch das Fenster warf, gab Conny auf. Langsam und sehr vorsichtig, um Allison nicht aufzuwecken, zog er seinen Arm unter ihrem Kopf hervor. Sie gab einen niedlichen Grunzer von sich, schlief aber weiter.

Das Bett knarzte leicht, als er sich erhob, und als er seine Schuhe unter dem Bett suchte, stieß er mit dem Kopf gegen den Nachttisch und konnte einen Schmerzenslaut nicht unterdrücken. Doch Allison hörte nichts von dem, was um sie herum vorging, und so schlich er sich unbemerkt hinaus.

Im Foyer angekommen, bemerkte er den Duft von Kaffee und gekochten Eiern, der in der Luft hing. Papermans Hilfskräfte waren eingetroffen, lachten und schwatzten in der nahe gelegenen Küche, doch vom Portier selbst war nichts zu sehen.

Conny verspürte keinen Hunger, er war noch immer zu aufgewühlt und entschlossen, noch vor dem Frühstück irgendwelche brauchbaren Ergebnisse für sich verbuchen zu können. Und so führte ihn sein Weg weiter hinunter in den Keller, wo er die Tür zur Kofferkammer öffnete und die Glühbirne unter der Decke einschaltete.

»Wenn es in den Sechziger- oder Siebzigerjahren seinen Anfang genommen hat, müssten die ältesten Gepäckstücke mir Hinweise auf den richtigen Zeitraum liefern können«, sagte er zu sich selbst, stieg auf einen recht modernen Schalenkoffer, der am Boden lag, und streckte seine Arme nach einem rot karierten Set aus, das weit oben auf einem der Regale verstaut worden war. Eine Staubwolke kam mit den Koffern zu ihm herunter, als er energisch genug an deren Griffen gezogen hatte. Er hustete, schüttelte sich eine verschreckte Spinne aus den Haaren und zog den Reißverschluss auf.

Enttäuscht blickte er auf eine Auswahl eingepackter Seidenstrümpfe in verschiedenen Größen. »Ein Musterkoffer«, stellte er fest. »Man darf wohl davon ausgehen, dass der dazugehörige Handlungsreisende entweder tot oder in Rente gegangen ist. Ganz sicher aber ist dies hier nicht der erste Koffer in dieser Sammlung.«

Er sah sich weiter um, entdeckte Miranda Banks' Reisegepäck, das er an ihrem Fluggepäckaufkleber identifizieren konnte, und nahm sich fest vor, es ihr bei nächster Gelegenheit zurückzugeben. Dann widmete er sich einem großen Koffer aus gelbem Kunstleder, zu dem eine passende Reisetasche und ein Schminkköfferchen gehörten. Die Scharniere sprangen willig auf.

Conny hob den Deckel an und sah völlig unvermittelt in die Gesichter der drei erschlagenen Mädchen.

Kapitel 12

Fast andächtig hob er das gerahmte Bild aus dem Wäschestapel und betrachtete es genauer. Drei blonde Mädchen, zurechtgemacht für ihren Termin beim Fotografen, lächelten in die Kamera. Geflochtene Zöpfe, glitzernde Haarspangen, Sommerkleidchen mit Blumendruck und ein Grinsen, das bei der Mittleren eine große Zahnlücke entblößte. Conny schätzte die Älteste von ihnen auf etwa zwölf, die Jüngste auf höchstens fünf Jahre.

Wie alt wären die drei wohl heute? Wären sie verheiratet und hätten sie Kinder gehabt, wenn man ihnen nicht gewaltsam das Leben genommen hätte? Er rechnete nach und erkannte, dass sie inzwischen sogar schon Großmütter hätten sein können.

Er drehte den Bilderrahmen um und nahm ihn auseinander. Auf der Rückseite des Fotos befand sich ein goldener Aufkleber von einem Fotostudio in Little Urswick. Am unteren Rand hatte jemand mit kindlicher Handschrift hinzugefügt: Bernie, Ida und Sue 1972.

Conny drehte das Bild wieder herum und sah sich die Mädchen noch einmal genauer an. »Bernie, Ida und Sue. So, ihr drei, jetzt seid ihr schon einmal keine namenlosen Gespenster mehr für mich.«

Er legte das Bild beiseite und machte sich daran, den Rest des Kofferinhalts zu untersuchen. Dabei fielen ihm rasch ein paar sehr interessante Dinge in die Hände. Ein Verdacht keimte in ihm auf, der noch bestärkt wurde, als er die dazugehörige Reisetasche und auch das Schminkköfferchen untersuchte.

»Guten Morgen, Mister Bligh.«

Conny fuhr zusammen, als er unvermittelt die Stimme Papermans vernahm. »Mann. Das ist jetzt schon das zweite Mal, dass Sie mich hier unten zu Tode erschrecken.«

»Ich bitte um Verzeihung.« Paperman grinste und enttarnte damit seine Worte als Floskel. Anscheinend hatte er Spaß daran, überraschend irgendwo aufzutauchen. »Möchten Sie Ihr Frühstück hier unten im Keller einnehmen? Ich könnte Ihnen Kaffee und belegte Brötchen herunterbringen lassen, wenn Sie zu beschäftigt sind, um in den Speiseraum zu kommen.«

»Vergessen Sie das Frühstück, ich habe etwas sehr Interessantes entdeckt«, antwortete Conny und reichte die Fotografie der drei Mädchen an den Portier weiter. »Das sind drei der Opfer aus Zimmer 111. Mit ihnen beginnt die ganze Geschichte. Nach der Bluttat muss ihr Gepäck hier unten versteckt worden sein, so wie es später wieder und wieder geschah.«

»Drei entzückende Mädchen«, stellte Paperman fest, ließ das Foto sinken und sah Conny an. »Und sie wurden wirklich mit einer Axt erschlagen? Wer tut denn so etwas?«

»Ich denke, wir können uns ziemlich sicher sein, dass es ihr eigener Vater war. Sein Name ist Hamish Curzon.« Conny hielt Paperman ein weiteres Familienfoto unter die Nase, das auf einer Gartenparty entstanden sein musste. Hinter den drei Mädchen stand ein zufriedenes Elternpaar neben einem Kohlegrill. »Das ist er. Und die Frau neben ihm, ganz offensichtlich die Mutter der Kinder, ist sein erstes Opfer gewesen. Sie lag schlafend im Rosenbeet.«

»Wie haben Sie seinen Namen herausgefunden?«, wollte Paperman wissen und drehte das Foto in seiner Hand hin und her, doch es war nicht beschriftet.

»Ich habe die Heiratsurkunde der beiden im Gepäck gefunden. Ihr Name war Emma. Und damit liegt für mich auch das Motiv auf der Hand. Sie wollte ihn zusammen mit den Kindern verlassen. Sehen Sie sich das hier mal an.« Er hielt ein in Leder gebundenes Buch mit Goldaufdruck in die Höhe. »Darin befinden sich neben der Heiratsurkunde auch die Geburtsurkunden der drei Mädchen, außerdem ihre Impfpässe, Schulzeugnisse und vieles mehr. Es ist eine Sammlung wichtiger Unterlagen. Papiere, die üblicherweise gut verwahrt in Kommodenschubladen aufbewahrt werden. Und im Seitenfach der Reisetasche fand ich den Reisepass der Mutter.« Conny legte das Buch zurück zur Wäsche und sah Paperman an. »Kleidung für sie und die Mädchen ist auch vorhanden, aber nur wenige Teile, das Nötigste eben. Würden Sie aus dem Kofferinhalt nicht auch schließen, dass sie ihn verlassen wollte?«

»Ich bin ganz Ihrer Meinung.« Paperman lehnte sich gegen eines der Kofferregale und sprach aus, was er dachte: »Die Frau hat sich ihre drei Kinder unter den Arm geklemmt und mit ihnen sehr überstürzt ihr bisheriges Leben verlassen. Mitgenommen hat sie die wichtigen Unterlagen und ein wenig Kleidung. Kleidung bekommt man überall, doch sich fehlende Unterlagen wiederzubeschaffen, ist ein schwieriges und langwieriges Unterfangen.«

»Sie waren auf der Flucht«, bestätigte Conny die Vermutungen des Portiers. »Die Koffer sind nicht ordentlich gepackt worden, es wurde alles einfach hineingeworfen. Sie kamen aus Little Urswick bis hierher und nahmen sich ein Zimmer im Mayflower Hotel, oder wie auch immer es damals hieß. Die Hotelleitung war so freundlich, ihr für die Kinder zusätzliche Betten bereitzustellen. Emma Curzon hatte nicht vor, so bald in ihr altes Leben zurückzukehren, vermutlich nie wieder. Sie hat alle Unterlagen eingepackt, die sie für einen kompletten Neuanfang brauchte. Sie ging früh schlafen. Doch ihr Mann spürte ihr nach, fand sie und die Kinder, und das war es dann.«

»Das klingt alles ganz logisch, aber warum hatte sie dann ein Foto des Vaters in ihrem Gepäck? Hätten Sie ein Foto von dem Menschen bei sich, den Sie verlassen wollen? Vielleicht war der Ehemann ja doch an dieser Flucht beteiligt und hat erst hier im Hotel aus unverständlichen Gründen den Verstand verloren. Vielleicht gibt es doch noch einen älteren Fluch in Zimmer 111 und die Familie fiel ihm zum Opfer.« Paperman hatte die Arme vor der Brust verschränkt und sah mit ernstem Gesicht auf Conny hinunter, der noch immer vor dem Koffer kniete.

»Und der Mann hatte zufällig seine Axt dabei? Nein, nein, Paperman. Der Ehemann war nicht Teil der Flucht. Dann wären doch auch Kleidungsstücke von ihm in diesem Koffer.«

»Vielleicht hat er seinen Koffer ja mitgenommen, als er das Zimmer fröhlich pfeifend verließ? Vielleicht ist er ja gar nicht hier gestorben?« Paperman legte den Kopf schief wie ein neugieriges Äffchen. »Mich würde interessieren, ob uns diese neuen Erkenntnisse irgendwie weiterbringen. Hilft es dabei, den Schreien ein Ende zu machen?«

»Das hoffe ich. Ich habe jetzt ihre Namen und weiß, woher die Familie stammt«, antwortete Conny und klappte den Koffer zu. »Es muss dort noch Menschen geben, die etwas über diese Familie wissen. Und wenn dieser Mann noch lebt, werde ich es herausfinden. Dann werden wir weitersehen. Ich sollte am besten gleich ein paar Telefonate führen. Es muss eine lokale Zeitung in Little Urswick geben, die haben sicher ein Archiv oder wenigstens ein Klatschmaul vom Dienst.«

»Telefon ist ein gutes Stichwort«, rief Paperman aus und schlug sich vor die Stirn. »Beinahe hätte ich vergessen, warum ich überhaupt nach Ihnen gesucht habe, Mister Bligh. Eine Sandy Schuller hat für Sie angerufen. Ich habe auf Ihr Zimmer durchgestellt, aber da Sie nicht abgenommen haben …«

»… weil ich hier unten im Keller war …«

»… habe ich der Dame gesagt, dass Sie sie zurückrufen würden. War das in Ordnung?«

»Das war es wohl.« Conny hörte seinen Magen verhalten knurren. »Sie wird wissen wollen, ob wir vorankommen. Nun, ich werde ihr noch vor dem Frühstück einen kurzen Bericht erstatten.«

Eine Viertelstunde später legte Sandy Schuller in ihrem Arbeitszimmer in Thornway das Telefon beiseite und vergrub das Gesicht in den Händen. Jetzt wusste sie, was Miranda und die anderen Patienten gesehen hatten. Und sie war fast dankbar dafür, dass diesen armen Menschen die Erinnerung daran gänzlich verloren gegangen war.

Sandy malte sich aus, wie es sein musste, die Nachttischlampe einzuschalten und auf die Schneide einer Axt zu blicken. Sie schüttelte sich vor Grauen und Ekel. Und um wie vieles schlimmer noch war die Vorstellung, völlig bewegungslos, wie Allison Harrowmore es gewesen war, miterleben zu müssen, wie ein Wahnsinniger seine gesamte Familie auslöschte.

Die Ermittlungen im Mayflower Hotel gingen also voran, wenn man es denn so nennen wollte, aber war das erfreulich? Als wenig erfreulich empfand Sandy die Tatsache, dass auch Allison Harrowmore augenscheinlich ein Opfer der Schreie geworden war.

War es vielleicht doch ein Fehler gewesen, diesen jungen Leuten den Auftrag zu erteilen? War nicht jetzt, wo der Ursprungsort des Grauens zweifelsfrei feststand, der richtige Zeitpunkt, um eine höhergestellte Institution hinzu zu bitten?

»Sandy? Könntest du mir bitte kurz helfen? Ich würde es ja selbst machen, aber ich fühle mich gerade nicht besonders.« Schwester Serena kam zur Tür hereingewankt. Sie war sehr blass um die Nase und in ihrem linken Handrücken steckte eine Gabel.

Sandy stieß einen Fluch aus und öffnete einen Erste-Hilfe-Kasten, der neben ihrem Kleiderschrank an der Wand hing, um ihm Verbandsmaterial, Kompressen und Desinfektionsmittel zu entnehmen, während ihre Kollegin sich auf den frei gewordenen Platz fallen ließ.

»Ich habe ihr selbst gebackene Pfannkuchen von zu Hause mitgebracht, weil es doch ihr Lieblingsessen ist. Zum Dank hat sie versucht, sich die Gabel in den Rachen zu rammen. Ich wollte es verhindern und bekam daraufhin selbst mein Fett weg. Erinnere mich daran, dass ich veranlasse, dass in den nächsten Tagen nur noch Löffel an sie ausgegeben werden. Mir doch egal, wie sie damit ihr Brötchen schmiert.«

Sandy eilte herbei und zog vorsichtig die Zinken der Gabel aus Serenas Hand. Serena verzog das Gesicht und fluchte leise.

»Wer war das?«, wollte Sandy wissen.

»Wer wohl? Miss Banks lässt uns auf diese Weise wissen, dass sie nicht mehr an Fürsorge irgendwelcher Art interessiert ist. Auch nicht an niedlichen Entenküken. Sie möchte bitte irgendetwas haben, was sie sich in die Ohren, die Nasenlöcher oder den Mund rammen kann. Sie hat die Schnauze voll von den Schreien in ihrem Kopf.«

»Ja.« Sandy sprühte das Desinfektionsmittel auf die vier blutenden Löcher in Serenas Hand. »Das kann ich ihr nachfühlen. Doch auch wenn sie die Hölle durchmacht, hat sie kein Recht dazu, dich anzugreifen.«

Während sie die Kompresse auf die Wunden legte, dachte sie daran, dass nun womöglich bald eine zweite, nicht weniger temperamentvolle Frau in Thornway Einzug halten würde, die ebenfalls die vertrauten Symptome aufzuweisen hatte. Und Sandy Schuller spürte den Druck der Verantwortung auf ihren Schultern lasten. Es wurde allerhöchste Zeit, alle Register zu ziehen. Sie musste es einfach tun. Sie würde noch heute einen wichtigen Anruf tätigen.

»Sie kichern.« Allison schlug abwechselnd mit dem Löffel auf ihr Frühstücksei und auf ihren Kopf ein. »Sie haben aufgehört, zu schreien, aber dafür kichern sie jetzt wie verrückt. Das fühlt sich an, als würde mich jemand permanent im Gaumen kitzeln.«

Paula, die heute Morgen ein kariertes Wollkleid trug, saß Allison am Frühstückstisch gegenüber. Ihre Gefühlswelt war eine Mischung aus Schuldgefühlen und Stolz. Schuldgefühle, weil die ganze Misere auf ihr Konto ging, und Stolz, weil es ihr gelungen war, Allisons Lage ein wenig zu verbessern.

»Es ist fast wie in dem Märchen von Dornröschen«, setzte sie zu einer Erklärung an und reichte Allison das Salz. »Auflösen kann ich den Fluch nicht, wohl aber mildern.«

»Na toll.« Allison schüttelte das Salzfässchen wie eine Schneekugel und panierte die obere Hälfte des Eis mit weißen Kristallen. »Ich muss also nicht sterben, dafür aber hundert Jahre schlafen?«

»Du musst die Schreie nicht ertragen, Mädchen, dafür aber mit einem sanften Gekicher leben. Das ist doch wohl eine Verbesserung, oder?« Paula, die sich einen kleinen Berg gebratener Speckstreifen auf den Frühstücksteller gehäuft hatte, langte kräftig zu. Der gestrige Tag mit all seinen Aufregungen hatte sie hungrig gemacht. Und wenn sie ehrlich war, fand sie, dass das Gekicher in Allisons Kopf ein Grund zur Freude sein sollte. Mehr konnte man nach einem Tag mit Kräutern und Ölen nun wirklich nicht erwarten.

»Ich kann nur nicht verstehen, warum sie jetzt kichern müssen. Einen Grund zur Heiterkeit kann ich wirklich nicht finden«, erwiderte Allison und klang unzufrieden.

Um Paulas Mund zuckte es belustigt. »Nun, Zauber folgen oft einer ganz eigenen Logik, das macht sie manchmal unberechenbar. In diesem Fall scheint mir allerdings alles klar zu sein. Ist es nicht viel besser, wenn Kinderstimmen kichern, als um ihr Leben zu schreien? Kinder sollten albern und unbefangen sein, also hat der Zauber die Kinderschreie in deinem Kopf zu etwas umgewandelt, was richtig erschien.« Als Allison ihr daraufhin nicht mehr widersprach, wagte Paula einen Themenwechsel. »Und dieser Mann, dieser Conrad Bligh, wegen dem du in dieser Zeit herumhängst, ist fort?«

Allison nickte und kratzte sich dabei hinter den Ohren, als ob sie Läuse hätte. Das Kichern in ihrem Kopf löste eigenartige, scheinbar unbewusste Reaktionen aus. »Ja, Conny hat den Wagen genommen und ist nach Little Urswick gefahren, um dort mit einer Ente zu sprechen.«

»Wie bitte?« Paula war sicher, sich verhört zu haben.

»Dora the Duck. Das war der Name, den sie ihm in der Lokalredaktion von Little Urswick nannten. Dora the Duck kannte die Familie Curzon, die bis zu ihrem Autounfall im Nachbarhaus gelebt hat. Sie ist quasi mit den Curzon-Kindern aufgewachsen, so heißt es.« Allison gurgelte mit ihrem Kaffee, doch auch das schien das Kitzeln in ihrem Rachen nicht zu beeinflussen.

Paula legte derweil ihr Besteck weg und sah Allison konsterniert an. »Habe ich da etwas nicht mitbekommen? Was denn für ein Autounfall? Sagtest du mir nicht gerade, dass dein Conrad …«

»Conny. Conrad klingt zu steif für ihn.«

»… dass dein Conny das Gepäck dieser unglücklichen Leute unten im Keller aufgestöbert hat? Und dass alles auf eine Beziehungstat hindeutet? Die hat sich doch aber hier, in dem Hotelzimmer über uns abgespielt, oder etwa nicht? Wie sollen die denn ein Auto in den ersten Stock hinaufgebracht haben?«

Paula war ratlos, doch Allison verdrehte die Augen. »Den Autounfall hat es selbstverständlich nie gegeben. Wir wissen, wie die Frauen der Familie Curzon tatsächlich ums Leben kamen. Doch die Archive dieses Käseblatts erzählen eine andere Geschichte. Demnach verlor Hamish Curzon auf dem Weg in den Sommerurlaub die Kontrolle über seinen Wagen, der daraufhin von der Straße abkam, sich überschlug und in Flammen aufging. Ende der Zeitungsente.«

»Noch eine Ente«, stellte Paula fest und nahm die Speckstreifen auf ihrem Teller wieder in Angriff.

»Ja, Enten gibt es reichlich in dieser Geschichte«, bestätigte Allison und kratzte sich erneut am Kopf. »Ich hoffe sehr, dass Dora the Duck uns weiterhelfen kann. Ich bin der Meinung, dass die Erlösung der Geister in Zimmer 111 das Ende dieses Albtraums für uns alle bedeuten würde. Am einfachsten wäre es natürlich, wenn wir den Vater reuig und geständig in die Finger bekommen könnten. Mit Vergebung habe ich schon so einigen Geistern ins Jenseits verholfen. Nur wissen wir nicht einmal, ob dieser Hamish noch am Leben ist. Doch ich bin zuversichtlich, dass Conny darüber etwas in Erfahrung bringen kann. Als er und ich uns kennenlernten ...«

»Dieser Conny«, fiel Paula ihr unvermittelt ins Wort. »Den hat dir das Schicksal also zugeteilt, wenn ich Nigel richtig verstanden habe? Wie habt ihr beide, du und Conny, davon erfahren?«

Allison senkte den Blick auf ihr Frühstücksei. »Ich habe es gelesen. In unseren Händen. Auf einer Party in Notting Hill war das.«

»Oh.« Paula legte erneut Messer und Gabel weg. »Was genau hast du denn in euren Handlinien gelesen?«

»Wir haben das gleiche Schicksal«, nuschelte Allison und stocherte im Eigelb herum.

»Aha.« Paula wartete.

»Wir werden zusammen arbeiten, zusammen leben und irgendwann heiraten.«

»Das konntest du in euren Händen lesen? Du musst aber eine wirklich gute Handleserin sein.« Paula versuchte, ihrer Stimme einen heiteren Tonfall zu geben, während sie beobachtete, wie Allison hinter ihrem Frühstücksei zusammenschrumpfte. »Natürlich ist

Handlesen eine viel exaktere Wissenschaft als beispielsweise das Lesen aus dem Kaffeesatz oder aus Teeblättern. Aber dass man so genaue Voraussagen hinbekommen kann, das war mir neu. Ist es nicht so, dass sich Handlinien im Laufe eines Lebens immer noch ändern können?«

»Ja. Das kann passieren.« Allisons Stimme klang plötzlich ein wenig quietschig.

»Und das würde doch bedeuten, dass auch eure gemeinsame Geschichte durchaus noch Flexibilität aufweist, nicht wahr?«

Jetzt erhielt Paula keine Antwort mehr von ihrem Gegenüber. Also äußerte sie eine Vermutung, die ihr schon seit einer Weile im Kopf herumging.

»Kann es sein, dass dein Zwangsverlobter von dieser Flexibilität gar nichts weiß?«

»Ich meine, so etwas ihm gegenüber einmal erwähnt zu haben«, kam es flüsternd von Allison.

»Wie schön.« Paula klang übertrieben erleichtert. »Dann weiß der junge Mann also, dass er noch immer eine Wahl hat. Das ist nett. Das ist sehr fair. Für einen Moment habe ich doch wirklich geglaubt, du hättest dir deinen Gefährten einfach aus einer Gruppe von Partygästen herausgesucht und ihn glauben gemacht, dass er keine Wahl hätte. Ich habe mal von Wesen gehört, die so etwas machen. Sehr einsame Wesen mit einem sehr schwach ausgeprägten Selbstbewusstsein, denen die Sehnsucht nach Zweisamkeit auf den Lebensweg mitgegeben wurde. Wie nennt man diese Geschöpfe noch gleich?«

»Inkubusbälger?«, flüsterte es schwach auf der anderen Seite des Tisches.

Paula ließ absichtlich eine Pause entstehen. Dann beugte sie sich vor und fragte in eindringlichem Ton: »Ist es das, was du bist, Allison Harrowmore? Ist dein Vater ein Inkubus? Ein niemals treues, durch alle Betten reisendes, Frauen beglückendes Lustobjekt? Spürst du die rastlose Einsamkeit in dir? Dein Inkubus-Erbe?«

»Ich bin ihm so gut wie nie begegnet!« Allison schob das Frühstücksei mit einer heftigen Bewegung von sich und verschränkte die Arme vor der Brust.

»Das bist du natürlich nicht.« Paula schlug einen versöhnlichen Tonfall an, während sie sich einen Speckstreifen in den Mund schob, langsam kaute und dann herunterschluckte. »Ich habe erfahren, dass du deinen Zwillingsbruder früh verloren hast. Ich nehme an, er war dir ein guter Gefährte. Bis zu seinem Tod.«

Allison sagte gar nichts mehr.

»So ein Schicksalsschlag ist ein Bruch im Lebenslauf, der nie wieder ganz heilt. Es gibt immer ein Davor und ein Danach, es wird nie wieder gut. Ich habe Verständnis dafür, dass du willst, dass dieser Bruch weniger schmerzt. Ich verstehe, dass du Ausschau nach einem neuen Gefährten halten musstest. Und als Tochter eines Inkubus ist es um deine Geduld nicht gut bestellt, nicht wahr? Du hast nachgeholfen.«

»Ich hab nicht gelogen«, erklärte Allison vehement. »Ich hätte mir doch nie freiwillig so ein Weichei wie Conny ans Bein gebunden, einen Warmduscher, frei von magischen Talenten, einen …«

»Doch, natürlich«, widersprach Paula. »Genau so einen hättest du dir ausgesucht. Einen Mann, der bereit ist, sein Leben an deines anzupassen, der dir manchmal blind vertrauen muss, weil du mehr siehst als er, einen netten Jungen von nebenan.«

Allisons Schweigen bekam etwas Trotziges. Mit finsterer Miene starrte sie auf das malträtierte Ei vor sich auf dem Tisch.

Paula spürte, dass sie sich in die Ecke gedrängt fühlte. Es war Zeit, eine Hintertür für das Mädchen zu öffnen. »Ich bin eigentlich gar kein Teil der magischen Welt, musst du wissen. Ich weiß zwar ganz gut Bescheid, aber ich halte mich heraus, reise nicht in der Zeit herum und kann auch nicht teleportieren. Ich komme nicht viel mit magischen Wesen in Kontakt, und das macht manches sogar leichter. Du musst keine Angst haben, dass irgendjemand etwas von dieser kleinen Unterhaltung erfährt. Ich kann ein Geheimnis für mich behalten, wenn ich will.«

Allison hob nicht einmal den Kopf. Leise flüsterte sie: »Ich habe nicht gelogen, ich kann ja gar nicht lügen. Meine Augenfarbe wechselt, wenn ich lüge.«

»Ein selten auftretender Gendefekt, unter dem manche Inkubuskinder leiden, nicht wahr? Die Veränderung der Augenfarbe, wenn ihr lügt. Es ähnelt dem Erröten beim Menschen und funktioniert auch genauso, richtig? Botenstoffe werden ausgeschüttet, Blutgefäße erweitert. Ziemlich lästig, kann ich mir vorstellen.«

Allison nickte.

»Und jeder, der dieses Phänomen kennt, glaubt zu wissen, wann er von einem Inkubusbalg belogen wird, oder nicht?«

Allison nickte wieder.

Und jetzt nickte auch Paula. »Ja, das schafft Vertrauen. Dein Conny glaubt, genau zu wissen, wann du ihm die Wahrheit sagst. Ganz besonders, wenn es um eure Beziehung geht und er dir tief in die Augen schauen kann.« Sie ließ eine erneute Pause entstehen, bevor sie sagte: »Weiß dieser Conny denn auch, dass manche Menschen, wenn sie erwachsen werden, ihr Erröten mit Willenskraft in den Griff bekommen können? Und dass es sich mit dem Wechsel der Augenfarbe beim Inkubusbalg ganz genauso verhält?«

Ein tiefer Seufzer rang sich aus Allisons Brust frei. Dann schüttelte sie den Kopf.

Paula fand, dass sie für ihre erste längere Unterhaltung genug gebohrt hatte. Sie widmete sich wieder ganz ihrem Frühstück, versäumte es aber nicht, abschließend ihre Meinung zu äußern. Die Meinung einer alten Hexe. »Mir persönlich würde es gefallen, wenn du deinen Conny aufklären würdest. Über all die Dinge, die wir gerade miteinander besprochen haben. Aber das kannst natürlich nur du selbst entscheiden.«

Endlich hob Allison den Kopf. »Ich verspreche, dass ich es irgendwann in Ordnung bringe. Nur jetzt noch nicht. Bitte.« Der Blick ihrer nun dunkelgrünen Augen hatte etwas Flehendes.

Paula zuckte mit den Schultern. »Du bestimmst den Zeitpunkt, Kleines. Aber tritt bitte nicht mit einer Lüge vor den Altar, ich würde deine Hochzeit gern vorbehaltlos genießen können. Du lädst mich doch ein?«

Allison nickte.

»Ich frag dich noch mal, wenn deine Augen wieder blau sind.«

In diesem Moment hörte Paula einen Wagen vorfahren. Kurz darauf erstarb ein Motor und Türen wurden zugeschlagen. Paula schob die angestaubte Gardine vor dem Fenster zur Seite und sah hinaus.

Vor dem Mayflower Hotel hatte ein Taxi gehalten und ein ihr wohlbekannter Taxifahrer holte soeben das Gepäck zweier seltsam gewandeter Herren aus dem Kofferraum.

»Mein Freund, der Inselurlauber, ist wieder da. Er bringt uns zwei katholische Priester? Was hat denn das bitte zu bedeuten?« Paula runzelte die Stirn.

»Hoffentlich gar nichts«, erwiderte Allison und schob ihren Kopf neben den von Paula. »Aber ich habe plötzlich ein ganz blödes Gefühl in der Magengegend.«

Kapitel 13

Die Fahrt von Ulverston nach Little Urswick dauerte nur etwas länger als eine Stunde und gab Conny Zeit, über die Autounfall-Lüge der Familie Curzon nachzudenken. Er hatte es ja geahnt. Hier war in großem Stil vertuscht worden. Wer das zu verantworten hatte und warum, wollte ihm noch nicht einleuchten. Aber jemand musste gute Gründe gehabt haben, warum der Mord an Emma Curzon und ihren Kindern niemals zum Gesprächsthema geworden war.

Er hoffte sehr, dass diese Dora the Duck mehr darüber wusste und auch bereit war, es ihm zu erzählen. In der Redaktion der Lokalzeitung hatte man ihm Hoffnung gemacht. Diese Dora war über sechzig und hatte Little Urswick in all den Jahren nie verlassen. Sie kannte jeden und jeder kannte sie.

Die Wegbeschreibung, die man ihm gegeben hatte, führte Conny zu einem abseits stehenden Haus aus weißem Klinker, an dessen Gartentor eine grüne Ente aus Sperrholz prangte. Der Grund für diese Verschönerung wurde ihm sofort klar, als er aus dem Rover stieg und die umzäunte Weide neben dem Haus entdeckte, auf der es fröhlich zuging. Eine ganze Schar weißer Enten kam ihm schnatternd entgegengelaufen. Conny vermutete, dass die Tiere die Klingel ganz vorzüglich ersetzten.

Prompt öffnete sich die Haustür und eine schwarzhaarige Frau in Jeans und Strickpulli erschien auf der Bildfläche. »Sie wollen die Tiere wirklich in diesem Wagen mitnehmen? Wo denn? Auf der Rückbank? Ich sage es Ihnen besser gleich, mein Geflügel ist nicht stubenrein.«

Konsterniert sah Conny zwischen ihr und dem Federvieh hin und her. »Ich möchte kein Geflügel kaufen, ich möchte von Ihnen ein paar Informationen.«

»Das ist ja ganz was Neues.« Sie öffnete ihm das Gartentor. »Um was geht es denn? Wollen Sie etwa selbst Enten züchten?«

»Kämen sie schon gebraten, geschnitten und auf Bambussprossen drapiert zur Welt, würde ich drüber nachdenken. So aber warte ich, bis jemand anders sie für mich angerichtet hat.«

»Banause.« Sie grinste breit und winkte ihm, ihr zu einem Gartentisch zu folgen, auf dem eine Menge Papierkram rund um eine leere Kaffeetasse drapiert worden war. »Sie schickt auf jeden Fall der Himmel. Ich komme sowieso nicht voran mit meinen Abrechnungen. Also lenken Sie mich ab. Was für Informationen möchten Sie denn von der alten Dora the Duck?«

Conny fand nicht, dass die Frau besonders alt wirkte. Im Gegenteil. Sie musste schon vor Jahren stehen geblieben sein, wenn sie über sechzig sein sollte. »Ich möchte so viel wie möglich über die Familie Curzon erfahren, deren Nachbarin Sie einmal gewesen sind. Das kann aber nicht hier gewesen sein, oder? Hier steht gar kein Nachbarhaus.«

»Es stand dort, wo sich jetzt die Enten tummeln. Ich habe es abreißen lassen. War kein gutes Haus.« Sie setzte sich auf einen Gartenstuhl und bot auch Conny einen Platz an. »Warum wollen Sie denn etwas über die Curzons wissen? Das ist doch schon eine Ewigkeit her, und die Geschichte endet auch noch tragisch. Hamish ist mit seinem Wagen von der Straße abgekommen, der Wagen hat sich überschlagen ...«

»Dieser Teil der Geschichte ist eine Lüge, und ich glaube, das wissen Sie.« Conny lehnte sich zurück und ließ seine Worte wirken, bevor er weitersprach. »Die vier weiblichen Mitglieder der Familie Curzon starben nicht in einem Auto, sondern in einem Hotelzimmer. Ist Ihnen bekannt, wovon ich spreche, oder suche ich hier am falschen Ort nach Informationen?«

Einen Augenblick lang sah es nicht so aus, als ob sie ihm eine ehrliche Antwort geben wollte. Dann fragte sie: »Sie sind aber nicht von der Presse, oder?«

Conny schüttelte den Kopf.

»Wissen Sie, die Geschichte mit dem Autounfall war einfach eine saubere Alternative zur schmutzigen Wahrheit.«

»Für wen?«, hakte er sofort nach.

»Na, für Robert natürlich. Das war Hamishs Bruder. Robert hat sein ganzes Leben in Little Urswick verbracht, bis er im vorigen Winter verstarb. Ein paar Jahre lang war er sogar unser Bürgermeister. Meinen Sie, das wäre möglich gewesen, wenn die Zeitungen hier berichtet hätten, dass sein Bruder Hamish seine gesamte Familie niedergemetzelt hat? Und das alles nur wegen ein paar Briefmarken?«

»Briefmarken?«, wiederholte Conny gedehnt. »Wer tötet denn wegen Briefmarken?«

»Jeder von uns hat etwas, wofür er töten würde«, stellte Dora sachlich fest. »Der eine würde für einen geliebten Menschen töten, der andere schon für sein Haustier oder seinen Wagen. Zerschrammen Sie einem echten Autonarren doch mal absichtlich den Kotflügel und warten Sie ab, was passiert. Nee, warten Sie lieber nicht, laufen Sie gleich los und drehen Sie sich bloß nicht um.«

»Und Hamish liebte Briefmarken mehr als Menschen?« Conny konnte noch immer nicht glauben, was er da hörte.

»Zuerst nicht«, räumte Dora ein. »Er war ein ganz normaler Kerl, bis zu dem Tag, an dem sie ihn gefeuert haben. Von da an hockte er nur noch vor seinen Briefmarkenalben und wurde immer seltsamer. Bernie, sie hieß eigentlich Bernadette und war seine älteste Tochter, war meine beste Freundin. In den letzten Wochen vor der Tragödie wollte sie nicht mehr zu Hause schlafen. Sie rollte sich abends am Fußende meines Bettes ein und wollte einfach nicht hinübergehen. Ihr Vater sei immer so aggressiv und würde jeden anbrüllen, der es auch nur wagte, die Küche zu betreten, wo er vor seinen Alben hockte, hat sie mir erzählt. Zuerst dachte ich, sie würde übertreiben, aber so war es nicht. Die Küche war das Revier von Hamish geworden, dort saß er und studierte seine Briefmarken. Emma, ihre Mutter, hatte das Kochen deswegen schon ganz aufgegeben. Es gab nur noch Fast Food im Hause Curzon und gegessen wurde ausschließlich im Wohnzimmer vor dem Fernseher. Doch eines Nachts konnte Emma nicht schlafen. Da ist sie aufgestanden und hat sich einen Becher Fruchtsaft eingegossen. Roten Saft aus Brombeeren, ahnen Sie was?«

»Sie hat den Saft verschüttet? Auf die Alben?« Conny versuchte, sich den Moment des Missgeschicks auszumalen, versuchte, sich vorzustellen, was diese Frau für eine Angst vor ihrem seltsamen Mann gehabt haben musste.

»Quer über alle Alben hat sie ihn vergossen. Zwei davon waren sogar aufgeschlagen. Das hätte er ihr nie verziehen, Missgeschick hin oder her. Sie hat noch in derselben Nacht das Nötigste gepackt, die Kinder genommen und ist abgehauen. Hätte sie schon längst tun sollen, wenn Sie mich fragen. Hamish war schon lange nicht mehr er selbst. Das Leben mit ihm war zur Hölle geworden.«

»Und als Hamish am nächsten Morgen entdeckte, dass seine Briefmarken ruiniert und seine Frau und seine Kinder samt Auto fort waren, verlor er endgültig den Verstand und machte sich auf die Suche nach den Übeltätern«, schlussfolgerte Conny.

Dora nippte an ihrem leeren Kaffeebecher und stellte ihn wieder fort. »Ich habe nie erfahren, wie er sie so schnell in diesem Hotel aufstöbern konnte. Irgendjemand muss ihm einen Tipp gegeben haben. Und dann war meine Freundin Bernie tot. Ermordet vom eigenen Vater. Glücklicherweise war niemand daran interessiert, den Vorfall an die große Glocke zu hängen, Robert Curzon hier im Ort ebenso wenig wie die Betreiber dieses unglückseligen Hotels. Für die Polizei war der Fall sowieso erledigt, also erfanden die Erwachsenen die Lüge mit dem Autounfall. War doch besser für alle. Ich habe die Wahrheit später erfahren. Da war ich schon erwachsen und Roberts Sekretärin. Er hat es mir eines Tages selbst erzählt. Ich wünschte fast, er hätte es nicht getan.«

Conny fuhr sich wieder und wieder durch das braune Haar. Er konnte kaum glauben, was er da hörte. »Wie konnte der Fall denn für die Polizei erledigt sein? Warum hat man Hamish denn nicht den Prozess gemacht? Hat man ihn ohne Anklage ins finsterste Kellerloch geworfen?«

»Aber Hamish war doch ebenfalls tot. Wissen Sie das nicht?« Jetzt sah Dora leicht konsterniert aus. »Er hat sich auf die Brüstung des Metallbetts gestellt. Mit nackten Füßen. Und dann hat er seine Axt in die Stromleitung in der Zimmerdecke geschlagen. Die Axt hatte einen Griff aus Metall und die alte Sicherung des Hotels flog leider nicht raus, wie man es sich gewünscht hätte. Hamish wurde Teil des Stromkreislaufs, der durch die Axt, Hamish und das Bettgestell floss. Als die Polizei eintraf, stand er noch immer auf dem Fußende des Bettgestells und zitterte wie ein Aal. Tot war er da schon seit Stunden. Aber seine Finger hielten noch immer den Axtstiel umkrampft, waren wie festgeklebt.«

»Tot«, wiederholte Conny tonlos. Vor seinem inneren Auge zerfielen das Reue- und auch das Racheszenario zu Asche.

»Mausetot. Sie haben sicher schon einmal davon gehört, dass jemand, der ein unter Strom stehendes Kabel berührt, dieses einfach nicht mehr loslassen kann. Jemand anders muss den Strom erst abschalten.«

»Es ist eine Sackgasse«, hörte Conny sich selbst sagen.

Der Mann war ebenso tot wie seine Familie, daran bestand kein Zweifel. Konnte er diese Dora bitten, ihn in das Zimmer 111 zu begleiten und dort mit dem Geist ihrer toten Freundin aus Kindertagen in Kontakt zu treten? Nein, auf keinen Fall. Die Chance, dass es mehr schadete als nützte, war zu groß. Und es gab wahrlich schon genug Opfer der Geisterschreie.

»Nein, dieser Gefahr kann ich Sie nicht aussetzen.«

»Wie bitte?« Dora schien verwirrt.

»Gar nichts. Ich habe nur laut gedacht. Hatte Emma, die Mutter der Kinder, noch Verwandte?« Conny war noch nicht bereit, aufzugeben.

»Nicht hier im Ort. Nein, jetzt erinnere ich mich: Emma war ein Waisenkind und ist in einem Heim nicht weit von hier aufgewachsen.«

»Super-GAU.« Es war eine knappe Zusammenfassung der Bedeutung aller neuen Informationen und beschrieb Connys Gefühlsleben gerade sehr treffend.

»Wie bitte?«, wiederholte Dora ihre Frage.

»Machen Sie sich keine Gedanken.« Conny winkte ab. »Soeben ist nur ein wunderbarer Lösungsansatz für ein Problem den Bach runtergegangen.« Conny schlug sich auf die Schenkel und stand auf. »Sind Sie ein gläubiger Mensch, Dora? Dann beten Sie für Bernie und ihre Schwestern. Vielleicht kann das ja noch helfen. Mir fällt gerade nichts mehr ein.«

Als er sich zum Gehen wandte, sprang Dora the Duck erstaunlich schnell auf die Füße und hielt ihn zurück. »All diese Fragen, die haben Sie mir doch nicht ohne Grund gestellt. Worum geht es Ihnen?«

»Um Ihre Freundin Bernie«, erwiderte Conny ernsthaft. »Ich hätte ihre Seele so gern erlöst. Und ich will es noch immer. Doch leider sind mir gerade die Möglichkeiten ausgegangen.« Er drückte Doras Hand zum Abschied ganz fest, die ihn ansah, als ob er nicht alle

Tassen im Schrank hätte. Er lächelte. »Beten Sie, Dora. Für irgendetwas müssen Gebete doch taugen.«

Den ganzen Rückweg nach Ulverston hinweg kämpfte Conny mit seiner Niedergeschlagenheit. In seinem Kopf purzelten die Ereignisse und Informationen der letzten Tage durcheinander und weigerten sich, sich zu logischen Ketten auffädeln zu lassen.

Wie einfach wäre es gewesen, wenn sie den Mörder seiner gerechten Strafe hätten zuführen können. Doch der Mann war so tot wie seine Kinder und seine Frau. Er war nicht nur ein Echo, wie Allison gehofft hatte, er war ebenfalls in der 111 gestorben.

Wenn es keine Versöhnung und keine Abbitte mehr geben konnte, wenn es für den Schmerz der Seelen keine Erlösung gab, was blieb dann noch zu tun?

Conny erinnerte sich an die Lüge über den Tod der Curzons und sagte laut: »Vielleicht ist das der springende Punkt. Vielleicht muss man die Dinge geraderücken, damit die Seelen diesen Ort verlassen können. Vielleicht muss man den Menschen in Little Urswick erzählen, was sich wirklich zugetragen hat. Könnte das die Lösung sein?«

Er trat das Gaspedal durch. Er musste jetzt dringend mit Allison sprechen und auf ihre Erfahrung vertrauen. Sie würde wissen, ob die Richtigstellung der Todesumstände etwas bewirken konnte.

Als er den Rover vor dem Mayflower Hotel zum Halten brachte, sah er Paperman, wie er draußen vor dem Eingang die Blumen goss. Bei längerer Betrachtung konnte man allerdings den Eindruck gewinnen, dass der Portier versuchte, seine Topfpflanzen zu ertränken.

Conny stieg aus und ging auf ihn zu. »Da bin ich wieder«, sagte er statt einer Begrüßung. »Ich hoffe, ich habe nichts verpasst.«

»Das würde ich so nicht sagen.« Paperman tauschte die leere Gießkanne gegen eine volle und ließ es weiter auf die Petunien regnen. »Das Mayflower hat seit heute Morgen zwei neue Gäste. Zwei katholische Priester, um genau zu sein. Sie nennen sich Bruder Jordan und Bruder Luciano.«

»Und weiter?« Conny konnte dem alten Mann ansehen, dass dies erst der Beginn einer Erzählung war.

»Beim Eintreten der beiden Herren bekam die alte Dame namens Paula umgehend eine Art Anfall, bewarf die Neuankömmlinge mit Frühstücksspeck und benutzte eine Menge hässlicher Wörter, bevor sie die Treppe hinauf floh und rief, dass sie in ihrem Zimmer bleiben und dort auch nicht wieder herauskommen würde, bis die Luft wieder rein sei.« Paperman ging einen Schritt weiter und ließ nun eine kleine Hortensie absaufen. »Ich habe an ihre Tür geklopft, um mehr zu erfahren, doch sie sprach nur von dem verkappten Bösen, dem sie nicht über den Weg laufen wolle.«

»Das verkappte Böse?« Conny verstand nur Bahnhof. »Was sind denn diese Priester für Leute, dass sie so heftige Reaktionen bei einem so ausgeglichen wirkenden Menschen auslösen können?«

»Sie sind von stiller Dominanz, sollte man meinen.« Paperman schüttelte die letzten Tropfen aus seiner Kanne. »Irgendwie strahlen sie etwas aus, das einem Ehrfurcht einflößt. Und sie haben mich so seltsame Dinge gefragt. Ob ich Mimimi-Geräusche gehört hätte oder so ähnlich. Ich frage Sie, was das sein soll.«

Mimimi-Geräusche? Conny durchsuchte sein Gedächtnis nach einem ähnlich klingenden Wort, das irgendwie Sinn machte, stieß aber lediglich auf eine eher unwahrscheinliche Möglichkeit. »Fragten sie etwa nach Mimikry-Geräuschen?«

Paperman sah auf. »Ja. Richtig. Das war's. Können Sie mit diesem Begriff irgendetwas anfangen?«

Das konnte Conny allerdings. Doch der Gedanke, dass zwei katholische Priester ihn benutzt hatten, verwunderte ihn noch mehr. Ein mulmiges Gefühl machte sich in ihm breit. »Paperman? Diese zwei Geistlichen, meinen Sie, es könnte sich bei ihnen um Exorzisten oder etwas Ähnliches handeln?«

»Geisteraustreiber?«, flüsterte Paperman. »Ich weiß nicht, ich habe ja keine Ahnung, woran man solche Leute erkennt. Und wenn es sich bei diesen beiden Herren tatsächlich um Exorzisten handelt? Wäre das nicht ein Segen für uns? Wir haben schließlich Geister in der 111, und nicht gerade wenig. Und was ist denn nun dieses Mimikry-Geräusch?«

»Darüber habe ich mal gelesen. Es sind Geräusche, die eigentlich nur von Menschen gemacht sein können, aber ohne ersichtlichen Grund auftreten. Schritte ohne Beine, das Geräusch scharrender Stühle über den Boden, doch niemand ist aufgestanden. Porzellangeklapper ohne Porzellan. Mit anderen Worten, es geht um Spuk. Und ich gehe mal nicht davon aus, dass zwei gewöhnliche Priester sich für derlei Dinge interessieren.«

»Dann könnten die beiden doch eine Hilfe sein.« Paperman stellte endlich die letzte Gießkanne zur Seite und löste den Knoten seiner Gartenschürze. »Können Sie sich erklären, warum diese Paula bei ihrem Anblick die Nerven verloren hat?«

Conny schüttelte den Kopf. »Ich weiß natürlich nichts Genaues, aber ich könnte mir vorstellen, dass eine selbst ernannte Hexe wie Paula generell ein tief sitzendes Problem mit Vertretern der Kirche hat. Der letzte Hexenprozess liegt noch keine hundert Jahre zurück. Wie hat Allison auf die Neuankömmlinge reagiert?«

Schon malte er sich aus, dass die beiden Geistlichen nicht nur fliegenden Speckstreifen, sondern auch Blumenvasen und Frühstückstellern ausweichen mussten.

»Vorsichtig ist das Wort, das mir dazu einfällt. Sie schien auf der Hut zu sein. Und sie hat die beiden Herren umgehend mit hinauf in das Spukzimmer genommen.«

»Wirklich?« Conny war überrascht. »Ich hätte gedacht, dass sie jetzt wie ein Zerberus in der Tür von Zimmer 111 steht und mit Klauen und Zähnen ihr Revier verteidigt.«

»Nein.« Paperman schüttelte den Kopf. »Den Eindruck machte sie nicht auf mich. Aber sie wirkte sehr angespannt, das lässt sich nicht leugnen.«

Conny dankte dem Portier für alle Informationen und machte sich auf den Weg in den ersten Stock, neugierig, was er dort oben vorfinden würde.

Er wusste kaum etwas über Exorzisten und ihre Arbeitsmethode, aber doch genug, um sich über Allison zu wundern. Dieser Gruselfilm aus den Siebzigerjahren war, nach seinem Kenntnisstand zu urteilen, keine Untertreibung gewesen. Exorzisten kamen nicht, um Seelen zu helfen, sie kamen, um sie zu brechen. Das entsprach aber so gar nicht Allisons Auffassung von professioneller Seelensorge.

Wahrscheinlicher, als dass die beiden Herren eine Hilfe sein würden, war, dass sie Schwierigkeiten machen würden. Große Schwierigkeiten.

Conny hatte von Todesfällen während und nach einem Exorzismus gehört. Von Todesfällen auf beiden Seiten. Sowohl der ausführende

Priester als auch die Menschen in seiner Umgebung schwebten während dieses obskuren Rituals in tödlicher Gefahr und konnten auch noch Wochen später an den Folgen sterben. Das konnte doch nicht in Allisons Interesse sein.

Conny stellte sich vor, wie die Geister der Mädchen sich während des Versuchs einer Austreibung unter Qualen in ihren Betten wanden, und spürte die schon vertraute Übelkeit in sich aufsteigen. Er durchsuchte seine Hosentaschen nach Paulas Ingwerklümpchen. Dieses Zeug erwies sich für ihn als wahrer Segen.

Als er die letzte Stufe auf dem Weg zum ersten Stock erreicht hatte, wäre er fast aus dem Tritt geraten. Zu seltsam und unerwartet war das Bild, das sich ihm bot:

Allison stand tatsächlich in der offenen Tür zu Zimmer 111, aber nicht wie ein Zerberus. Mit beiden Händen umklammerte sie das rechte Handgelenk des größeren und älteren der beiden Priester und versuchte ganz offensichtlich, diesen mit sich zu ziehen.

Den großen und breitschultrigen Mann in schwarzer Soutane schätzte Conny aufgrund seines vollen grauen Haares auf etwa fünfzig Jahre. Mit seinem Erscheinungsbild hätte er auch Türsteher vor einem angesagten Club sein können. Conny fragte sich, ob er Stammkunde in einem Fitnesscenter war oder regelmäßig Kirchenbänke stemmte. Auf jeden Fall entsprach er ganz und gar nicht dem Bild, das er sich auf seinem Weg hierher von einem Exorzisten gemacht hatte.

Das traf schon eher auf den zweiten Herrn in schwarzem Gewand zu, einem ebenfalls großen, aber sehr schlanken, fast zarten Mann mit schwarzem Haar und schwarzem Spitzbart, was ihm etwas Diabolisches gab. Dieser Geistliche stand ein wenig abseits des Geschehens und schien Allison mit großem Interesse zu mustern.

»Ich verlange doch gar nichts Unmögliches von Ihnen. Nur eine Chance, meine Theorie zu beweisen«, hörte Conny Allison sagen, und zwar in einem so flehenden Tonfall, wie er es noch nie zuvor aus ihrem Mund gehört hatte.

Conny war schockiert, aber der kräftige Priester, dessen Akzent nur noch ganz schwach seine amerikanischen Wurzeln verriet, schien wenig beeindruckt. »Die Geister in diesem Raum interessieren mich nicht, mein kleines Fräulein. Die Kirche hat im Allgemeinen nur wenig Interesse an Spuk und auch nicht das richtige Handwerkszeug, um sich solcher Ereignisse anzunehmen. Vor einigen Wochen traf ich in einem Herrenhaus auf den Geist eines Kindermädchens, das der Herrschaft lästig geworden war. Wissen Sie, was ich gemacht habe? Ich habe auf dem Absatz kehrtgemacht. Es sind der Teufel persönlich und seine Spießgesellen, die ich austreibe, was kümmern mich Gespenster? Mein Augenmerk richtet sich heute einzig und allein auf Sie. Wann werden Sie aufhören, sich gegen mich und die Hilfe, die ich Ihnen anbiete, zu sperren?«

Allison, die Conny bemerkt hatte, stieß einen Seufzer der Erleichterung aus und winkte ihn zu sich. »Wie gut, dass du wieder da bist. Könntest du diesen Herren bitte erklären, dass ich nicht vom Teufel besessen bin und es sich bei diesem ganzen Fall nicht um Besessenheit dreht?«

»Sie ist nicht besessen, sie benimmt sich immer so.« Conny löste Allisons Finger vom Handgelenk des Priesters, um diesem die Hand schütteln zu können. Nachdem er sich vorgestellt hatte, gab sich sein Gegenüber als Pater Jordan zu erkennen und stellte auch seinen schweigsamen Freund und Kollegen Pater Luciano aus Florenz vor. Conny nickte dem Schweigsamen freundlich zu. »Ich bin noch nicht ganz auf dem Laufenden, fürchte ich. Was genau geht denn hier vor?«

Vater Jordan bedachte Conny mit einem Blick, den er üblicherweise sicher für Fünfjährige reserviert hatte, und antwortete: »Eine Sandy Schuller aus einer Einrichtung namens Thornway hat uns gerufen. Es sollen hier in Ulverston gleich mehrere Fälle von Besessenheit aufgetreten sein. Die Ursache für diese Fälle soll sich hier in diesem Hotel befinden, wie auch das jüngste Opfer, Miss Allison Harrowmore.«

»Aber ich bin überhaupt kein Opfer«, fiel ihm Allison ins Wort. »Das ist es doch, was ich Ihnen die ganze Zeit versuche, klarzumachen. Diese Ereignisse sind nicht das Werk von Dämonen oder des Teufels. Hier gibt es nur unglückliche Geister und sie tun es noch nicht einmal absichtlich. Ihre Schreie bleiben einfach in unseren Köpfen zurück.«

»Und ich habe Ihnen bereits erklärt, dass Spuk die Kirche nichts angeht«, erwiderte Vater Jordan freundlich. »Wir können nichts für diese armen Kreaturen tun. Wir können es natürlich versuchen, doch üblicherweise sind unsere Bemühungen auf diesem Gebiet nicht von Erfolg gekrönt. Wir sind für die Lebenden zuständig. Warum lassen Sie mich nicht herausfinden, ob Sie nicht doch besessen sind, Miss Allison? Ich bin sehr erfahren und habe das Ritual schon einige Male vollzogen.«

»Danke, nein.« Allison schnitt eine Grimasse und lehnte sich an den Türrahmen der 111. »Ich kenne die Erfolgsquote in Ihrer Branche, die ist noch schlechter als die von Eddie the Eagle. Und ich brauche Ihre Hilfe nicht. Es geht mir gut, ich habe nur dieses Kichern im Kopf und das wird vorbeigehen, wenn wir die Geister in Zimmer 111 erlöst haben.«

»Fein.« Vater Jordan erweckte den Eindruck, fortgehen zu wollen. »Dann kümmern Sie sich um die Geister in diesem Zimmer und ich werde mir eines der anderen Opfer vornehmen. In Thornway soll es zwei weitere Kandidaten für einen Exorzismus geben.«

Allison starrte Conny mit weit aufgerissenen Augen an. Ihre Lippen formten ein stummes Nein, während jetzt auch der zweite, schweigsame Priester Anstalten machte, zu gehen.

Conny drehte sich abrupt zu den beiden Geistlichen um und rief ihnen nach: »Warten Sie! Lassen Sie uns einen Deal machen.«

»Einen Deal?«, wurde er von zwei Seiten gefragt. Zum einen von Vater Jordan, der sich ihm wieder zugewandt hatte, zum anderen von Allison, die plötzlich kerzengerade im Türrahmen stand.

»Ja«, bekräftigte Conny noch einmal. »Einen Deal.« Er überlegte fieberhaft, wie er fortfahren sollte. Er hatte keine Ahnung, was er anzubieten hatte und was es einzufordern galt, er hatte die ganze Situation noch gar nicht richtig verstanden. »Sie können Ihr Ritual an Allison anwenden ...«

»Conny!«, rief Allison entrüstet.

»... aber nur in diesem Spukzimmer. Wenn es uns gelingen sollte, Sie davon zu überzeugen, dass es hier nicht um Besessenheit und Dämonen, sondern nur um traurige Geister geht, ziehen Sie sich aus der Angelegenheit zurück und lassen uns unsere Arbeit machen. Sollten Sie aber bei Allison Erfolg haben, räumen wir das Feld und Sie können auch die anderen Betroffenen in Thornway mit einem Exorzismus beglücken.«

Conny sah abwechselnd von Allison zu Vater Jordan, dessen Kollege gerade scheinbar gelangweilt eines von Papermans Blumenarrangements betrachtete. Nachdenkliches Schweigen herrschte auf dem Korridor vor Zimmer 111. Dann nickte der Priester zögerlich. Einen Wimpernschlag später nickte auch Allison, streckte die Hand aus und der Priester schlug ein.

»Sehr schön.« Conny nickte. »Dann denke ich, dass wir alle noch ein paar letzte Vorbereitungen für dieses Experiment zu treffen haben. Wir treffen uns in einer Stunde wieder hier.«

Kapitel 14

Conny saß auf Allisons Bett und schnitt die von Paperman geliehene Paketschnur in gleich lange Stücke. Dann knotete er sie an die vier Ecken eines länglichen Kissens.

Aus dem angrenzenden Badezimmer drang Allisons Stimme bis zu ihm. »Ich kann einfach nicht glauben, dass du diesen beiden Exorzisten einen Ohrenschutz bastelst«, hörte er sie rufen. »Wir sollten sie einfach in ihr Unglück rennen lassen, dann lägen sie morgen in irgendeinem Spital in Ulverston und hätten sogar ihren eigenen Namen vergessen. Das klingt für mich nach einem guten Plan.«

»Wir werden fair spielen«, rief Conny zurück und machte sich daran, auch das zweite Kissen zu präparieren. Dann legte er es sich probeweise um den Kopf und band die vier Schnüre unter dem Kinn zu Schleifen zusammen. »Könnte klappen«, murmelte er und boxte sich probehalber selbst aufs Ohr. Dann klatschte er mehrmals hintereinander in die Hände. »In Kombination mit den Ohrenstöpseln könnte es reichen.« Er öffnete die Schleifen wieder.

»Wir werden fair spielen«, äffte Allison ihn nach. »Na großartig. Es ist ja auch nur mein Arsch, den wir dabei riskieren. Weißt du eigentlich, wie viele Menschen dieses Ritual gar nicht oder nur mit bleibenden Schäden überlebt haben? Aber wir spielen fair, ganz toll. Wenn es nicht darum ginge, Miranda und auch Barker vor diesem Pater Jordan zu bewahren, würde ich mich niemals darauf einlassen. Wer hätte gedacht, dass ich noch zur Märtyrerin werde. Und das alles nur wegen dieser blöden Sandy Schuller. Warum musste sie uns auch die Inquisition auf den Hals hetzen? Die arme Paula hat fast der Schlag getroffen, als sie begriff, wen sie da vor sich hatte.«

»Es tut mir ja auch leid für Paula, aber das können wir nicht ändern. Außerdem ist sie in ihrem Zimmer vor den beiden sicher. Und es sind gar keine Inquisitoren, sondern Exorzisten«, erwiderte Conny und testete den zweiten selbst gebastelten Ohrenschutz. Er war sehr froh, sich jetzt selbst nicht im Spiegel sehen zu können. »Und Sandy Schuller ist eben sehr besorgt, auch um dich, und will nichts unversucht lassen, jetzt, da sie weiß, wo die Quelle des Übels steckt.« Zufrieden löste er auch die Schleifen des zweiten Kissens. Es würde ausreichen.

»Sandy hätte uns einfach ein wenig mehr vertrauen sollen. Ich habe durchaus noch ein paar Tricks auf Lager.«

Die Badezimmertür flog schwungvoll auf und Allison tänzelte durch das Zimmer. Sie trug ein leicht durchsichtiges gelbes Babydoll mit spitzenbesetzter Pumphose. Der Stoff des viel zu klein geratenen Kleidungsstücks spannte über ihren Brüsten und Pobacken. Conny fühlte, wie sein Mund trocken wurde.

»Wie findest du es?« Allison stellte das Tänzeln ein und blieb in einer provozierenden Pose vor ihm stehen.

»Hm?« Conny wusste genau, dass sie ihm eine Frage gestellt hatte. Er hatte ihre Stimme gehört, aber leider auf keines ihrer Worte geachtet.

»Das gute Stück habe ich im Koffer von Emma Curzon gefunden. Sie muss ein wenig kleiner als ich gewesen sein, aber das ist mir egal. Ich hoffe, dass ich mit dieser Kostümierung eine Brücke zu den Geistern schlagen kann. Ich möchte das Szenario stören, eine Reaktion provozieren, verstehst du?« Sie strich den durchsichtigen Stoff über ihrer Bauchdecke glatt. »Ein persönlicher Gegenstand wie etwa ein Kleidungsstück kann dabei eine Hilfe sein. Conny? Hörst du mir zu?«

»Hm?« Conny blinzelte zweimal und schüttelte sich dann wie ein nasser Hund. »Entschuldige. Ich fürchte, ich war gerade etwas abgelenkt.«

Allisons Grinsen wurde breiter. »Gefällt dir, was du siehst?«

»Gefallen? Du hast nie … verführerischer ausgesehen. Ja, verführerisch ist das richtige Wort. Ich bekomme wirklich Konzentrationsprobleme davon.« Er wusste, dass er sie noch immer anstarrte, und als sie sacht das Kissen auf seinem Haupt tätschelte, wusste er auch, wie blöd er gerade aussah. Hastig zog er sich den provisorischen Ohrenschutz vom Kopf.

»Dann habe ich ja die richtige Wahl getroffen«, stellte sie fest und setzte sich auf die Bettkante. »Ich bin ein Hingucker. Hoffentlich nicht nur für dich und die beiden Brüder, sondern auch für die Geister der Familie Curzon.«

Conny pustete sich eine Haarsträhne aus der Stirn und versuchte gar nicht erst, nicht entrüstet zu klingen. »Du willst allen Ernstes so zu deiner eigenen Exorzismus-Party erscheinen? Vater Jordan wird das vermutlich als Zeichen deiner Besessenheit auslegen. Der Teufel persönlich hat dich ihm als Heimsuchung geschickt, wird er denken. Gab es denn kein unverfänglicheres Kleidungsstück in Emma Curzons Koffer? Einen Hut vielleicht?«

Allison lachte und streckte sich lang auf dem Bett aus. Conny schoss das Blut nicht nur ins Gesicht. Ein feiner Schweißfilm bildete sich auf seiner Oberlippe.

»Erzähl mir von deinem Besuch bei Dora the Duck.« Allison streckte beide Beine in die Luft und begann, mit den Fußgelenken kreisende Bewegungen zu vollführen. Sie genoss den Moment sichtlich.

»Dora the Duck? Jetzt? Sag mal, willst du mich etwa prüfen oder so etwas Ähnliches? Ich sag dir was, ich werde durchfallen, wenn du nicht gleich damit aufhörst, mir deine Pobacken entgegenzustrecken. Ich werde durchfallen, und das mit größtem Vergnügen.« Er schubste ihre langen Beine zur Seite und beugte sich über sie. »Ich werde diesen Test, wenn es einer sein sollte, nicht bestehen, hörst du?« Und dann küsste er sie, wie er sie schon in der vergangenen Nacht geküsst hatte.

»Aber du bestehst ihn doch gerade«, erwiderte Allison leise und legte die Arme um seinen Nacken.

Eine halbe Stunde später kroch Conny auf der Suche nach seinen Socken ums Bett herum, während Allison ein weiteres Mal im Badezimmer verschwunden war. Er war blendender Laune. Endlich glaubte er zu wissen, was sich das Schicksal dabei gedacht hatte, als es Allison zu seiner Lebensgefährtin bestimmt hatte. Sie passten tatsächlich auf ganz wunderbare und einmalige Weise zusammen. Zumindest im Bett. Daran konnte jetzt kein Zweifel mehr bestehen.

Drinnen im Bad drehte Allison gerade den Wasserhahn der Dusche zu und summte dabei ein ihm fremdes Lied. Dann brach die Melodie ab und die Tür wurde geöffnet. Wieder trug sie das gelbe Babydoll, darüber aber jetzt Connys Jeanshemd. »Ich werde es behalten«, sagte sie und deutete auf den Rüschenbesatz in ihrem Dekolleté. »Es scheint mir Glück zu bringen und Emma Curzon braucht es ja wohl nicht mehr.«

»Du willst also wirklich in diesem Aufzug im Zimmer 111 erscheinen? Dann werde ich dich nicht einen Moment aus den Augen lassen, Priester hin oder her.«

»Das hoffe ich doch.« Sie sah ihn zärtlich an und strich ihm über die Wange. »Gehen wir also zu meiner Hinrichtung. Natürlich nicht, ohne dir aus deinem Zimmer ein anderes Hemd zu holen. Und auf dem Weg hinunter kannst du mir dann endlich von Dora the Duck erzählen. Vielleicht gibt es ja etwas, das ich wissen muss.«

Jetzt berichtete Conny detailliert von seinem Besuch in Little Urswick und allem, was er über die Curzons in Erfahrung gebracht hatte. Als er auf den Tod von Hamish Curzon zu sprechen kam, verzog Allison das Gesicht. »Eine furchtbare Art, zu sterben. Die wünsche ich nicht einmal einem grausamen Axtmörder. Kaum zu glauben, dass er sie sich selbst ausgesucht hat.«

»Die Menschen sind seltsam. In der Art, wie sie leben und wie sie sterben.« Allison zuckte mit den Schultern. »Wenn ich diesen Exorzismus nicht überlebe, wird das auch nicht gerade als friedliches Entschlafen gewertet werden.«

»Aber du überlebst ihn«, widersprach Conny. »Du bist eine Harrowmore, deine Patentante ist eine Banshee. Hätte der Todesbote deiner Banshee wegen dieser Exorzisten eine neue Vision von deinem Ableben gehabt, wäre Livie dir doch erneut erschienen.«

»Ja, das wäre sie wohl.« Allison nickte, spielte mit einer Haarsträhne und sah zur Seite.

»Allison? Ist Livie dir etwa gerade im Bad erschienen?«

Nach seiner Schlappe mit der Axthieb-Darstellung konnte er sich gut vorstellen, dass Livie nicht noch einmal den Umweg über ihn gewählt, sondern mit Allison direkt gesprochen hatte, in der Hoffnung, sie zur Einsicht zu bringen.

Sanft drehte er ihren Kopf, sodass er ihr ins Gesicht sehen konnte. Prüfend betrachtete er die Farbe ihrer Augen. Sie waren blau. Und sie veränderten ihre Farbe nicht, als Allison jetzt kurz den Kopf schüttelte.

Conny atmete erleichtert auf. Auf Livie war Verlass, ebenso wie auf Allisons Augen. Was immer sich heute Abend noch ereignen würde, es würde sich nicht um eine tödliche Gefahr handeln. Er konnte ganz beruhigt sein.

Auf dem Flur vor Zimmer 111 wurden sie von den beiden Priestern erwartet, deren Augenbrauen unisono in die Höhe schnellten, als sie Allisons Aufzug bemerkten.

»Ich bin ein wenig verwirrt«, bemerkte Vater Jordan anstelle einer Begrüßung. »Ich dachte bis jetzt immer, dass Geisterjäger mit Infrarotlicht, Diktiergeräten, Überwachungskameras und ähnlichem elektronischen Schnickschnack arbeiten würden. Sie aber scheinen es eher mit Verführung probieren zu wollen.«

Allison warf ihm einen herablassenden Blick zu. »Die Gerätschaften, die Sie da ansprechen, werden üblicherweise eingesetzt, um die Existenz von Spukerscheinungen nachzuweisen. Hier geht es aber nicht darum, einen Nachweis zu erbringen, das haben die Geister hinter dieser Tür gar nicht nötig. Im Übrigen nenne ich mich nicht Geisterjägerin, ich bin nicht auf der Jagd. Ich bin Seelensorgerin, das dürfte für Ihre Ohren nicht allzu fremd klingen.« Sie drehte den Schlüssel mit der Nummer 111 herum, der bereits im Türschloss steckte. »Sind alle bereit?«

»Bereit«, erwiderte Conny, der in der linken Hand den Kapselschutz für sich und Allison und unter dem rechten Arm die provisorisch mit Schnüren versehenen Kissen für die Priester trug.

Auch Pater Jordan, der jetzt einen weißen Schal zu seinem schwarzen Priestergewand trug und ein Kreuz umklammert hielt, das um seinen Hals hing, nickte.

Der zweite Pater reagierte nicht. Er sah hinab in eine mit Wasser gefüllte Schale, die er in den Händen hielt.

Alle vier betraten sie das Spukzimmer. Conny ging als Letzter. Als er sich noch einmal umdrehte, bemerkte er Paperman und Paula, die nebeneinander vor der Treppe nach unten standen und ihm die fest gedrückten Daumen entgegenreckten. Er schenkte ihnen ein kurzes Lächeln, dann schloss er die Tür. Die Neugier hatte Paula also doch noch aus ihrem Zimmer getrieben. Vermutlich würden sie und Paperman mit einem Ohr am Türblatt kleben, um nichts von dem zu verpassen, was in Zimmer 111 vor sich ging.

Während Allison zielstrebig auf das Bett zusteuerte und auf der mit Rosen bedruckten Tagesdecke Platz nahm, stand Vater Jordan ganz still in der Mitte des Raumes und hielt den Kopf gesenkt. Sein teuflisch anmutender Begleiter begann währenddessen, im Zimmer umherzuwandern, dabei lateinische Worte zu murmeln und geringe Mengen des Wassers auf Wände und Möbel zu spritzen.

»Was tut er denn da?«, wollte Conny wissen.

»Er versucht, den Raum von bösen Geistern zu reinigen. Das wollten Sie doch, oder?« Pater Jordan sah bei diesen Worten nicht auf.

»Ja. Aber haben Sie nicht klargestellt, dass Spuk nicht in Ihr Ressort fällt und dass der Kirche dafür auch gar kein Ritual zur Verfügung steht?«

»Sie haben eines«, ließ sich Allison vernehmen, die im Schneidersitz auf dem Bett hockte und Vater Luciano bei seinem Rundgang beobachtete. »Es wurde erst vor einigen Jahrzehnten von Pater Thurston entdeckt. Leider fand er nur eine Beschwörungsformel in alten Unterlagen, aber keine Zeile über deren Anwendung. Seit damals befindet sich das Ritual quasi in einer experimentellen Phase.«

»Es ist, als ob wir ein Medikament ohne Beipackzettel erhalten hätten«, mischte Vater Jordan sich ein. »Wir haben das richtige Mittel, wissen aber nichts über die Dosierung, die Dauer oder die Art der Anwendung. Ohne diese Informationen hat sich das Ritual zur Vertreibung von Spuk bisher als wertlos erwiesen. Bis auf eine überlieferte Ausnahme, doch dieser Erfolg ließ sich nie wiederholen. Aber wir versuchen es gelegentlich aufs Neue. So wie heute.«

Conny lauschte auf die lateinischen Worte, die der zweite Priester unablässig murmelte, gab aber nach einer Weile auf. Sein Latein war nicht gut genug, um den Inhalt erfassen zu können. Stattdessen fragte er Pater Jordan: »Und warum spricht Ihr Freund nie selbst mit uns? Ist es unter seiner Würde, sich mit uns abzugeben?«

Jetzt hob Pater Jordan den Kopf und lächelte Conny zu. »Gewiss nicht. Aber Pater Luciano spricht nur Italienisch und Lateinisch. Das begrenzt die Möglichkeit der Konversation, aber nicht seine Kompetenz.«

»Aha.« Conny ließ sich in einen Sessel mit Rosendruck fallen und sah zum Fenster hinaus. Die Sonne schien, es war erst später Nachmittag. Bis die Nacht hereinbrach, konnten noch Stunden vergehen und vorher war mit dem Auftauchen der Geister nicht zu rechnen. Man würde also den Exorzisten den Vortritt lassen und ihren Bemühungen, aus Allison einen Dämon auszutreiben, der gar nicht in ihr war. Erst wenn die Dunkelheit kam, würden sie den Beweis für die Geister in diesem Raum erhalten, die die Ursache für die Schreie in den Ohren der Opfer waren.

Conny legte seine Mitbringsel neben sich auf dem Boden ab, lehnte sich zurück und betrachtete Allison, wie sie kerzengerade auf dem Bett saß. Seine Allison. Er wusste, dass sie stark genug sein würde, um diese Prozedur zu überstehen, allemal stärker als Miranda oder Bob Barker. Er wusste es, obwohl er keine Ahnung hatte, was in den kommenden Stunden auf sie zukam.

»Ich erwarte von Ihnen, dass Sie Allison gut behandeln, oder Sie bekommen es mit mir zu tun«, sagte er an Pater Jordan gewandt.

»Das hier ist kein Date, sondern ein Exorzismus, Mister Bligh«, antwortete dieser. »Wenn Sie sich nicht benehmen können, werde ich Sie hinauswerfen lassen, haben Sie das verstanden?«

Conny wollte protestieren, doch als er Allisons strengen Blick auf sich spürte, nickte er ergeben.

Pate Luciano beendete seinen Rundgang, stellte die Wasserschale auf den Boden und ein paar weiße Kerzen, die er aus den Falten seiner Soutane hervorzauberte, auf den Nachttisch. Dann gab er Pater Jordan ein Zeichen der Zustimmung und zog sich bis zur Badezimmertür zurück, wo er offensichtlich in ein stilles Gebet versank.

»Ich werde nun feststellen, ob eine Besessenheit vorliegt und ob ein Exorzismus durchgeführt werden kann«, rief Pater Jordan laut und trat zu Allison ans Bett.

»Ich denke, davon sind Sie bereits überzeugt.« Conny war verwirrt.

Allison blinzelte ihm zu. »Er muss trotzdem erst eine eindeutige Diagnose stellen, bevor die Behandlung beginnt. Würde hier alles mit rechten Dingen zugehen, wäre diese Prozedur jetzt schon so gut wie abgeblasen. Aber die Show wird auf jeden Fall stattfinden, nicht wahr, Pater Jordan?«

»Schweig, du Kreatur des Bösen!«, donnerte die Stimme des Priesters.

»Oh, ich glaube, jetzt geht es los.« Allison schloss die Augen und kniff die Lippen zusammen.

Conny beobachtete, wie Pater Jordan sich zu Allison hinüberbeugte und an ihr schnupperte. Nachdem er eine Weile wie ein Jagdhund klingend die Luft um sie herum eingesogen hatte, verkündete er: »Ich kann die Dämonen an dieser Frau riechen.«

Conny ging davon aus, dass es sich dabei einzig und allein um sein Aftershave handeln konnte.

Dann nahm Pater Jordan sein Kruzifix und drückte es Allison energisch auf den Haaransatz.

»Aua«, beschwerte sich diese, zuckte zurück und rieb sich die Stirn.

»Aha. Sie fürchtet das Kreuz.« Pater Jordan sah sehr zufrieden aus.

»Gar nicht. Jedenfalls nicht, wenn es sich mir freundlich nähert«, widersprach Allison und zog einen Flunsch. »Ich habe ja durchaus Respekt vor Ihren Methoden, aber geht es wohl ein bisschen sanfter? Wir haben doch noch gar nicht mit der eigentlichen Austreibung begonnen.«

»Hablas español?«, fragte Pater Jordan Allison und sah sie streng an.

»Nein, wirklich nicht, tut mir leid.«

»Aber verstanden haben Sie meine Worte«, triumphierte Pater Jordan. »Wer Sprachen beherrscht, die er niemals erlernte, ist vom Teufel oder seinen Dämonen besessen.«

»Das war Allgemeinbildung, nichts weiter«, begehrte Allison auf. »Fragen Sie mich etwas Schwereres auf Spanisch. Fragen Sie nach dem Weg oder dem Wetter.«

»Der Beweis wurde erbracht.« Pater Jordan trat einen Schritt zurück. »Dieses Mädchen braucht einen Exorzismus und wird ihn erhalten.« Er streckte die leeren Handflächen vor, woraufhin Pater Luciano vortrat, ein schwarzes Buch aus seinem Gewand zog und es seinem Kollegen reichte.

Conny begann sich zu fragen, was Pater Luciano noch alles aus seiner Soutane ziehen konnte. Der Mann schien sich seine Tricks bei der einen oder anderen Comicfigur abgeschaut zu haben. Beunruhigt beobachtete Conny, wie der Italiener nun nah ans Bett trat und Allison mit seinen Armen umfing, zweifellos, um sie bewegungsunfähig zu machen. Pater Jordan trat ebenfalls näher und legte Allison ein Ende seiner Stola um den Hals. »Der Mensch ist von Gott umfangen«, murmelte er dabei.

Conny fand, dass diese Art des Umfangenseins nichts für Leute mit klaustrophobischen Neigungen war. Allison saß ganz steif da und hielt die Augen geschlossen. Pater Jordan nahm seine Kette ab und legte ihr das Kreuz auf den Scheitel. Allison hielt still. Erst als er begann, aus seiner Bibel zu rezitieren, wurde sie unruhig.

»Das ist der Dämon in ihr«, rief Pater Jordan in Connys Richtung. »Er wird unruhig, versucht, sich zu wehren.«

»Quatsch.« Allisons Stimme klang spöttisch. »Mir schlafen die Beine ein, das ist alles.«

Pater Jordan murmelte stur seine Beschwörungsformeln, während sein Gehilfe Allison weiterhin im Schwitzkasten hielt. Nach einer Weile wurde sie zumindest vom Ende der Stola erlöst und Pater

Jordan begann, im Zimmer auf und ab zu laufen, während er abwechselnd auf Lateinisch und Englisch rezitierte, als ob er Sorge hätte, der Dämon könnte ihn sonst nicht verstehen.

Conny beobachtete die länger werdenden Schatten im Zimmer. Wie lange würde dieser Pater Jordan seine Bemühungen fortsetzen? Er hatte schon von Dämonenaustreibungen gehört, die sich über Tage hingezogen hatten.

Das Gebrabbel der Patres ging unaufhörlich weiter. Längst war auch Pater Luciano in die Litanei seines Kollegen eingefallen und betete laut vor sich hin. Allison wirkte weiterhin völlig unbeteiligt. Reglos saß sie auf der Rosendecke, die Augen fest geschlossen.

Merkten diese Exorzisten denn wirklich nicht, dass es keinen Dämon in ihr gab, den sie austreiben konnten?

Je länger dieses wenig spannende Prozedere sich hinzog, umso müder wurde Conny. Es begann mit wiederholtem Gähnen. Dann fielen ihm wieder und wieder die Augen zu.

Er wusste nicht, wie lange er weggetreten gewesen war, als ein erstickter Schrei Allisons ihn weckte. Reflexartig sprang Conny auf die Beine und stürzte auf den zweiten der beiden Priester zu, der Allisons Kopf gerade brutal in seine mit Wasser gefüllte Schale drückte.

»Aufhören! Sie ertränken Sie ja!«

»Es ist Weihwasser, Mister Bligh. Setzen Sie sich wieder hin oder ich werde Sie an die Luft setzen«, schrie ihm ein erregter Pater Jordan entgegen, dem dieses Ritual bisher weit mehr zuzusetzen schien als allen anderen Anwesenden.

»Das ist Folter! Waterboarding! Ich werde Sie Ihrer Kirche melden, ich gehe bis zum Papst, wenn es sein muss«, erwiderte Conny und entriss Pater Luciano die Schale, deren Inhalt überschwappte und sich über das Bett ergoss.

»Lass es sein, Conny. Es ist schon gut.« Allison, der nasse Haarsträhnen an den Wangen klebten, war wieder zu Atem gekommen. »Ich brauche dich hier drinnen, verstehst du? Verhalte dich ruhig. Es dauert jetzt nicht mehr lange.«

Sie schielte in Richtung Fenster und Conny begriff, dass sie recht hatte. Der Abendhimmel vor dem Mayflower Hotel hatte sich bereits feuerrot gefärbt. Unaufhaltsam kam die Nacht. Und mit ihr der Moment, an dem das Blatt sich wenden würde.

Conny trat zurück und reichte die jetzt leere Schale an Pater Luciano zurück. Doch er setzte sich nicht wieder in den Sessel am Fenster. Er bezog vielmehr Stellung neben dem kleinen Nachttisch, dessen Lampe nicht brannte. An ihrer Stelle hatte Pater Luciano drei weiße Kerzen in einem Keramikleuchter entzündet. Entweder die Patres oder der Dämon hatte es gern stimmungsvoll, wenn es zur Sache ging.

Die Arme hinter dem Rücken verschränkt, um zu zeigen, dass er bereit war, sich zu fügen, starrte Conny auf den bereits wieder predigenden Pater Jordan und wartete. Er wartete auf den richtigen Moment. Das Abendrot vor dem Fenster wandelte sich zu Violett, wurde blasser und verschwand schließlich ganz.

Conny, dem es egal war, wie weit Pater Jordans Bemühungen, Allison von einem Dämon zu befreien, bereits fortgeschritten waren, fand, dass jetzt der Zeitpunkt für eine kleine Demonstration gekommen war. Er holte tief Luft. Mit dem Wunsch, dass alles gut enden würde, blies er die drei Kerzen im Keramikleuchter aus.

»Was soll das?« Pater Jordans Stimme klang aufgebracht und verunsichert zugleich. »Warum haben Sie das getan?«

»Weil es an der Zeit ist, dass Sie erkennen, mit welchem Gegner Sie es zu tun haben«, flüsterte Conny und konnte nicht widerstehen, seine Worte schauerlich klingen zu lassen. »Es ist Nacht und die Gespenster kommen. Nur noch ein kleiner Augenblick, dann werden Sie uns glauben.«

»Es gibt keine Gespenster. Es gibt nur den Teufel und seine Gesellen, die in menschliche Körper fahren. Machen Sie die Kerzen wieder an, Luciano!«

Conny hörte, wie jemand in der Dunkelheit italienische Worte murmelte, dann spürte er eine Person dicht an sich vorbeigehen. Pater Luciano tastete sich durch den Raum.

Conny erwog kurz, dem Italiener ein Bein zu stellen, was in der Dunkelheit durchaus Probleme barg. Aber es war gar nicht nötig, gemein zu werden. Noch bevor auch nur die Streichhölzer gezückt werden konnten, erklang für alle deutlich hörbar das Wimmern eines Mädchens. Einen Augenblick später gesellte sich ein hoher, spitzer Schrei dazu.

Jetzt flammte das Streichholz auf und im Schein der zischenden Flamme sah Conny das besorgte Gesicht des Paters Luciano, der sich nach seinem Bruder im Geiste umsah.

Pater Jordan stand zur Salzsäule erstarrt am Fuße des Metallbettes und hielt seine zugeschlagene Bibel fest umklammert. »Das waren Sie«, zischte er und sah böse auf Allison hinab.

Allison sah unschuldig zu ihm hinauf. »Wenn Sie versprechen, nicht zuzudrücken, dürfen Sie vor der nächsten Runde die Hände um meinen Hals legen. Dann werden Sie spüren und hören, dass ich nicht die Ursache dieser Schreie bin.«

In diesem Moment stieß Pater Luciano einen Fluch aus und das Streichholz fiel verglimmend zu Boden. Conny war sich sicher, dass

Paperman über das Brandloch im Teppich nicht sehr froh sein würde.

Es raschelte. Sicher wurde soeben ein zweites Streichholz aus der Schachtel gezogen. Conny erkannte das Geräusch des schabenden Zündkopfs auf der Reibefläche. Dann wieder ein Fluch. Das Zündholz schien dem Mann abgebrochen zu sein. Und noch bevor er ein weiteres zwischen die Finger bekam, erhob sich das dreistimmige Geschrei heller Kinderstimmen.

»Licht. So mach doch jemand Licht, verdammt noch mal!«

Italienische Wortfetzen eines Gebets hallten durch den Raum, Pater Luciano schien nahe daran, die Fassung zu verlieren. Conny tastete nach der Schnur der Nachttischlampe, zählte bis drei und zog sie dann mit einem Ruck nach unten. Das Zimmer 111 erstrahlte in dem ihm bereits vertrauten gelben Lichtschimmer.

»Da hätten wir unseren Beweis, Liebling.« Conny schenkte Allison ein strahlendes Lächeln. »Den Geistern ist es tatsächlich völlig wurscht, ob eine Kerze verlöscht oder die Lampe ausgeht.«

»Großartig, Schatz.« Allison grinste breit. »Das bedeutet, dass der Spuk nicht an die Lampe gebunden ist. Was natürlich auch ein bisschen schade ist, sonst hätten wir sie in Papier einschlagen und unseren neuen Freunden hier schenken können.«

»Ihre Ironie können Sie sich sparen.« Pater Jordan reichte seine Bibel an Pater Luciano weiter und stemmte die Hände in die Hüften. »Nun gut, da Sie sich unter meinen Gebeten nicht krampfhaft gewunden oder verzweifelt geweint und mich auch nicht angegriffen haben, bin ich bereit, über die Möglichkeit nachzudenken, dass das Problem kein Dämon ist, der in Ihnen steckt, Miss Harrowmore.«

Allison klatschte freudig in die Hände und lächelte noch etwas breiter. »Hast du das gehört, Conny? Er zieht es in Erwägung. Ist er nicht süß?« Das Lächeln verschwand. »So, und jetzt ist es an der Zeit, dass Sie das tun, was wir Ihnen sagen, es sei denn, Sie möchten eine Kostprobe von dem erleben, was Miranda Banks und den anderen Opfern, also auch mir, widerfahren ist. Bevor wir dieses Licht zum dritten Mal löschen, müssen wir unsere Ohren vor den Schreien schützen oder diese werden uns nie mehr verlassen. Trotzdem lohnt es sich unbedingt, einen dritten Versuch einzuleiten, denn nur dann werden Sie der Ursache des Spukes Auge in Auge gegenüberstehen. Sind Sie ein Mann, Pater Jordan? Oder doch nur ein Mäuschen?«

Pater Jordan gab ein empörtes und, wie Conny fand, gar nicht mal unsympathisches Schnauben von sich, bevor er antwortete: »Also gut, kleines Fräulein. Wo ist dieser Ohrenschutz?«

Bereitwillig zog Conny eine Schachtel mit Ohrstöpseln aus seiner Gesäßtasche und gab eine Runde aus. Pater Luciano blickte misstrauisch auf die rosafarbene Masse in seiner Handfläche, bevor er dem Beispiel der anderen folgte und sie sich in beide Ohrmuscheln drückte. Danach sprang Allison vom Bett, hob die Kissen mit den Schnüren auf und machte sich höchstpersönlich daran, sie den Patres unter dem Kinn festzubinden. Das Ergebnis war durchaus sehenswert, die beiden Männer hätten ein preisverdächtiges Fotomotiv abgegeben, doch dafür blieb keine Zeit. Allison griff jetzt selbst nach einem Kapselschutz aus dem Baumarkt und reichte Conny den zweiten.

Gerade als Conny sich die Kapseln auf die Ohren setzen wollte, hörte er noch die Frage des Paters. »Warum bekommen wir nicht so professionelle Ohrschützer?«

Conny hob als Antwort eine Augenbraue und löschte das Licht mit einem Ruck. Dumpf nahm er kurz darauf wahr, dass die Schreie jetzt so richtig aufdrehten. Er wartete eine Weile, ließ das Licht aufflammen und trat augenblicklich einen Schritt zurück.

Auf dem Bett stand jetzt die hünenhafte Gestalt von Hamish Curzon, der seine Axt schwungvoll auf den bleichen und bewegungslos daliegenden Körper seiner Frau sausen ließ.

Conny wandte sich den Patres mit seinem überheblichsten Siehstewohl-Blick zu, doch die beiden hatten nur Augen für das Drama, das sich vor ihren Augen abspielte.

Erst als Hamish für einen Augenblick innehielt, bemerkten sie die vor Angst schreienden Kinder in ihren Feldbetten. Connys Blick hingegen flog schnell zurück zu Hamish, als ihm klar wurde, dass dieser schon ungewöhnlich lange innehielt.

Tatsächlich stand der Mörder still und mit erhobener Axt über der Leiche seiner Frau und starrte etwas an, das ihn abgelenkt haben musste. Als Conny herausfand, was es war, stockte ihm der Atem.

Allison sah mit weit aufgerissenen Augen zu dem Mann hinauf und bewegte sich jetzt ganz langsam rückwärts in Richtung Tür. Unter dem Jeanshemd, das sie sich von Conny geliehen hatte, blitzte deutlich sichtbar der dünne Stoff des Babydolls auf.

Er erkennt es wieder, schoss es Conny durch den Kopf. *Er sieht sie direkt an und erkennt etwas, das seiner Frau gehört hat. Oh Gott, er wird doch wohl erkennen, dass sie nicht seine Frau ist.*

Der Gedanke war kaum gedacht, als Hamish axtschwingend vom Bett sprang und auf Allison zustürzte, die die Zeichen richtig deutete und zum Ausgang hechtete.

Conny stieß die beiden Brüder beiseite, übersprang eines der Feldbetten mit einem schreienden Geistermädchen und war doch zu langsam. Fassungslos musste er mit ansehen, wie Allison an der Tür rüttelte, die sich wie schon in der Nacht davor nicht mehr öffnen ließ, solange das Spukprogramm lief. Gerade noch rechtzeitig warf sie sich zur Seite und nur einen Augenblick später traf die Axt das Türblatt, ließ es glücklicherweise unbeschädigt zurück, schlug aber erneut zu.

Conny, der Allison erreicht hatte, die jetzt zu den Füßen des Mörders kauerte, packte die Liebe seines Lebens am Handgelenk, schleifte sie zur Badezimmertür und stieß sie hinein. Er ging davon aus, dass Allison wusste, was jetzt von ihr erwartet wurde. Er lehnte sich solange von außen an die Badezimmertür und sah den Mann mit der Axt auf sich zu wanken.

»Er ist nicht da, seine Axt ist nicht da. Das sind nur Trugbilder aus längst vergangener Zeit. Mir kann gar nichts passieren. Mir kann gar nichts passieren.« Wie ein Mantra wiederholte Conny den letzten Satz wieder und wieder und konnte doch nur hoffen, dass er mit dieser Einschätzung richtiglag.

Als die Schneide der Axt ihn traf, war es Conny, als würde er ein Sirren hören können, was nicht nur wegen des Kapselschutzes unmöglich war. Zudem meinte er, den Schlag, der seinen Schädel gespaltet hätte, als schwachen Druck wahrzunehmen.

»Alles Einbildung. Eine Sinnestäuschung. Mir kann gar nichts passieren. Mir kann gar nichts passieren.«

Er fühlte in seinem Rücken, wie Allison an der Badezimmertür rüttelte, und ließ sich nach vorn fallen.

Der Teppich roch staubig. Conny spürte wieder den Druck der Gespensteraxt, dieses Mal in seinem Nacken. Und jetzt segelte ein zitronengelber Stoff neben ihm auf den Boden. Es war das Babydoll, das nur eine Sekunde später den Aufprall der Axt unbeschadet überstand.

Conny blieb liegen, wo er war. Als Hamish von dem dünnen Stoff am Boden abließ, kehrte er zu seinem eigentlichen Drehbuch zurück.

Kurze Zeit später verstummten die Geistermädchen und der erwartete Blitz zuckte durch den Raum.

Conny rollte sich auf den Rücken und nahm den Ohrschutz ab. Sein erster Blick fiel auf Allison, die mit betroffenem Gesichtsausdruck und mit jetzt zugeknöpftem Jeanshemd vor ihm stand. Sein zweiter galt den leichenblassen, mit Kissen dekorierten Priestern, die ihre Kruzifixe umklammert hielten.

Ein Grinsen ging über sein Gesicht. »Jetzt sagt mal ehrlich: Gute Show, oder?«

Kapitel 15

»Und der Italiener hat sich tatsächlich auf die Rosendecke übergeben?« Paula lachte glücklich. »Das hätte ich zu gern miterlebt. Wie dumm von uns, dass wir nicht bis zum bitteren Ende auf unserem Lauschposten vor der Tür ausgeharrt haben und schlafen gegangen sind. Aber dieser lateinische Singsang, der bis auf den Korridor drang, war auf Dauer wirklich zu gruselig«

Paperman nickte zustimmend und hing genau wie Paula an Connys Lippen, der über die Ereignisse der letzten Nacht, die sie beide versäumt hatten, berichtete. Gemeinsam saßen sie am Frühstückstisch, dessen Fenster zur Straße hinaus ging. Allison, Conny, Paula und Paperman, der vor Anspannung seine Serviette zu einem Strick drehte.

»Die beiden Herren waren fertig mit den Nerven.« Allison klang fast mitfühlend. »Für gewöhnlich ist es der Besessene, der auf die Bettdecke kotzt, und nicht der Priester. Wir haben ihnen ziemlich viel zugemutet. Aber wir mussten sie davon überzeugen, dass niemand hier einen Exorzismus braucht, höchstens ein Hotelzimmer.«

»Und? Haben sie es denn eingesehen?«

Paulas Augen blitzten und wie zur Beantwortung ihrer Frage kam nun Pater Jordan, in jeder Hand ein Gepäckstück, die Treppe herunter, durchquerte wort- und grußlos den Raum und stellte die Koffer nahe dem Ausgang ab. Dann marschierte er genauso wortlos zurück und stieg die Treppe wieder hinauf, ohne die kleine Frühstücksgesellschaft auch nur eines Blickes zu würdigen.

Fassungslos sah Paula ihm nach. »Sie reisen wirklich ab? Ich kann es nicht glauben.«

Conny begann, seine Würstchen klein zu schneiden und in einer gelben Soße zu ertränken. »Pater Jordan hat sich letzten Endes als ausgesprochen lernfähig erwiesen. Seine Dienste als Exorzist werden hier nicht gebraucht, gegen die Geister in der 111 kann er nichts ausrichten, daher wünscht er uns viel Glück und räumt das Feld.«

»Und Glück werden wir auch brauchen, wenn wir den Mayflower-Fluch doch noch brechen wollen«, verkündete Allison düster. »Bisher laufen wir von einer Sackgasse in die nächste: Hamish Curzon ist tot, sogar sein Bruder ist tot, weitere Angehörige, auf die die Gespenster positiv oder überhaupt reagieren könnten, gibt es anscheinend nicht.«

»Und reagieren würden sie«, fiel ihr Conny ins Wort. »Der etwas schlecht geplante Test mit dem Babydoll hat bewiesen, dass sich das Szenario in Zimmer 111 abwandeln lässt.«

»Ja, das ist unser einziger Lichtblick«, ergänzte Allison. »Man könnte versuchen, Hamishs Geist an einen anderen Ort zu bringen, aber ich fürchte, dann würde er mit seiner Axt erst recht Amok laufen und seine Familie würde trotzdem weiterbrüllen, was für niemanden eine Verbesserung darstellen würde. Ich für meinen Teil bin übrigens heilfroh, dass ihr Gekicher in meinen Ohren dank Paulas schneller Behandlung stetig leiser wird.«

Paula lächelte zufrieden.

»Und wenn sie alle fortgeschafft würden?« Die Augen in Papermans faltigem Gesicht schimmerten hoffnungsvoll.

»Wohin denn?« Conny sah von seinen Würstchen auf. »Niemand wird dieses Ensemble haben wollen. Ich kenne zwar eine Art Geisterheim, aber wer würde den Curzons einen Platz dort finanzieren? Ganz zu schweigen davon, dass es das Problem nicht lösen würde. Jemand anders hätte es.«

Paperman brummelte etwas Unverständliches, woraus Conny schloss, dass es dem Portier ganz recht wäre, wenn irgendjemand anders sein Problem hätte.

»Ich bin fast so weit, Ihnen vorzuschlagen, das Zimmer 111 zuzumauern«, sagte Allison an Paperman gewandt. »Dann wäre für eine Weile Ruhe. Für fünfzig Jahre vielleicht. Bis irgendein Depp die Wand wieder einreißt, aber das müssen wir ja nicht zwangsweise miterleben.«

»Aber es muss doch eine professionelle, eine gute Lösung für die Curzons geben«, murmelte Paula und rührte weiter in ihrem längst erkalteten Kaffee. »Wenn man schon niemanden aus dem Szenario herauslösen kann, müsste man eben etwas Gutes hinzufügen können.«

Allison, die gerade in einen Pancake gebissen hatte, erstarrte. Ahornsirup tropfte langsam über ihr Kinn und auf die Tischdecke. Paperman gab einen Laut der Missbilligung von sich, den sie ignorierte. Langsam kauend schien sie ihre Gedanken zu sortieren. »Etwas hinzufügen? Natürlich. Aber das habe ich so noch nie gemacht.«

»Ist alles in Ordnung, Kind?« Mitfühlend streckte Paula eine Hand über den Tisch und befühlte Allisons Stirn.

»Alles in Ordnung, alles ist wunderbar in Ordnung, ich muss es nur irgendwie schaffen, diesen Gedanken zu Ende zu denken.« Sie stützte den Kopf in die Hände und starrte auf den Sirupfleck vor sich auf der Tischdecke. Conny sah ihr eine Weile stirnrunzelnd dabei zu, dann machte er sich über sein Rührei her.

Ein Poltern auf der Treppe kündigte einen weiteren Auftritt der Patres an. Und tatsächlich erschienen jetzt beide im Frühstücksraum, ihre letzten Taschen unter dem Arm, und blieben wortlos, aber demonstrativ vor dem unbesetzten Empfangstresen stehen.

»Ich denke, ich sollte den beiden die Rechnung präsentieren.« Paperman erhob sich und nahm seinen Platz vor dem Schlüsselbrett ein. »Eine Übernachtung plus die Reinigungskosten einer Tagesdecke und das Ausbessern eines verschmorten Teppichs? Einen Augenblick bitte«, hörten die drei Zurückgebliebenen ihn sagen.

Paula prustete ein paar Brotkrümel über den Tisch und auch Conny musste sich das Lachen verkneifen. Allison aber blieb nachdenklich und still. Daran änderte sich auch nichts, als Paula zum Fenster hinaus deutete.

»Dort draußen fährt schon das Taxi vor, und ratet mal, wer am Steuer sitzt. Unser besorgter Ibiza-Urlauber. Na, der wird ja hocherfreut sein, dass er die Priester gesund und munter wieder einladen kann. Haben sich die beiden eigentlich für den nützlichen Ohrenschutz bedankt?«

»Mit keinem Wort.« Conny schüttelte den Kopf. »Man könnte fast meinen, sie sind böse auf uns, aber vermutlich haben wir sie nur leicht überfordert.«

Als Pater Jordan und Pater Luciano ein letztes Mal an ihrem Tisch vorbeikamen, dachte Conny schon, dass es doch noch ein paar freundliche Worte des Abschieds geben würde. Doch nach kurzem Zögern verließen die Geistlichen schweigend das Mayflower Hotel. Paula beobachtete durch die Fensterscheibe, wie sie sich die Koffer vom Fahrer in den Wagen laden ließen. »Das war's dann wohl. Die sehen wir nie wieder.«

Sie hatte den Satz kaum zu Ende gesprochen, als Allison auf die Füße sprang, dabei das Tischtuch mitriss und den Frühstückstisch gefährlich ins Wanken brachte. »Nein, das war's noch nicht!«

Und während Conny noch nach schwankenden Marmeladenschälchen griff, um Schlimmeres zu verhindern, hatte sie das Mayflower Hotel bereits im Laufschritt verlassen.

Paula schob die Gardine ein Stück beiseite, sah hinaus auf die Straße und erstattete Conny Bericht. »Sie spricht mit Pater Jordan, der sie wohl lieber ignorieren möchte. Ah, jetzt reagiert er aber doch, er wendet sich ihr zu. Und er macht dabei ein Gesicht, als ob Allison etwas sehr Ungehöriges gesagt hätte.«

»Hat sie vermutlich auch.« Conny widmete sich wieder seinem Frühstück. Wenn Allison eine brauchbare Idee gekommen war, würde er es bald erfahren, da hatte er keine Bedenken.

»Jetzt unterhält sich Pater Jordan mit dem anderen Kuttenträger. Die beiden nicken. Pater Jordan legt Allison eine Hand auf die Schulter. Und jetzt, und jetzt … ach du liebe Güte.«

»Was denn?«, fragte Conny nun doch leicht alarmiert.

»Sie steigen ins Taxi. Sie fahren weg.« Paula klang hysterisch.

»Na, das war doch klar. Ich dachte, es sei sogar wünschenswert, wenn die Exorzisten verschwinden«, ließ sich nun Paperman vernehmen und nahm wieder am Tisch Platz.

»Aber Allison ist mit ihnen zusammen in das Taxi gestiegen! Sie ist fort. Sie haben sie einfach mitgenommen.«

Conny ließ seine Gabel fallen und lehnte sich vor, um besser aus dem Fenster sehen zu können. Vor dem Hotel lag die Straße still und verlassen da. Er zwinkerte zweimal und rieb sich über die Stirn. »Nun mal langsam. Ist sie von selbst eingestiegen oder haben sie sie mitgenommen? Das könnte nämlich ein Unterschied sein.«

»Sie ging freiwillig mit diesen Kerlen mit«, stellte Paula fest und verschränkte die Arme vor der Brust. »Was könnte denn das zu bedeuten haben? Wo ist sie hin und wann kommt sie wieder?«

Conny, der noch immer auf die Straße starrte, auf der es nichts mehr zu sehen gab, antwortete wahrheitsgemäß: »Ich weiß es nicht.«

»Haben Sie denn keine Handys, über die Sie miteinander in Kontakt treten?« Auch Papermans Stimme drückte gleichermaßen Überraschung und Besorgnis aus.

»Was soll denn eine Zeitreisende mit einem Handy? In den meisten Jahren bekommt sie sowieso kein Netz«, erwiderte Conny lakonisch und setzte sich wieder, wobei er Papermans hochgezogene Augenbrauen geflissentlich ignorierte.

Während er sehr gründlich sein Essen kaute, dachte er über Allisons Beweggründe nach, ihn hier einfach zurückzulassen, und kam zu dem Schluss, dass es keinen Grund zu übertriebener Besorgnis gab. Allison würde wieder auftauchen. Eher früher als später. Und mit etwas Glück waren sie dann der Lösung ihres Problems näher gekommen.

Etwa fünf Stunden später sah er die Dinge bereits ein wenig anders. Die Frau seines Lebens war zu zwei fremden Männern ins Auto gestiegen und seitdem verschwunden.

Was wusste er schon über diese seltsamen Patres? Vielleicht waren die beiden nicht einmal echt. Eine Soutane bekam man heutzutage sicherlich problemlos über den Onlinehandel.

Immer wieder rekonstruierte er das Gespräch am Frühstückstisch und versuchte herauszufinden, was ihm entgangen war. Wann waren die beiden Exorzisten zu einer Art Hoffnungsträger für Allison geworden und warum?

Hatte Conny zunächst noch in Allisons Zimmer grübelnd auf dem Bett gelegen, er fragte sich wirklich, wozu sie Paperman überhaupt um ein zweites Zimmer gebeten hatten, wenn er sich dort so gut wie nie aufhielt, fing er bald an, ziellos herumzuwandern. Erst im Zimmer, dann auf dem Flur und schließlich im ganzen Hotel. Er kam nicht drauf, was in Allison gefahren sein könnte, und sie tauchte nicht wieder auf.

Im Laufe des Nachmittags bezog Conny Posten an ebenjenem Tisch, von dem Allison aufgesprungen war, und beobachtete die Straße. Feiner Regen, den die Natur in diesem ungewöhnlich heißen Sommer auch gut brauchen konnte, fiel auf den Asphalt. Gelegentlich näherte sich ein Auto, fuhr aber vorbei und ließ ihn noch schlecht gelaunter zurück als zuvor.

Paperman begann unaufgefordert damit, ihn mit Kaffee zu versorgen. Fragen stellte der Portier nicht, er wusste, dass Conny keine Antworten für ihn hatte. Paula erschien auf der Bildfläche und verließ sie wieder, nur um gleich darauf wieder aufzutauchen. Sie schien ähnlich unruhig wie Conny, doch auch sie stellte keine Fragen.

Es wurde bereits Abend, als ein Taxi vor dem Hotel hielt und ein ihnen allen bereits wohlbekannter Fahrer zwei Menschen auslud, deren Gepäck aus einem einzigen Aktenkoffer bestand. Bei der einen Person handelte es sich um Allison, die heil, gesund und quietschfidel wirkte. Den anderen Herrn hatte Conny noch nie zuvor gesehen. Er war eine auffällige Erscheinung, trug einen Bowler zu einem schwarzen Smoking und wirkte wie eine Art Butler. Galant bot der Fremde Allison den Arm an und geleitete sie zur Tür. Der Taxifahrer blieb wartend zurück.

Conny verließ seinen Beobachtungsposten am Fenster und erwartete Allisons Eintreffen im Mayflower aufrecht und mit verschränkten Armen. »Wo kommst du her?«, waren die ersten Worte, die er statt einer Begrüßung zu ihr sagte. Er wusste, dass er sich wie seine eigene Mutter aufführte, aber das war ihm egal.

»Ihnen auch einen guten Abend«, sagte der Fremde und tippte sich an seine Melone.

Conny ignorierte ihn und fuhr in seinem Text fort, den er noch aus seiner eigenen Jugend auswendig wusste. »Du sagst niemandem, wohin du gehst, du tauchst nicht auf, du rufst nicht an. Glaubst du, das hier ist ein Hotel, oder was?« Mist. Diese Textstelle hätte er streichen müssen. Er sah, wie es um Allisons Mundwinkel belustigt zuckte.

Und die Retourkutsche ließ tatsächlich nicht auf sich warten. »Ja, Papa. Du hast ja recht, Papa. Aber das Telefon war kaputt und ich hatte kein Geld mitgenommen, und dann rollte ein Tsunami durchs Land, Busse, Bahnen und Funkkontakt fielen aus ...«

»Schon gut«, beendete Conny ihren Redefluss. Und mit einem zaghaften Lächeln ergänzte er: »Dass du mir das aber nicht noch mal machst. Wir gehören doch zusammen. Wir sind ein Team, und zwar für immer.«

Paula, die unbemerkt das Foyer betreten hatte, gab ein leises Hüsteln von sich und Allison senkte für einen kurzen Moment verlegen den Blick.

Der Mann mit der Melone, der dem Wortwechsel interessiert gelauscht hatte, nutzte die plötzlich eingetretene Pause, um mit ausgestreckter Hand auf Conny zuzugehen. »Gestatten? Mein Name ist Kneeson. Edward Kneeson vom UPS. Wohin darf ich die Fracht denn nun bringen?«

»United Parcel Service?«, fragte Conny ungläubig. »Seit wann kommen Sie denn im Taxi vorgefahren?

Allisons Schultern erbebten leicht, während sie sich hastig die Hand vor den Mund schlug. Conny wurde bewusst, dass er etwas sehr Dummes gesagt haben musste.

»United ist richtig, Service wird bei uns großgeschrieben, nur die Pakete überlassen wir anderen.« Der Melonenträger blieb völlig ungerührt. Vermutlich musste er das Kürzel seines Arbeitgebers öfter erklären. »Paranormal heißt es richtig. Dafür steht unser P, und dafür stehen wir. Wir sind die beste Spedition, die Sie für Ihre kostbare Fracht bekommen können.«

»Dann wollen Sie die Geister aus Zimmer 111 allen Ernstes abholen? Mit einer Aktentasche?« Conny war sich langsam ziemlich sicher, dass er gerade auf den Arm genommen wurde.

»Nicht abholen, heute leider nicht. Heute bringe ich Ihnen etwas. Zwei Artikel, um genau zu sein. Wenn Zimmer 111 der Bestimmungsort ist, werde ich mit Ihrer Erlaubnis hinaufgehen und meinen Job machen.«

»Moment.« Paperman schoss von irgendwoher auf den Mann namens Kneeson zu und baute sich vor ihm auf. »Sie wollen hier etwas abgeben? Etwas Paranormales? Um was genau handelt es sich dabei? Ich habe in diesem Haus schon genug Gespenster, ich kann keine weiteren vertragen. Wer hat das Zeug überhaupt bestellt? Wer ist dafür verantwortlich?«

»Ich war das, Mister Paperman.« Allison hob den Zeigefinger. »Und wenn Sie mir und Mister Kneeson bitte kurz vertrauen könnten. Ich verspreche, dass es nicht zu Ihrem Schaden sein wird.«

Kneeson nutzte den Moment, in dem Paperman scharf die Luft durch die Nase einzog, um allen Umstehenden höflich zuzunicken. Dann näherte er sich zielstrebig der Treppe.

»Erster Stock«, rief Allison ihm nach. »Der Schlüssel steckt von außen.«

»Das werde ich mir lieber ansehen.« Paperman klang aufgebracht und Conny ließ ein zustimmendes Gemurmel erklingen.

Beide machten Anstalten, Kneeson zu folgen, doch Allison überholte sie und stellte sich breitbeinig und mit ausgestreckten Armen auf die erste Stufe. »Halt! Ich kann eure Neugier wirklich gut verstehen, aber ich für meinen Teil werde ganz sicher keinen Fuß in die 111 setzen, solange Kneeson dort drinnen seinen Job macht. Manchmal ist seine Fracht nämlich etwas ungehalten über den Transport. Wir sollten besser hier unten warten, bis alles vorbei ist.«

In diesem Moment erklang über ihnen ein heftiges Rumpeln, als ob Möbel umgestoßen wurden oder jemand zu Boden stürzte. Nachdem sich alle Köpfe der Decke zugewandt und sie auf weitere Geräusche gewartet hatten, war Paperman der Erste, der wieder sprach.

»Unter diesen nicht ganz klaren Umständen sehe ich natürlich ein, dass wir hier im Foyer warten sollten, bis dort oben bessere Zeiten anbrechen. Ich hoffe allerdings inständig, dass nicht nur dieser Bote weiß, was er tut, sondern Sie auch.« Er deutete auf Allison, die ihm dankbar zunickte.

Auch Conny machte keine Anstalten mehr, die Treppe hinaufzugehen. Er wartete. Zusammen mit Allison und Paula nahm er an ihrem angestammten Tisch Platz und lauschte auf weitere Geräusche aus dem ersten Stock. Einmal glaubte er, lautes Rufen zu hören, dann wurde eine Tür zugeschlagen.

Als Edward Kneeson einen Augenblick später auf dem unteren Treppenabsatz erschien, richtete er noch im Abwärtsgehen seinen Krawattenknoten und seine Manschetten. »So, das wäre erledigt. Eine gute Wahl, Miss Allison. Ich denke, es wird sich alles zu Ihrer Zufriedenheit fügen. Wohin soll ich die Rechnung schicken?«

»An das Mayflower Hotel«, erwiderte Allison. »Mister Paperman übernimmt die Kosten der Lieferung.«

Paperman protestierte, wurde aber von Kneeson, der sich von Allison und Paula mit einem Handkuss verabschiedete, schlichtweg ignoriert. Als der Bote Conny die Hand reichte, sagte er: »Wir beide begegnen uns sicherlich noch einmal wieder, Mister Bligh. Vergessen Sie niemals unseren Werbeslogan: UPS ist schneller und zuverlässiger als jede andere Spedition. Mit uns können Sie Trolle verschicken.«

Conny versprach, sich den Slogan gut einzuprägen, und brachte Kneeson zur Tür, der noch einmal fröhlich zum Abschied winkte, bevor er von einem misstrauisch dreinblickenden Taxifahrer fortgebracht wurde.

Eine Weile sah Conny dem Wagen nach, dann wandte er sich wieder Allison zu. »Darf ich jetzt vielleicht erfahren, was hier vor sich geht? Warum werde ich nicht eingeweiht?«

»Es ist eine Überraschung.« In ihren Augen blitzte der Schalk. »Und ich kann nur hoffen, dass es eine gute Überraschung sein wird. Kommt mit mir in Zimmer 111. Bald geht die Sonne unter und dann wird sich zeigen, ob meine Idee eine gute Idee war.«

Conny saß wieder einmal in dem Rosensessel nahe dem Fenster und sah den länger werdenden Schatten zu, wie sie über den Teppich krochen. Der Kapselschutz lag auf seinem Schoß, während Allison vergnügt pfeifend lang ausgestreckt auf dem Bett lag und darauf wartete, dass es später wurde. Paperman und Paula waren durch nichts in der Welt dazu zu bewegen gewesen, sich die präparierten Kissen umzuschnallen und ebenfalls die 111 zu betreten. Die beiden warteten in trauter Zweisamkeit draußen auf dem Hotelflur auf das, was geschehen würde.

Conny war sehr gespannt. War es Allison tatsächlich gelungen, mithilfe dieses geheimnisvollen Kneeson einen Fortschritt zu erzielen? Wenn ja, wie konnte dieser Fortschritt aussehen?

»Es ist an der Zeit, die Nachttischlampe einzuschalten, ich kann dein Gesicht nicht mehr erkennen«, sagte Allison unvermittelt. Gleich darauf flammte das ihnen schon vertraute Licht am Bett auf. Allison bedeutete Conny, den Ohrenschutz aufzusetzen, und ging mit gutem Beispiel voran. »Nur zur Sicherheit«, hörte Conny sie noch sagen, bevor ihre Stimme gedämpft wurde. Dann löschte sie das Licht wieder.

Conny fiel ein, dass sie beide versäumt hatten, sich zusätzlich die Stöpsel in die Ohren zu drücken, und er fragte sich, ob der Kapselschutz allein ausreichend war, als Allison das Licht auch schon wieder anschaltete.

»Hast du irgendetwas gehört?«, brüllte sie ihm zu.

Er schüttelte den Kopf.

»Ich auch nicht.« Sie sah zufrieden aus. »Na, dann gleich noch mal.«

Auch als es erneut dunkel im Zimmer wurde, blieb es still. Kein Weinen und kein Gewimmer kündigte die Gespenstershow an, die doch bald beginnen musste.

Misstrauisch nahm Conny den Kapselschutz ab. Nein. Es war nicht das Geringste zu hören.

Als das Licht erneut angeknipst wurde, sah er den Triumph in Allisons Augen. Auch sie nahm den Kapselschutz ab und legte ihn auf die Bettdecke. »Sieht ganz so aus, als ob wir den nicht mehr brauchen. Dann folgt nun der finale Testlauf. Conny, steh besser aus dem Sessel auf und such dir einen anderen Platz.«

»Warum?« Conny erhob sich, noch bevor sie ihm antwortete.

»Weil ich mir gut vorstellen kann, dass er gleich von jemand anderem in Beschlag genommen wird.«

Sie löschte das Licht ein letztes Mal, wartete eine volle Minute in der Stille und schaltete dann die Lampe wieder ein.

Conny, der erwartet hatte, Hamish Curzon wie gewohnt breitbeinig auf dem Bett stehend zu erblicken, zuckte zurück, als er das Gesicht des Mörders direkt vor seinem eigenen sah.

Kapitel 16

Die Schreie eines Mannes hallten durch die nächtlichen Flure von Thornway. Schwester Serena, die gerade eine schlafwandelnde ältere Dame zurück zu ihrem Zimmer geleitet hatte, blieb vor Schreck fast das Herz stehen. Einen Augenblick erwog sie, sich zuerst irgendwo Unterstützung zu holen, bevor sie dem Lärm nachging. Das Krankenzimmer des Sanatoriums war die ganze Nacht hindurch besetzt, sie hätte einen Arzt bitten können, sie zu begleiten. Doch dann sprach sie sich selbst Mut zu und folgte dem Gang in die Richtung, aus der die Schreie kamen.

Auf ihrem Weg öffneten sich eine ganze Reihe von Zimmertüren, schlaftrunkene Menschen erschienen auf dem Korridor und wollten den Grund für diese nächtliche Ruhestörung erfahren. Serena wies sie an, zurück in ihre Betten zu gehen, was völlig sinnlos war, niemand befolgte diese Anordnung.

Endlich kam sie vor der blauen Tür von Bob Barkers kleinem Reich an, die weit geöffnet war. Eine Traube von Menschen versperrte ihr die Sicht auf das, was sich im Innern des Raumes abspielte. Serena bat nicht höflich darum, dass man sie durchlassen möge, sie boxte sich den Weg frei und stand schließlich allein vor Bob Barker, der wie ein Flummi auf seinem Bett herumsprang und dabei laut johlte.

Erst jetzt begriff Serena, dass es Freudenschreie gewesen waren, die sie hierhergelockt hatten. Bob Barker freute sich wie ein Kind, er lachte, hopste, schrie, klatschte in die Hände … und er weinte. Tränen liefen über das Gesicht des überglücklichen Mannes, der jetzt auf die Knie fiel, die Arme um seinen Körper schlang, der in einem hellgrauen Seidenpyjama steckte, und dem Himmel dankte. Doch Bobs überschwänglicher Dank galt nicht nur dem Himmel. Er dankte auch Serena und allen anderen, die er, nachdem er von seinem Bett gestiegen war, einer nach dem anderen umarmte.

»Mifter Barker«, presste Serena hervor, die fast an der breiten Brust des Mannes erstickte. »Ich würde mich ja gern mit Ihnen freuen, wenn ich nur wüffte, worüber.«

»Sie sind weg!« Bob Barker küsste sie übermütig auf beide Wangen. »Einfach verschwunden! Nach all diesen Jahren sind sie endlich still. Ist das zu fassen? Es ist vorbei. Einfach so.«

Serena brauchte nicht lange, um den Sinn hinter Barkers Worten zu erkennen. »Die Schreie in ihrem Kopf, meinen Sie?«

»Einfach weg! Futschikato. Als ob es sie nie gegeben hätte, was für ein wunderbarer Tag!«

»Es ist mitten in der Nacht«, stellte Serena richtig.

»Mir egal, das hier ist der glücklichste Tag meines ganzen Lebens.« Er packte Serena um die Taille und wirbelte sie herum. Dabei rief er: »Ich kann Sie hören, ich kann alles hören, sogar das Ticken meiner Armbanduhr. Nur Schreie höre ich keine mehr.« Er setzte Serena, der ein bisschen schwindlig war, vorsichtig wieder ab, gab einen seligen

Seufzer von sich und ließ sich, erschöpft von all der Freude, auf seine Bettkante sinken. »Es ist vorbei. Es geht ihnen endlich wieder gut.«

»Wem geht es wieder gut, Mister Barker?«, fragte Serena vorsichtig.

»Keine Ahnung.« Er lächelte noch immer selig. »Und es ist mir auch völlig egal, wer sie waren. Es ist endlich vorbei.«

Da es in Thornway ein striktes Verbot für alle alkoholischen Getränke gab, feierte Bob Barker mit all seinen Zimmernachbarn eine spontane Limonadenparty, zu der jeder ein paar Kekse aus dem persönlichen Vorrat beisteuerte.

Serena ließ sie gewähren, verfolgte eine Weile das heitere Treiben und zog sich dann zurück. Sollte er doch feiern, er hatte ja wahrlich Grund dazu. Für Bob Barker würde jetzt ein neues Leben beginnen, konnte es etwas Schöneres geben?

Serenas Schritte, die eben noch zielstrebig gewesen waren, wurden langsamer. Ein Gedanke schoss ihr durch den Kopf, der Gedanke an Miranda Banks. Wenn sich Barkers Problem quasi über Nacht verflüchtigt hatte, vielleicht hatten die Schreie ja auch Miranda verlassen.

Ihre Beine legten ganz von allein wieder einen Zahn zu, wurden schneller und schneller. Schließlich flog sie fast der Zimmertür von Miranda Banks entgegen und riss sie schwungvoll auf.

Miranda saß aufrecht in ihrem Bett, die Deckenlampe brannte. Und an ihrem seligen Gesichtsausdruck und ihren entspannten Schultern erkannte Serena, dass auch in diesem Zimmer ein kleines Wunder geschehen sein musste.

»Können Sie mich gut hören, Miranda?«, stieß Serena atemlos hervor. »Sind sie weg?«

Mirandas Lächeln wurde noch eine Spur breiter. Und sie nickte gleich mehrfach.

Jetzt spürte auch Serena das Glück und den Zauber, der über dieser Nacht lag. Sie hätte gern die Welt umarmt, nahm aber mit Miranda vorlieb.

»Es hat geklappt. Ich weiß nicht, was, aber irgendetwas muss geklappt haben. Sandy hatte die ganze Zeit recht, es gab einen Weg, Ihnen zu helfen, und jetzt hat ihn jemand gefunden. Oh Miranda, ich freu mich ja so für Sie. Haben Sie einen besonderen Wunsch? Möchten Sie diesen Moment irgendwie feiern?«

Die Frau in ihren Armen nickte.

»Was ist es? Außer Alkohol ist alles erlaubt, und ich mache fast alles möglich. Ich glaube, am Automaten unten in der Halle kann man sich kleine Schokoladenkuchen ziehen. Möchten Sie einen Schokoladenkuchen? Ich kann Ihnen aber auch etwas anderes besorgen.«

Serena ließ Miranda los und sah diese erwartungsvoll an. Da nickte diese noch immer lächelnd und öffnete den Mund. »Hng.«

Und Serena erkannte, dass in dieser Nacht vielleicht ein großes Problem gelöst worden war, aber noch lange nicht jedes.

Hamish Curzon, der Mann, der seine ganze Familie niedergemetzelt und dann sich selbst getötet hatte, stand still auf seine Axt gestützt neben dem Sessel, in dem Conny eben noch auf die Nacht gewartet hatte. Doch der Mörder sah Conny nicht an. Seine ganze Aufmerksamkeit war auf einen glatzköpfigen Herrn gerichtet, der jetzt anstelle Connys in besagtem Sessel saß.

Der fremde Geist, denn ein Geist war er zweifellos, er war so durchsichtig wie ein buntes Kirchenfenster, schien ganz in ein Buch vertieft, das auf seinen Knien lag.

»Sein Name ist Henry«, stellte Allison den Alten vor und trat neben Conny. »Es war ziemlich schwierig, ihn zu bekommen, denn seine Familie wollte sich eigentlich nicht von ihm trennen. Seine Tochter meinte, er hätte immer so hübsch dekorativ in der Wohnzimmerecke gesessen.«

»Und dieser Henry ist in Kneesons Aktentasche hier angekommen? Du verarschst mich doch. Geister stopft man doch nicht einfach ins Handgepäck.«

»Nur unter ganz bestimmten Bedingungen.« Allison legte den Arm um Connys Schultern und schien sehr zufrieden mit sich. »Wie bewandert bist du in alten Märchen und Legenden?«

»Ich hatte eine Großmutter, die mir gern vorgelesen hat«, antwortete Conny, ohne den Blick von Henry dem Geist und dem völlig ruhig dastehenden Hamish zu lösen. »Worauf willst du hinaus?«

»Es war nicht zufällig auch die Sage von der Geistertasche darunter?«

Conny schüttelte den Kopf.

»Der Legende nach gehörte die Tasche einem Barbier im fernen Indien. Mit seiner Tasche und einem Trick soll es ihm gelungen sein, böse Geister zumindest für kurze Zeit seinem Willen zu unterwerfen. Die Aktentaschen der UPS-Angestellten sollen moderne Nachbildungen dieser Geistertasche sein, das Original befindet sich angeblich im Safe des Firmengründers. Wie die Tasche funktioniert, ist noch viel geheimer als das Coca-Cola-Originalrezept.«

»Und du hast Henry einfach bestellt? Über einen Geisterkatalog, oder wie?« Conny konnte es noch immer nicht fassen.

»Kneeson hat mir geholfen, ihn ausfindig zu machen. Ich wusste, dass ich einen zweiten Geist mit besonderen Qualitäten brauchen würde, um diese Aufgabe zu lösen.«

»Einen zweiten Geist?«, wiederholte Conny ungläubig und sah Allison an. »Also jetzt komme ich nicht mehr mit.«

Allison trat einen Schritt beiseite und gab Conny damit den Blick auf die drei Feldbetten der Mädchen frei. Zwei von ihnen waren leer, die Decken zurückgeworfen. Auf dem dritten Bett saß eine Frau in schwarzer Dienstbotenkleidung und kämmte einem der drei Kinder mit langen Bürstenstrichen das blonde Haar. Die beiden anderen Mädchen kauerten zu ihren Füßen und schienen geduldig zu warten, dass sie an die Reihe kamen.

»Ihr Name ist Gretchen. Sie war die Nanny, von der Pater Jordan erzählt hat. Du erinnerst dich doch an den Geist, um den er sich nicht kümmern wollte und auf dem Absatz kehrtmachte? Seine Geschichte und Paulas Worte über das Hinzufügen von Dingen haben mich überhaupt erst auf die richtige Idee gebracht.«

Conny erinnerte sich dunkel, dass der Geistliche von einer Geisterbegegnung berichtet hatte, nur um deutlich zu machen, wie wenig Interesse er an Spuk hatte. »Du hast dich also von Pater Jordan mitnehmen lassen, um …«

»… um dort abgesetzt zu werden, wo ihm der Geist der penetranten Nanny untergekommen war. Er hat mich bis zu einem riesigen Herrenhaus etwa eine Autostunde von hier entfernt mitgenommen und dort aus dem Wagen geworfen. Na ja, nicht gerade geworfen, aber er schien froh, mich endgültig loszuwerden. Der Mann ist ein schlechter Verlierer, ich hoffe, dass wir ihm nicht so bald wiederbegegnen.« Sie seufzte und schien für einen Moment in Gedanken bei den Ereignissen der letzten Nacht zu sein, denn sie rieb sich über die Stirn, wo Pater Jordans Kreuz sie niedergedrückt hatte. »Natürlich war die Nanny noch an ihrem Platz. In einem verwaisten Kinderzimmer räumte sie unaufhörlich Spielzeug um. Dort war man froh, sie loszuwerden. Ich verständigte Kneeson vom Telefon des Hausherrn aus …«

»Was die Gelegenheit gewesen wäre, sich auch kurz bei mir zu melden«, fiel Conny ihr ins Wort.

»… und er kam, so schnell er konnte, zu mir, damit wir die Nanny gleich einpacken konnten. Ist sie nicht unglaublich, Conny? Wenn du dich zu ihr setzt, strahlt sie so viel Selbstvertrauen und Zuversicht aus, ich glaube, sogar ich würde mich bei ihr mehr geborgen fühlen als irgendwo sonst auf der Welt.«

Conny trat nah an den Geist des Kindermädchens heran und spürte in sich hinein. Tatsächlich. Diese Geisterfrau verfügte über eine sehr starke Ausstrahlung. »Die Mädchen sind völlig entspannt«, stellte er fest. »Keine von ihnen scheint noch irgendeine Bedrohung wahrzunehmen. Sie haben keinen Grund mehr, um Hilfe zu schreien. Dabei ist ihr Vater noch immer hier im Raum, und ihre Mutter ebenfalls.« Er wandte sich zum Bett um, wo Emma Curzons schmales Gesicht reglos auf den Kissen lag. »Sie schläft wie ein ahnungsloser Engel.«

»Und das kann sie von nun an auch. Um Hamish ruhigzustellen, habe ich ja Henry mitgebracht.« Allison deutete wieder auf den durchsichtigen Geist im Sessel. »Er war übrigens ein pensionierter Polizist, bevor er eines Nachmittags beim Tee einen Herzinfarkt erlitt. Selbst wenn Hamish noch auf die Idee kommen sollte, die Axt gegen seine Familie zu erheben, sobald das Licht zum dritten Mal eingeschaltet wird, würde Henry ihn vermutlich in seine Schranken weisen. Aber das ist gar nicht nötig. Denn Henry hat etwas mitgebracht, das Hamish für immer in Schach halten wird. Es wird ihm sogar Spaß machen, genau wie Henry. Siehst du, was ich meine?«

Conny sah es. Er hatte das Buch in Henrys Schoß längst als das identifiziert, was es war: ein Briefmarkenalbum. Aus diesem Grund stand Hamish Curzon auf seine Axt gestützt neben dem Rosensessel und sah zu, wie Henry Seite um Seite umblätterte, manchmal innehielt, über eine der Marken sacht mit dem Finger strich und weiterblätterte. Die beiden waren das perfekte Paar.

Conny schloss Allison in die Arme und küsste ihr schwarzes Haar. »Du bist großartig, und du hast alles wunderbar gelöst. Dies hier ist das friedlichste Spukzimmer, in dem ich je gewesen bin.«

»Danke, danke.« Allison klopfte sich selbst demonstrativ auf die Schulter. »Wir sollten jetzt Paula und Paperman hereinbitten, findest du nicht? Sie sollten sich endlich mit den Curzons und ihren neu gewonnenen Freunden bekannt machen.«

»Ja«, stimmte Conny zu. »Holen wir Paperman herein. Er ist den Gespenstern in diesem Hotel lange genug aus dem Weg gegangen.«

»Und ich kann das Zimmer jetzt wirklich gefahrlos vermieten?« Papermans Begeisterung, die seit dem vergangenen Abend anhielt, war unüberhörbar. »Ich meine, es sind schließlich noch immer Geister darin, sogar mehr als zuvor. Das ist schon ein wenig beängstigend, auch ohne Mord und Totschlag.«

»Es ist das Beste, was wir für Sie und dieses Hotel tun konnten«, stellte Conny klar und setzte sich neben den Portier.

Ein neuer Tag war angebrochen, die Sommersonne brannte mit aller Kraft auf das Land und im Mayflower Hotel war der Frühstückstisch nahe dem Ausgang wieder reichlich gedeckt. Conny würde sie vermissen, die kleinen Bratwürstchen, die Pancakes und die Variationen von warmem Ei. Doch es half alles nichts, der Tag ihrer Abreise war gekommen. Hier gab es nichts mehr für sie zu tun.

Conny hatte die ganze Nacht kein Auge zugetan. Von Stolz erfüllt, hatte er Allison beim Schlafen beobachtet, bis die Sonne wieder aufgegangen war. Er war stolz auf sie, weil ihr der großartige Gedanke gekommen war, Feuer mit Feuer zu bekämpfen. Und er war stolz auf sich selbst, weil er diesen Auftrag unbeschadet und fast ohne Übelkeit bewältigt hatte.

»Ja, Paperman. Sie können das Zimmer vermieten«, versicherte Allison dem Portier. »Die Curzon-Kinder werden sich jetzt benehmen. Sie haben eine liebevolle Nanny, die sehr um ihre Sicherheit besorgt ist. Außerdem ist ihr Vater nicht mehr am Morden interessiert, jetzt, wo es so viele Briefmarken zu bewundern gibt. Die Gäste in Zimmer 111 werden nicht mehr aufgeschreckt, es gibt keinen Grund für sie, mehrmals in der Nacht das Licht anzuschalten. Und falls sie es doch tun, finden sie sich in einer äußerst friedlichen Szenerie wieder. Vielleicht wird das Zimmer jetzt sogar eine Touristenattraktion und das Mayflower in den illustren Kreis der wirklichen Spukhäuser Englands aufgenommen.«

Paperman legte den Kopf schief, sein Blick wurde träumerisch. Anscheinend gefiel ihm Allisons Prophezeiung.

»Und wie geht es deinen Ohren?« Es war Paula, die diese Frage an Allison stellte. »Kein lautes Schreien und auch kein leises Kichern mehr? Nicht einmal, wenn du ganz genau hinhörst?«

Allison schüttelte energisch den Kopf. »Da gibt es nichts mehr zu hören. Der Fluch ist gebrochen. Und wenn es bei mir so ist, wird es bei den anderen Opfern der Cumbria-Schreie wohl ebenso sein. Wir werden nach dem Auschecken in Thornway haltmachen und uns persönlich davon überzeugen.«

»Ich habe uns bereits bei Sandy Schuller angemeldet. Sie erwartet uns.« Conny verschwieg, dass er dieses Telefonat um drei Uhr morgens geführt hatte. Auch das war seinem Stolz zuzuschreiben. Sandy Schuller hatte unbedingt erfahren müssen, wer den Fluch gebrochen hatte.

»Und danach werden wir das Auto nach Barrow-in-Furness zurückbringen und uns auf den Heimweg machen«, ergänzte Allison.

Connys Magen meldete augenblicklich Protest an. Er unterdrückte ein Würgen.

»Ihr könnt mich mitnehmen«, schlug Paula vor. »Vorausgesetzt, eure junge Liebe erträgt mich alte Schachtel für die Dauer einer Bahnfahrt.«

»Bahnfahrt?« Allison hob eine Augenbraue. »Ich habe nicht vor, mich in ein überfülltes Zugabteil zu quetschen. Ich reise ganz bequem …«

»… in der ersten Klasse, danke schön.« Conny bemühte sich, geräuschlos aufzustoßen. »Denn nur dann bleibt das hier dort, wo ich es jetzt hinstecke.« Er deutete auf den Speckstreifen auf seiner Gabel und schob ihn sich demonstrativ in den Mund.

Allison verzog das Gesicht. »Das grenzt an Erpressung. Aber bitte. Ganz wie du möchtest. Ich hatte allerdings gehofft, dass sich deine spezielle Reisekrankheit ein wenig gelegt hat, wo du doch jetzt den Ingwer für dich entdeckt hast.«

»Ich bin noch nicht bereit für ein derartiges Experiment, glaub mir.« Conny dachte zurück an seine Ankunft in Barrow-in-Furness, erschauderte und musste die Gabel doch noch für einen Augenblick zur Seite legen.

Nach ihrem letzten gemeinsamen Frühstück herrschte allgemeine Aufbruchsstimmung. Zurück in ihrem Zimmer, beobachtete Conny, wie Allison das zitronengelbe Babydoll zu den anderen Dingen in ihren Rucksack stopfte. Er räusperte sich hörbar.

»Was denn?« Allison warf ihm einen unschuldigen Blick zu. »Das ist meine Bezahlung. Du erinnerst dich vielleicht, dass ich der Familie Curzon einen großen Dienst erwiesen habe. Und da ich kaum damit rechnen kann, von diesen Klienten einen Scheck zu erhalten, suche ich mir meinen Lohn selbst aus, das mache ich doch immer so.«

»In diesem Fall allerdings heißt unsere Auftraggeberin Sandy Schuller«, erinnerte Conny sie. »Und die wird eine gewaltige Rechnung von uns bekommen, das darfst du mir glauben. Wenn sie den Auftritt dieser Exorzisten wenigstens mit uns abgestimmt hätte, wäre ich ihr vielleicht noch entgegengekommen. Jetzt aber wird dieser Auftrag eine teure Angelegenheit für sie.«

Allison zog den Reißverschluss des Rucksacks zu. Sie sah nachdenklich aus. »Wenn es schon nicht hilfreich war, so war es doch eine interessante Erfahrung. Pater Jordan ist ein ungewöhnlicher Mann. Und so wenig mir seine Show auch gefallen hat, ich kann nicht umhin, ihn zu bewundern. Er kämpft gegen Dämonen. Und das mit nichts als einer Bibel in seinen Händen.« Sie zog eine Grimasse. »Okay, bei näherer Betrachtung ist es doch eher schwachsinnig als bewundernswert.«

Ganz wie Paperman es ihnen versprochen hatte, sah er davon ab, Conny und Allison etwas für ihren Aufenthalt im Mayflower zu berechnen. Nach kurzem Zögern zeigte er sich sogar Paula gegenüber großzügig und forderte sie alle auf, recht bald wieder ein paar Tage im Mayflower zu verbringen.

»Wir haben da ein wunderschönes Zimmer im ersten Stock. Ich nenne es von heute an das Rosenzimmer. Es hat mehr verdient als eine schnöde Nummer.« Er zwinkerte amüsiert mit den Augen und drückte allen zum Abschied kräftig die Hand.

Als Conny in den Sonnenschein hinaustrat und ihre eigenen Rucksäcke nebst dem Kofferensemble von Miranda Banks und auch Paulas Tasche in den Kofferraum warf, ihr Gewächshaus wollte sie lieber auf dem Schoß behalten, fühlte es sich wirklich wie ein Abschied an. Er atmete den Sommergeruch von Lavendel und Rosmarin aus Papermans Töpfen ein und drehte sich noch einmal zum Mayflower Hotel um. »Hässlicher Kasten«, stellte er fest. »Wer hat nur diese Türme an die Seiten gepappt?«

»Ja, es ist hässlich, aber ich mag es trotzdem«, erwiderte Paula. »Ich denke, wir alle haben diesen Ort auf geheimnisvolle Weise lieb gewonnen. Nicht zuletzt wegen des hervorragenden Frühstücks. Ich werde eine gute Bewertung ins Netz stellen und dabei keine Gespenster erwähnen.«

Paperman stand in der Tür neben seinen Hortensien und winkte ihnen nach, als der Rover anrollte. Auch er schien den Abschied als solchen zu empfinden, denn das Letzte, was Conny sah, war, dass der Portier sich hastig die Augen rieb.

Kapitel 17

Sie will nicht länger in Thornway bleiben«, stellte Sandy Schuller betroffen fest. »Sie scheint zu denken, dass jetzt, da die Schreie nicht mehr in ihren Ohren dröhnen, die Zeit der Rehabilitation für sie zu Ende ist. Aber sie kann noch nicht wieder sprechen.«

Nachdem sie Paula sehr höflich begrüßt und Connys Standpauke wegen mangelnden Vertrauens geduldig ertragen hatte, führte sie die drei zum Zimmer von Miranda Banks.

»Ich bin so froh, dass Sie einen Weg gefunden haben, diesen Schreien ein für alle Mal ein Ende zu machen. Und mein Schnellschuss mit den Exorzisten tut mir ja auch leid, aber würden Sie mir bitte noch ein letztes Mal helfen?« Sie warf Allison einen flehenden Blick zu. »Überzeugen Sie Miranda davon, dass es gescheiter wäre, wenn sie noch etwas Zeit in unserer Obhut verbringen würde. Solange sie ihr Sprachvermögen nicht wiedererlangt hat, ist sie der Welt da draußen doch gar nicht gewachsen.«

Conny sah auf Allisons Gesicht die gleiche Skepsis, die auch er empfand. Dann antwortete er an ihrer Stelle: »Besteht denn auch nur die geringste Chance, dass Miranda das Sprechen in den nächsten Wochen wieder erlernen könnte? Ich meine, der Verlust ihrer Stimme ist doch die Folge eines Schocks. Gibt es Erfahrungswerte, wie lange so etwas anhalten kann?«

»Das ist sehr unterschiedlich«, gestand Sandy Schuller. »Möglicherweise fängt sie morgen wieder an, zu reden, oder aber sie spricht nie wieder ein Wort. Alles ist möglich. In jedem Fall kann sie sich hier erholen und Kräfte für einen Neuanfang sammeln, egal ob mit oder ohne Stimme. Und ihre Zeit in Thornway ist noch nicht rum.«

»Wenn sie nicht bleiben will, ist ihre Zeit rum«, hörte Conny Paula hinter sich leise flüstern. Die alte Hexe hatte es sich nicht nehmen lassen, Thornway auch einmal von innen zu sehen. Doch sie schien nur mäßig beeindruckt von dem modernen Sanatorium in einem alten Bauwerk.

Miranda Banks war nicht allein in ihrem Zimmer. Ihr Bruder lehnte an der Wand neben dem Kleiderschrank, den Miranda gerade schwungvoll ausräumte, und sah seiner Schwester dabei zu, wie sie eine Kollektion bonbonfarbener Nickianzüge in eine Reisetasche stopfte.

»Sie meint das wirklich ernst«, rief Arthur Banks statt einer Begrüßung. »Meine Schwester will fortgehen.«

Beim Eintreten der kleinen Delegation unter Sandys Führung unterbrach Miranda ihre Tätigkeit und gab ein ärgerliches Schnauben von sich. Dann deutete sie auf sich selbst, hob eine flache Hand über ihren Kopf, zeigte erneut auf die eigene Brust und reckte dann energisch beide Daumen in die Höhe.

»Sie sagt, sie ist schon groß«, erklärte Arthur Banks den Neuankömmlingen. »Sie sagt, sie kommt klar.«

»Ganz offensichtlich.« Conny war beeindruckt. »Wie hat sie so schnell die Gebärdensprache gelernt?«

»Das ist keine Gebärdensprache, das ist Mirandas Art, ihren Kopf durchzusetzen.« Arthur Banks seufzte. »Ich wünschte wirklich, sie würde für eine Weile zu uns ziehen. Nur bis sie einen neuen Job und eine neue Wohnung hat. So hattest du es doch sowieso geplant, Miranda. Warum willst du denn jetzt unbedingt Hänschen Klein spielen?«

»Genau deswegen, und das hat sie ja gerade schon erklärt«, mischte sich nun Paula ein. »Sie ist kein kleines Kind mehr, sie ist eine erwachsene Frau, die ein wenig Pech hatte. Jetzt muss sie sich selbst erst einmal beweisen, dass sie allein zurechtkommt. Und das kann sie nicht, wenn sie wie eine Kranke behandelt wird.«

Miranda warf Paula einen Blick zu und reckte beide Daumen in die Höhe. Sie war verstanden worden. Und da aus ihrer Sicht alles gesagt zu sein schien, setzte sie das Packen fort.

Conny beobachtete, wie sie einen Stapel Bücher und einen Wecker vom Nachttisch nahm und zwischen die Nickianzüge stopfte. Er räusperte sich. »Miranda? Ich habe Ihr Gepäck in meinem Wagen. Ihr richtiges Gepäck. Ich könnte mir vorstellen, dass Sie es gern zurückhaben möchten.«

Miranda ließ die Hände sinken und bedachte Conny mit einem langen prüfenden Blick. Dann griff sie in die Tasche, nahm die Bücher wieder heraus und klemmte sie sich unter den Arm. An Connys rechte Seite tretend, hakte sie sich mit dem freien Arm bei ihm unter und sah ihn auffordernd an. Ratlos sah er ihr ins Gesicht und konnte diesem leider nicht entnehmen, was sie ihm damit sagen wollte.

Paula, die ein besonderes Auge für Mirandas Körper- und Zeichensprache zu haben schien, übersetzte vergnügt: »Sie meint, wenn ihr

Gepäck schon im Wagen ist, könnte sie ja am besten gleich mit uns fahren. Die Nickianzüge lässt sie gern hier zurück, sie entsprechen wohl nicht ihrem Stil.«

»Aber wir fahren nach London«, begehrte Conny auf. »Wir können Miranda doch nicht einfach am Piccadilly rauswerfen und sie ihrem Schicksal überlassen. Sie braucht eine Wohnung, sie braucht einen Job.« Er wandte sich jetzt wieder direkt an die Frau, die lächelnd neben ihm stand. »Es tut mir leid, aber Ihr Bruder hat völlig recht. Sie können sich nicht einfach kopfüber und völlig planlos in ein neues Leben stürzen. Sie müssen vernünftig sein.«

Das Gesicht von Miranda Banks verfinsterte sich und Conny brauchte keinen Dolmetscher, um diese Entwicklung richtig zu deuten. Hilfe suchend wandte er sich an Allison, die die Szene gelassen beobachtet hatte. »Sag doch auch mal was dazu.«

Allison wog bedächtig den Kopf hin und her. »Sie kann mein Zimmer haben. Wir brauchen doch gar keine zwei Büroräume, Miranda kann übergangsweise in unsere Kanzlei ziehen.«

Conny wollte Allison gerade daran erinnern, dass diese Büros schließlich auch ihre beiden Schlafzimmer darstellten, und rätselte schon darüber, wie sie zusammen auf seinem schmalen Klappbett zurechtkommen sollten, als Allison auch schon weitersprach.

»Vertrau mir, dass ich bereits eine Lösung für unser Platzproblem in der Hinterhand habe.«

Conny wartete vergeblich darauf, dass sie weitersprach und ihm erklärte, was genau sie im Sinn hatte, doch sie lächelte nur noch tiefsinnig vor sich hin. Es widerstrebte ihm zwar, doch er gab sich geschlagen. »In Ordnung. Miranda kommt also mit uns nach London und kann für ein paar Tage in der Kanzlei bleiben, bis sich etwas Besseres für sie gefunden hat.«

»Tja, dann wüsste ich auch schon einen Job für sie.« Paula hakte sich auf der noch freien Seite bei Conny unter. »Euer Sekretär, oder wie immer ihr Nigel nennen wollt, hatte ein paar Probleme mit eurer wenig empathischen Putzfrau. Vielleicht hätte Miranda Spaß daran, die Büroräume der Kanzlei Bligh in Schuss zu halten. Und auch ich könnte gelegentlich etwas Hilfe in meinem Garten gebrauchen. Ich werde langsam zu alt, um auf Händen und Knien über den Erdboden zu rutschen.«

Miranda, die Paulas Worten mit leuchtenden Augen gelauscht hatte, nickte heftig und auch Sandy Schuller und Arthur Banks schienen merklich beruhigt bei dem Gedanken, dass Miranda ihren Start in der großen Stadt nicht ganz allein bewältigen musste. Conny hatte das Gefühl, bei einer nicht durchgeführten Abstimmung überstimmt worden zu sein. Doch nachdem ihm auch nach intensivem Nachdenken kein Gegenargument einfallen wollte, nickte er schließlich.

Miranda Banks warf sich in Siegerpose und klatschte in die Hände. Dann küsste sie ihren Bruder auf die Stirn und überreichte Sandy Schuller mit einem angedeuteten Knicks die Tasche mit den Nickianzügen, die diese mit nicht sehr überzeugend vorgetäuschter Freude entgegennahm. Vor allen anderen war sie zur Tür hinaus und marschierte mit energischen Schritten durch die Flure von Thornway, einem neuen Leben entgegen. Doch draußen vor dem Sanatorium legte sie plötzlich eine Vollbremsung hin.

»Hng«, hörte Conny, der das Feld der langsameren Verfolger anführte, Miranda hervorbringen. Ihr ausgestreckter Arm deutete auf einen übergewichtigen Mann in grünen Gummistiefeln, der sich ihnen mit einer Ente auf dem Arm näherte.

Die nervös wirkende Ente sicher festhaltend, blieb er vor Miranda stehen und sagte: »Hab hier Ihre Ente, Miss Banks. Sie mögen das Tier doch, oder?«

Sandy Schuller schoss vor und baute sich neben Miranda auf. »Also jetzt ist es aber genug! Miss Banks kann doch keine Ente mit nach London nehmen, wie stellen Sie sich das denn vor?«

»Hng.« Miranda schien anderer Ansicht zu sein.

»Ja, sehen Sie«, der Mann kratzte sich bedächtig den Kopf, »ich dachte, da diese Ente so viel für Miss Banks getan hat, wäre es nur recht und billig, wenn Miss Banks das Federvieh vor dem Kochtopf rettet. Was soll ich denn sonst mit den ganzen Enten anfangen?« Er sah betont unschuldig drein und ignorierte Sandy Schullers vorwurfsvollen Blick.

Diese wandte sich Miranda zu, die mit ihrer Ente auf dem Arm ein Bild des Friedens bot. Miranda schien jetzt wieder ganz von ihrem Küken eingenommen zu sein. Sandy Schuller kniff die Augen zusammen und betrachtete das Federkleid des Tieres genauer. »Sagen Sie mal, kann es sein, dass Sie letztes Mal, als sie nicht auf das Tier reagierte, ein falsches Küken für Miss Banks aus dem Stall geholt haben?«

Der Hausmeister blies die Backen auf und machte eine hilflose Geste.

»Sie können Ihre eigenen Enten nicht auseinanderhalten? Dann ist es wohl wirklich besser, wenn Hng mit Miss Banks geht.« Sie verschränkte die Arme vor der Brust und ergänzte: »Aber eine Ente in London? In einer Kanzlei? Wer würde das wollen?«

Epilog

Eine Ente in London? In einer Kanzlei? Ich bin begeistert! Ich werde ihr augenblicklich ein Planschbecken im Internet bestellen.«

Nigel strahlte abwechselnd die junge Ente und Miranda an, die selig lächelnd vor seinem Schreibtisch stand und das Flair des Raumes auf sich wirken ließ. Bei ihrem Eintreten in das Foyer war sie von leiser Klaviermusik empfangen worden, der Duft von Kaffee und Hotdogs lag in der Luft und die geschmackvolle Einrichtung wurde nur von dem attraktiven Mann hinter dem Schreibtisch übertroffen. Miranda hatte nichts erwartet und fühlte sich nun angenehm überrascht. Auch Hng in ihren Armen schien die neue Umgebung zu mögen. Sie verlangte, abgesetzt zu werden.

»Wie heißt unsere gefiederte Freundin?«, fragte Nigel und tippte auf der Tastatur eines Rechners herum.

Miranda sagte es ihm.

»Hng«, wiederholte er. »Ist das Chinesisch? Ach, ist ja auch egal, ich werde den Namen auf eine Schleife drucken lassen. Ein Haustier braucht doch ein Halsband, oder? Also das Internet ist eine fabelhafte Sache. Es gibt doch nichts, was es nicht gibt.«

»Nigel, das hier ist Miranda«, hörte sie die hübsche große Frau namens Allison sagen. »Sie wird eine Weile hier in meinem Zimmer wohnen und sich um Ordnung und Sauberkeit in unseren Räumen kümmern.«

»Ganz besonders um den Entendreck«, ergänzte Conny Bligh und klang nur mäßig begeistert.

»Hier wohnen?« Der attraktive Nigel hob eine Augenbraue. »Und was wird dann aus Ihnen, Miss Allison?«

Ja, das interessierte Miranda auch brennend. Während der ganzen Zugfahrt nach London hatte Conny Bligh nichts unversucht gelassen, um Allison die Antwort auf ebendiese Frage aus der Nase zu ziehen. Sie und die alte Frau namens Paula hatten sich über dieses Schauspiel königlich amüsiert. Und doch war Miranda nicht entgangen, dass Paula Allison gelegentlich einen strengen Blick zugeworfen hatte, dem die jüngere Frau aber konsequent ausgewichen war.

Irgendetwas ging da vor und Miranda hätte gern gewusst, was es war. Nun, vielleicht würde sie während ihrer Zeit in dieser Kanzlei mehr über diese Allison und ihren Conny und auch über Paula herausfinden.

»Ich habe für uns eventuell ein Zimmer in Kensington aufgetrieben«, hörte sie Allison sagen. »Zur Untermiete gewissermaßen. Ich dachte mir, dass wir es jetzt, da wir im Mayflower so gut miteinander ausgekommen sind, doch mit einem gemeinsamen Schlafzimmer versuchen könnten.«

Miranda und Nigel mussten bei diesen Worten gleichzeitig grinsen und auch Conny schien den unsicheren Ton in Allisons Stimme gehört zu haben. Doch der kluge Mann nahm sie rasch in die Arme und küsste sie sanft. »Das würde ich nur zu gern«, erwiderte er. »Aber was genau bedeutet eventuell?«

Miranda sah, wie Nigels Lippen die Worte ›Happy End‹ formten und er den Daumen hob. Nun, da war sich Miranda noch nicht so sicher. Gemeinsam in einem Zimmer zu leben, konnte ihrer Meinung nach eine große Herausforderung sein, an der schon so manche junge Liebe zerbrochen war.

»Eventuell bedeutet es, dass die Besitzerin der Wohnung noch nichts von ihren neuen Untermietern, also uns, weiß. Aber es wird schon klappen.«

»Wie bitte?« Conny ließ die Arme sinken. »Du gibst dein Zimmer weg, bevor du weißt, ob wir eine neue Bleibe haben? Und überhaupt: Kensington. Das ist doch sicher sehr teuer. Auch wenn es nur ein Zimmer ist.«

»Gar nicht«, beeilte sich Allison, zu versichern. »Die Wohnung gehört der Tante meiner Patentante. Sie heißt Ethel und lebt dort ganz allein. Ihr wird es egal sein, was wir zahlen können. Sie freut sich bestimmt, wenn wir etwas Leben in die Bude bringen, überlass das nur mir. Übrigens war es Paula, die mich auf diese Idee gebracht hat. Sie meinte zu mir, Ethel könnte etwas einsam sein.«

»Aber …«, versuchte der junge Anwalt es noch einmal.

»Ich regle das schon, verlass dich ganz auf mich«, versicherte Allison noch einmal.

Miranda hatte den Eindruck, dass Allisons Augen plötzlich grüner wirkten, doch sie maß dem keine Bedeutung bei. Denn jetzt beobachtete sie, wie Hng an den Blättern einer leicht ramponierten Zimmerpalme zu zupfen begann. Sie ließ das Tier gewähren. Die Ente und sie fühlten sich hier schon fast heimisch. Ganz besonders, als ihr dieser Nigel jetzt einen Hotdog und einen Kaffee anbot.

Flirtete dieser hübsche Kerl etwa mit ihr? Sie war sich nicht ganz sicher, ob er auf Frauen stand. Zu dumm, dass sie ihn das nicht einfach fragen konnte, und ein Handzeichen für eine solche Frage musste sie sich erst einmal überlegen.

Miranda dachte über eine eindeutige Geste nach. Nein, besser nicht.

»Nigel hat sein Sprüchlein noch gar nicht für Miranda aufgesagt«, hörte sie Conny Bligh sagen, der noch immer eine glücklich aussehende Allison in seinen Armen hielt. »Was meinst du, ob wir ihr seine Geschichte erzählen sollten?«

»Ach nein.« Miranda sah, wie ein spitzbübischer Ausdruck in Allisons Gesicht trat. »Ich denke, das hat noch etwas Zeit. Vielleicht später, wenn sie sich hier gut eingelebt hat.«

Miranda runzelte die Stirn. Schon jetzt erkannte sie die Vorteile, die es hatte, stumm zu sein. Die Leute redeten manchmal in ihrer Gegenwart, als wäre sie auch taub, und das war sie seit der letzten Nacht definitiv nicht mehr.

Mit Schaudern dachte sie an die Geisterkinder aus dem Hotelzimmer zurück, an die sie sich jetzt, da ihre Schreie geendet hatten, wieder klar und deutlich erinnerte. Nein, so etwas wollte sie lieber nie wieder erleben.

Wie viel schöner war es da doch, hier mit diesem Nigel eine Tasse Kaffee zu trinken. Vielleicht würde sie mal mit ihm ausgehen. Ganz egal, was für eine Geschichte er ihr noch nicht erzählt hatte. Schlimmer als ihr Geistererlebnis im Mayflower Hotel konnte es ja gar nicht sein.

Miranda hob ihre Kaffeetasse an und prostete Nigel zu. *Auf eine glückliche Zukunft,* dachte sie im Stillen. *Auf eine glückliche und geisterfreie Zukunft.*

Über die Autorin

Miriam Rademacher, Jahrgang 1973, wuchs auf einem kleinen Barockschloss im Emsland auf und begann früh mit dem Schreiben. Heute lebt sie mit ihrer Familie in Osnabrück, wo sie an ihren Büchern arbeitet und Tanz unterrichtet. Sie mag Regen, wenn es nach Herbst riecht, es früh dunkel wird und die Printen beim Lesen wieder schmecken. In den letzten Jahren hat sie zahlreiche Kurzgeschichten, Fantasyromane, Krimis und ein Bilderbuch für Kinder veröffentlicht.

Kontakt:
www.facebook.com/miriam.rademacher.54

Dank

Mein ganz besonderer Dank gilt wieder einmal meiner Familie, die mich in der Zeit, in der Allison und all die anderen für mich Gestalt annahmen, oft in Ruhe gelassen hat. Ohne euer liebevolles Verständnis hätte diese kleine Geschichte gar nicht entstehen können.

Außerdem danke ich unserer Hündin Cora, die mich jeden Morgen zu einem Waldspaziergang nötigt. Tatsächlich sind die meisten Ideen zu Zimmer 111 unter freiem Himmel entstanden.

Und natürlich danke ich allen Livie-Fans dafür, dass ihr mich täglich inspiriert.

Im selben Universum spielend …

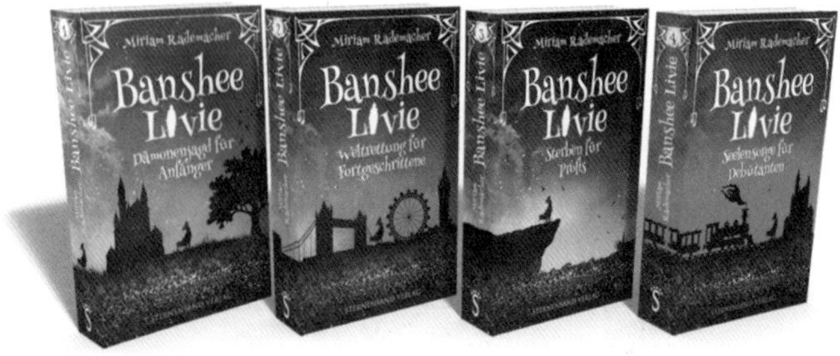

Miriam Rademacher

Banshee Livie (Reihe)

Jugendroman, Urban-Fantasy

Klappentext:

So hat sich Livie ihren Tod nicht vorgestellt. Sie bekommt einen Job, der aus Heulen und Scharade besteht, einen altklugen Kollegen mit sexy Stimme, aber ohne Gesicht, und eine staubige Dachkammer ohne Internetanschluss. Livie ist jetzt die Banshee von Schloss Harrowmore und hat in ihrer Rolle als Schutzgeist die Aufsichtspflicht über eine der tollpatschigsten Familien Englands. Als dann auch noch ein nachtragender Dämon auftaucht, um eine uralte Rechnung zu begleichen, ist Livies Tod endgültig aufregender, als es ihr Leben jemals war.

C. M. Spoerri

Alia (Band 1): Der magische Zirkel

Jugendroman, High-Fantasy

Klappentext:

Alia beherrscht keines der vier Elemente. Jeder in Altra trägt Wasser, Feuer, Luft oder Erde in sich – sie nicht. Da sie demnach zu keiner angesehenen Arbeit taugt, wird sie an ihrem sechzehnten Geburtstag als Dienerin in den Magierzirkel von Lormir geschickt. Dort soll sie den Rest ihres Lebens verbringen. Einen Tag vor ihrer Abreise erfährt sie allerdings von ihrer Mutter ein Geheimnis, das ihr Leben verändern wird.

Weitere Verlagstitel aus unserem Fantasy-Programm

C. M. Spoerri & Jasmin Romana Welsch
Conversion (Band 1): Zwischen Tag und Nacht
28. August 2016, Sternensand Verlag
424 Seiten, broschiert

Jugendroman-Dystopie
Als Taschenbuch und E-Book

Jasmin Romana Welsch
Absolution: Wie man eine Sünde überlebt
28. Februar 2016, Sternensand Verlag
224 Seiten, broschiert

Urban Fantasy
Als Taschenbuch und E-Book

C. M. Spoerri
Die Legenden von Karinth (Band 1)
25. September 2016, Sternensand Verlag
448 Seiten, broschiert

High Fantasy
Als Taschenbuch, Hardcover und E-Book

Carolin Emrich

Elfenwächter (Band 1): Weg des Ordens

15. Januar 2017, Sternensand Verlag

308 Seiten, broschiert

High Fantasy

Als Taschenbuch und E-Book

Fanny Bechert

Countdown to Noah (Band 1): Gegen Bestien

17. September 2017, Sternensand Verlag

300 Seiten, broschiert

Jugendroman-Dystopie

Als Taschenbuch und E-Book

Nadine Roth

Bloody Mary: Du darfst dich nicht verlieben

12. März 2017, Sternensand Verlag

560 Seiten, broschiert

Paranormal Romance

Als Taschenbuch und E-Book

STERNENSAND VERLAG

Besucht uns im Netz:

www.sternensand-verlag.ch

www.facebook.com/sternensandverlag